Oetinger
AUSLESE

Klas Ewert Everwyn
Für fremde Kaiser und kein Vaterland
Deutscher Jugendliteraturpreis
Jugendsachbuch

Oetinger AUSLESE

Herausgegeben von Sybil Gräfin Schönfeldt

Einbandgestaltung: Manfred Limmroth
Titelbild von Tilman Michalski
Gesamtherstellung: Clausen & Bosse, Leck
Printed in Germany

ISBN 3-7891-1224-0

Klas Ewert Everwyn

Für fremde Kaiser und kein Vaterland

Verlag Friedrich Oetinger · Hamburg

Klas Ewert Everwyn, 1930 in Köln geboren. Freier Schriftsteller, Autor von Erzählungen, Romanen und Hörspielen. Ausgezeichnet mit dem Heinrich-Wolgast-Preis, mit dem Förderpreis für Literatur des Landes Nordrhein-Westfalen und mit dem Literaturpreis der Stadt Dormagen. Für sein Buch *Für fremde Kaiser und kein Vaterland* erhielt er 1986 den Deutschen Jugendliteraturpreis in der Sparte Jugendsachbuch.

Aus der Begründung der Jury des Deutschen Jugendliteraturpreises: »Mehrere Male wird ein junger Tagelöhner aus dem Bergischen Land zur napoleonischen Armee rekrutiert. Doch er befreit sich immer wieder, weil er sich in dem Hin und Her der Grenzen der Vaterländer nicht mit der großen Politik identifizieren kann, sie vielmehr nur als Rad sieht, das über den kleinen Mann hinweggeht. Die dramatischen Fluchtversuche des jungen Gerard können jugendliche Leser fesseln. Sie lassen nicht ahnen, daß es sich bei diesem Buch um das Ergebnis einer mehrjährigen Recherchearbeit in den lokalen Archiven handelt, nach der um die authentischen Personen eine lebendige und dichte Handlung gestaltet wurde. So entstand ein eindrucksvolles Stück Geschichtsschreibung, das sich der Alltagsgeschichte der armen Leute annimmt, sie nacherlebbar und anschaulich werden läßt.«

1805

Sommer

Wie Rörichs Gerard
von den Kaiserlichen
ausgenommen wurde
und er sich dafür rächte

Beim ersten Hahnenschrei war der Junge wach. Aber er blieb liegen, bis der Hahn mit Krähen fertig war. Diesmal zählte er sieben Schreie. Seit sein Vater ihm das Zählen beigebracht hatte, spielte er dieses Spiel, und es machte ihm Spaß.

Der Junge warf das Heu von sich und stand auf. Er hörte das beharrliche Mahlen der Kuhkiefer, das Atmen des Tieres, das neben ihm auf dem gestampften Erdboden lag. Der Junge wischte sich übers Gesicht und tastete gebückt nach der Lederkappe; sie war ihm im Schlaf vom Kopf gerutscht. Er fand sie und setzte sie auf.

Nebenan, in der Hütte, hörte er den Vater husten. Das Husten wollte gar nicht mehr enden. Vorgestern hatte er Blut gespuckt. Der Junge griff an der Bretterwand entlang, bis er das Türholz spürte; mit dem Fuß schob er die Tür nach außen auf.

Das fahle Dämmerlicht des frühen Morgens fiel in den Verschlag. Der Junge sah nun das Tier, seinen ausladenden Leib. Es hob den Kopf, und der Junge trat leicht gegen seine Hinterschenkel. Es rührte sich nicht. Da trat er fester, und es kam Leben in den Körper. Schwerfällig erhob sich die Kuh, erst auf die Hinterbeine, dann wuchtete sie sich mit einem Ruck auch auf die Vorderbeine, und sie stand. Ihre Kiefer mahlten unablässig.

Der Junge schob sich an dem Tier vorbei, faßte nach dem Kopfstrick. »Hopphüh«, sagte er; dann, lauter und eindringlicher, sagte er es noch einmal. Das Tier setzte sich rückwärts in Bewegung, dirigiert von der Hand des Jungen. Der hatte nun auch den Stecken gefunden und hieb ihm damit gegen die Vorderbeine. So brachte er es durch die Öffnung nach draußen.

Der Morgen war frisch. Der Junge spürte die Kühle des Wiesenbodens unter seinen bloßen Fußsohlen. Er packte den Kopfstrick fester, zerrte das Tier in die entgegengesetzte Richtung, hieb mit dem langen Stecken auf seinen Rücken und ging los.

Die Umrisse der Hütte zeichneten sich gegen den blaßblauen Himmel ab. Für einen Moment glaubte der Junge, eine Bewegung hinter den Fensterruten zu erkennen, aber das mochte eine Täuschung gewesen sein. Man redete wenig miteinander. Im übrigen brauchte er auch keine Belehrung der Mutter mehr. Er kannte seinen Auftrag und seinen Weg.

Das Tier folgte ihm unwillig, er mußte Kraft aufwenden, damit es ein bestimmtes Schrittempo annahm. Sie hatten einen weiten Weg vor sich. Wenn sie Glück hatten, immer den rechten Weg fanden und die Kuh keine Schwierigkeiten machte, dann wären sie gegen Mittag in Ruppichteroth im drüberen Tal. So hatte es ihm der Vater erklärt.

Der Weg führte den Burgberg abwärts; er war steinig und uneben, und der Junge mußte beim Gehen achtgeben, daß er sich die Füße nicht verletzte. Die Füße waren wichtig, auf sie mußte er sich verlassen können wie auf Augen und Ohren. Aber der Junge kannte am Overdaller Burgberg jeden Stein; während seiner dreizehn Jahre war er den Berg hinaufgestiegen und hinabgehetzt, sommers wie winters.

Er erreichte den Bach, der vom Höhnrather Berg herunterkommt. Köttelbach nannten ihn die Leute. Er folgte seinem Lauf. Die Hütten des Mitteldalls tauchten auf, schließlich auch die des Unterdalls. Dann lag Thalwindeck hinter ihm. Bei den Leuten hieß es einfach Dall.

Die Bitze nahm den Jungen auf, jener Knick in der Landschaft zwischen Siegtalebene und den Nutscheidbergen. Er trottete sie entlang, den Kopf gesenkt, in einer Hand den langen Stecken, in der anderen den Kopfstrick, mit dem er das Tier hinter sich herzog. Es war eine trächtige Kuh, deren Euter sich langsam spannte und die Aderstränge hervortreten ließ. Sie war ihr ganzer Reichtum. Eigentlich sollte erst das Kalb abgewartet werden, einen Monat ungefähr würde es noch dauern; aber die Krankheit des Vaters ließ ihnen keine andere Wahl, als das Tier schon jetzt zu verkaufen. Händler Rohn hatte ihnen zwanzig Reichstaler geboten; das war ein Vermögen für die Rörichs, davon hätten sie ein Jahr oder länger leben können, wenn des Vaters schlimmer Husten nicht gewesen wäre. So reichte das Geld gerade für den Waldbröler Medicus, die Arznei des Apothekers und das schuldiggebliebene Sprunggeld* für den Bullenhalter in Dattenfeld. Vielleicht bliebe noch etwas für den Kauf einer Ziege übrig, die ihnen dann die Kuh ersetzen würde, um ihnen Milch und etwas Käse zu liefern.

Als die Sonne hinter ihm aufstieg, erreichte der Junge die Sieg und den Hof Wilberhofen. Nun begann der Aufstieg ins Nutscheid, nun würde es schwieriger werden, mit dem Weg und mit der Kuh, deren dicker Leib beim Gehen hin- und herschwang. Deshalb gönnte er ihr eine Rast, ließ sie am Wegrand fressen und am Bach saufen, während er sich auf einen Feldstein setzte und mit dem Stecken gegen die Wiesenhalme schlug, ehe er den Weg fortsetzte.

Sein Vater hatte ihm eingeschärft, nur ja nicht den Pfad zum Hohen Wäldchen zu nehmen, sondern den mitten aus Wilberhofen herausführenden hinauf zur Alten Straße. Der sei bei weitem nicht so beschwerlich und deshalb besser für

* Worterklärungen s. S. 206

das Tier. Der Junge hielt sich daran. Im Wilberhofer Hof sah er zwei Männer mit geschulterten Sensen. Es war Heuzeit. In den frühen, taufrischen Morgenstunden ließ sich das Gras gut mähen. Der Junge kannte sich aus, noch vorgestern hatte er das kleine Talstück unterhalb des Overdalls gemäht, das allen Rörichs gemeinsam gehörte.
Außer seinem Vater gab es noch zwei weitere im Overdall, Onkel Wilhelm und Onkel Matthias, allesamt Brüder. Deren Vater war vor langer Zeit vom Kölschbachhof aus dem Nutscheid herabgekommen ins Dall und hatte sich seine Hütte auf das verbliebene Fundament des verfallenen Burghäuschens gesetzt. Damals wohnten nur noch die Buschs dort oben in der ehemaligen Remise. Burg Windeck und die zwei Steinwürfe unterhalb gelegenen Nebengebäude waren im Dreißigjährigen Krieg bei der Belagerung durch die Schweden zerstört worden und hatten den wenigen Bewohnern des Windecker Unterdalls als Steinbruch für den Hüttenbau gedient. Und als den Söhnen das Unterdall der Väter keinen Raum mehr bot, zogen sie auf Rufweite das Dall weiter aufwärts und gründeten Mitteldall. Die Buschs waren danach die ersten im noch höher gelegenen Overdall, die Rörichs kamen danach. Im Overdall hausten die Ärmsten. Als die drei Rörichsöhne nicht mehr ins Burghäuschen paßten, ließen sich Wilhelm und Matthias, die jüngeren von ihnen, im früheren Gerichtsschreiber- und im Amtmannhaus nieder. Ernst Rörich blieb mit den Alten und seiner Frau in der elterlichen Hütte.
Als die beiden Kinder kamen, wurde es dort sehr eng, aber es blieb ihnen nichts anderes übrig, als zusammenzukriechen. Vor kurzem waren die beiden Alten endlich gestorben, erst die Großmutter, dann auch der Großvater. Das waren zwei Esser weniger, und der Vater hatte gehofft, nun

werde es ihnen bessergehen. Doch dann wurde es mit seinem Husten schlimmer. Der Vater hatte gehustet, solange der Junge denken konnte; aber so schlimm wie zuletzt noch nie. Er war so schwach, daß er nicht mehr aufkam von der Strohschütte neben der Feuerstelle, über der am Hehlhaken der rußgeschwärzte Topf hing.
Des Jungen Hand tastete nach dem Hosensack, in dem das kleine feststehende Messer steckte. Der Vater hatte es ihm vor ein paar Tagen gegeben, nachdem er ihm seinen Auftrag erklärt hatte. Das war das Messer, mit dem der Vater sonst die Kaninchen aufbrach, die er in seinen Garnen fing. Mindestens fünf Garne hatte er im Busch liegen, und die war er früher jeden Tag abgeschritten, wenn er zum Brenner in die Hamich ging und beim Köhlern half. Wenn sich im Garn so ein kleiner zusammengerollter Körper fand, hatte der Vater ihn in den Jagdsack gesteckt und am Abend heimlich nach Hause getragen.
Denn überall lauerte der Förster Clouth. Der paßte auf, daß kein Has' gefangen, kein Reis gesammelt und kein Baum geschlagen wurde. Die Leute haßten den Clouth wegen seines Eifers und wünschten ihm die Pest auf den Hals. Aber die gab es nicht mehr, gottlob; schlimme Geschichten erzählte man sich im Winter davon, wenn man am Feuer saß. Daher mußten die Leute auf anderes sinnen, um den Clouth unschädlich zu machen. Nur war ihnen noch nichts dazu eingefallen.
Nun aber hatte der Junge das Messer, und er wußte, was das bedeutete. Nicht nur Schutz auf dem Weg, den er mit der Kuh unternahm; der Besitz des Messers zeigte ihm auch, daß der Vater ihm seine Stelle zugewiesen hatte. Der Vater würde es nicht mehr lange machen. Dann ginge er, der Junge, zu den Köhlern, dann beobachtete er die Garne und

schälte er die Lohe von den Bäumen. Er war schmal und zäh wie die Mutter und hart wie der Vater.
Die Mutter kannte er nur als einen schwarzgekleideten, schweigsamen Schatten in der düsteren, stinkenden Hütte, der dort herumhantierte und im Winter Garn spann und sich hin und wieder aufmachte, um im Busch Schanzholz und Kräuter zu holen. Sie war von Eitorf gekommen, oder der Vater hatte sie von dort geholt, und sie hatte zwei Kinder bekommen, erst den Gerard und zwei Jahre drauf die Anna, und hatte dann zu reden aufgehört. Der Hunger und die Armut hatten ihr den Mund verschlossen.
Vielleicht auch, weil sie mit dem Schicksal haderte, dem Tagelöhner Rörich aus dem Overdall in die Hände gefallen zu sein, während ihre Schwester Gertrud den Schneidermeister Klein aus Eitorf zum Mann hatte. Der verdiente gutes Geld an den kaiserlichen Soldaten, die in Eitorf Station machten bei ihren Streifzügen durchs Land, wenn sie neue Soldaten für die kaiserliche Armee aushoben. Hatten sie reiche Beute gemacht, wollten sie mitunter einen neuen Rock, ein Collet oder buntere Hosen haben.
Wenn es den Rörichs im Overdall ganz schlecht ging, beim Brenner nichts zu holen war und die Garne leer blieben, schickte die Mutter den Gerard nach Eitorf zur Tante. Einen Laib Brot oder eine Kump voll Haferbrei brachte er dann von dort mit, und deshalb kannte er auch den Weg bis Wilberhofen am Siegfluß. Aber auf der Alten Straße, oben auf dem Kamm des Nutscheid, war er noch nie gewesen. Das war eine regelrechte Landstraße, sie wurde seit alters von Fuhrwagen und Reitersleuten benutzt, war jedoch, da sich niemand darum kümmerte, in einem bejammernswerten Zustand.
Der Händler Rohn hatte Schauerliches davon zu berichten,

wenn er ins Windecker Dall fand. Bis zu den Knien habe er bei schlechtem Wetter schon im Morast gestanden, seine Karre sei bis zu den Radnaben im Schlamm versunken, und das Pferd habe keinen Schritt mehr gehen wollen. Daher führte der Rohn immer ein Handbeil mit sich, um sich neue Wege schlagen zu können. Jetzt aber, im Juni, da es lange Zeit sonnig und warm gewesen war, lag die Straße im Staub des eingetrockneten Lehms. Die Sonne stand schon bei den Baumwipfeln, als Gerard die Straße erreichte. Er hatte länger gebraucht als vorausgesehen. Immer wieder war die Kuh mit ihrem trächtig dicken Leib, der wie ein aufgeblasener Ballon an ihrem Rückgrat zu hängen schien, stehengeblieben beim Anstieg und durch keine Stockhiebe und kein Zureden zu bewegen gewesen, sich von der Stelle zu rühren. Auch der Junge war müder geworden.

Am Morgen hatte es nichts zu beißen gegeben, und ihm knurrte der Magen. Das war er indes gewöhnt. Seit die Kuh trockenstand und keinen Strahl Milch mehr von sich gab, hatte es keine morgendliche Milchtipp gegeben, mußte zum schrotig-klebrigen Haferbrot Bachwasser getrunken werden. Aber auch vom Haferbrot war der letzte Knursch gegessen. Da würde die Mutter am Morgen zum Wilhelm oder Matthias gegangen sein, um sich für den kranken Vater und die kleine Anna etwas Brot zu erbetteln, mit dem Hinweis, der Gerard sei mit der Kuh fort. Bald werde es Geld in der Rörichshütte geben.

Die Rörichbrüder besaßen außer dem Wiesenstück unterhalb des Overdalls noch ein Haferstück und ein Stück mit Flachs am Scheurenfeld. Was die Säue davon übrigließen, mähten die Brüder im Spätsommer, droschen es auf Buschs Tenne, brachten das Korn zur Spurkenbacher Mühle ins Westerttal und buken im Däller Backes ihr Brot daraus.

Aber das hielt nicht lange vor, weshalb sie auch Brot beim Lütz im Dattenfeld kaufen mußten. Doch dafür benötigten sie Geld. Als der Vater noch zu den Köhlern ging, hatte er manchmal zwei Stüber Tagelohn mitgebracht. Das war aber schon lange nicht mehr passiert.

Seit der Junge Wilberhofen verlassen hatte, kaute er auf Gräsern, sog ihren Saft aus, ab und zu trank er vom Bachwasser aus der Schlucht, trug in seiner Mütze auch etwas hinauf zur Kuh. So schafften sie es schließlich und waren oben auf dem Nutscheidkamm. Der Vater hatte ihm gesagt, nicht allzulange auf der Straße zu verweilen; da wimmele es oft von Gesindel, von Strauchdieben und Halsabschneidern und vor allen Dingen von umherziehenden Soldaten.

Vor niemandem fürchtete sich Gerard mehr als vor Soldaten. Das waren Räuber und Mordbrenner, die den Bauern das Vieh wegnahmen, den Hühnern die Eier unterm Hintern stahlen und Spaß daran zu haben schienen, das arme Volk zu quälen. In dem Jahr, als er geboren wurde, waren Franzosen ins Land gefallen und hatten sich mit den Kaiserlichen geschlagen. Da hatte man sogar den reichen Bürgersfrauen die Finger abgehackt, um an ihre Ringe zu kommen. Das hatte der Pastor Otten in Dattenfeld von der Kanzel herab verkündet, da sollte es wohl stimmen.

Die vielen Durchmärsche, die das Land verdarben, hatten jetzt endlich aufgehört, Franzosen und Kaiserliche waren sich eins geworden. Dennoch blieben Soldaten auch weiterhin zum Fürchten. Zwar raubten und schändeten sie nicht mehr in dem Maße wie zur Kriegszeit, nun trieben sie es auf geheimere Art. Wo ein Soldat in seiner bunten Montur auftauchte, den Dreispitz auf dem Kopf und den frechen Blick im bärtigen Gesicht, galt es besonders fürs junge Volk,

Reißaus zu nehmen. Den Mädchen griffen sie unter die Röcke, die Burschen schleppten sie aufs Werbbüro nach Limburg, so hieß es, der Vater hatte es dem Jungen eingebleut. Diesmal war die Straße leer. Das besagte jedoch nicht viel. Sie führte durch Busch und Wald, und hinter der nächsten Straßenbiegung, hinter jedem Strauch mochte jemand lauern, der es auf Geld und Gut anderer Leute abgesehen hatte. Im Dall erzählte man sich auch viel vom Räuberpaul. Der besitze ein Gewehr, das er den Franzosen abgenommen habe, und er unterhalte immer noch einen Vogelherd, mit dem er die Vögel auf ihrem Winter- oder Frühjahrsfluge fange. An diesen Paul traue sich selbst der Förster Clouth nicht heran, sagte man, ein harter, starker Mann sei das, der auch vor schlimmen Räubereien nicht zurückschrecke. Die Armen aber hätten ihn nicht zu fürchten, bei ihnen war ja auch nichts zu holen. Niemand aus dem Dall hatte ihn je zu Gesicht bekommen, aber alle redeten von ihm.

Nachdem Gerard eine Weile auf der Alten Straße einhergeschritten war, die Kuh vor sich hertreibend, ohne jemandem begegnet zu sein, atmete er leichter. Und als er gar am Handweiser anlangte, dessen abwärts deutende Hand ihm die Richtung zeigte, glaubte er sich aller Sorgen ledig. Bald hörte das Buschwerk auf, das Land fiel sanft ins ausladende Bröltal hinab, und hier und da entdeckte der Junge vereinzelte Höfe. Dieses Tal hatte er nie vorher gesehen, er kannte daher auch die Namen der Höfe nicht. Freundlicher erschien ihm das Land, fruchtbarer als bei ihm zu Hause, im von schroffen Felsen bestimmten Siegtal.

Der Vater hatte ihm geraten, sich den Weg nach Ruppichteroth zeigen zu lassen, wenn er einen Bröltalhof betrete. Dann werde man ihm schon weiterhelfen. Ruppichteroth werde er gleich als Dorf erkennen, es besitze nämlich eine

Kirche wie das Dorf Dattenfeld; es gebe dort auch richtige Bauern, Wirtshäuser und Händler. Deshalb halte sich im übrigen auch der Händler Rohn aus Leichlingen im Niederbergischen so gern dort auf. Der Junge solle nur nach ihm fragen, den kenne man da ebenso wie im Dall.

Der Rohn mit seiner Pferdekarre voller Krimskrams, den man auch Mausfallenkrämer schimpfte, war im ganzen Land bekannt. Man sah ihn gern kommen, weil er für Abwechslung sorgte und immer etwas zu berichten hatte aus den Dörfern, die er bereiste. Er war ein getaufter Jude, was für die Leute nicht viel bedeutete. Er war ihr Händler, der Ehen stiftete und Nachrichten transportierte, der Töpfe, Kannen, Tücher und Messer vor den staunenden Augen der Däller ausbreitete und der weiterzog, ohne eine Bezahlung für die verkauften Dinge zu verlangen. Das tat er erst im Herbst oder Winter, wenn er ohne seinen Wagen kam und statt dessen den Leuten das Buch zeigte, in dem er ihre Schulden notiert hatte. Nun sah man ihn nicht mehr so gern und verriegelte die Tür vor ihm.

Als der Junge mit der Kuh in den ersten Hof kam, sah er eine Frau unter einer Hüttentür stehen und ihn mißtrauisch mustern. Er war für sie ein Fremder, und hierzulande erregte jeder Fremde sofort Verdacht. Das war im Dall nicht anders und war nichts weiter als das Ergebnis jahrhundertealter leidvoller Erfahrungen. Fremde brachten Unglück, im günstigsten Fall Veränderungen. Gerard spürte das Mißtrauen der Frau, und er rief der Kuh »Har!« zu. Sie war gewohnt, auf ein solches Kommando zu hören, weil sie auch den Hooch, den Pflug, ziehen mußte, wenn es die Arbeit verlangte. So blieb sie auf der Stelle stehen. Ihr Atem ging heftig, vom Maul troff Schleim, aber ihre Kiefer mahlten.

»Ich komm aus dem Dall beim Dattenfeld«, sagte Gerard,

»und will auf Ruppichteroth und beim Rohn die Kuh verkaufen.«
Das Gesicht der Frau entspannte sich sofort. Sie zeigte ihm die Richtung. »Da lang.«
Der Junge nickte. »Sind Soldaten da?« fragte er noch, aber die Frau zuckte mit den Schultern.
»Wie heißt der Hof hier?«
»Velken«, antwortete die Frau, und das Gespräch war beendet.
Der Junge gab der Kuh einen Stoß mit dem Stecken und trieb sie voran. Er konnte den Brölbach jetzt schon hören, ein stetiges Rauschen und Murmeln begleitete seinen Weg. Er nahm die Richtung des Bachlaufs, hielt sich aber vom sumpfigen Grund entfernt. Er wußte, daß er bald an die Furt kommen würde. Dort würde er eine längere Rast einlegen. Als er zur Furt kam, sah er im Talgrund eine Mühle. Müller waren redselige, geschäftstüchtige Leute, die hörten hier etwas und dort etwas. Vielleicht hatte der Müller Nachrichten für ihn.
Die Sonne stand genau über ihm, und der Junge schwitzte heftig, seit er den Buschschatten verlassen hatte. Gern hätte er deshalb die Lederkappe abgenommen, aber er wußte nicht, wohin damit, und er würde sie noch nötig brauchen.
Sie kamen zur Bröl hinunter, und er betrat die Furt, gab acht auf die Steine und spürte das Wasser an seinen Waden. Das tat gut. Die Kuh begann sofort zu saufen, als sei sie nah am Verdursten. Von der Bröl führte ein schmaler abschüssiger Wassergraben zum Mühlrad. Die Mühle selbst war ein niedriges, dunkles Gemäuer aus Holz und Bruchsteinen mit windschiefen Türen und Fensterläden in rostigen Angeln. Das Mühlrad knarrte und quietschte, das Wasser lief von den Schaufeln. Der Junge konnte sich nicht satt sehen an der Bewegung, die er sich nicht erklären konnte.

Für ihn wurde das Rad nicht durch das Wasser in Gang gehalten, sondern durch einen geheimen Mechanismus im Innern der Mühle. Er verstand nicht, warum das Mühlrad das Wasser so aufwirbelte und hochschleuderte, es kam ihm sinnlos vor. Und dennoch wußte er, daß sich drinnen zwei Mühlsteine übereinanderschoben und das Korn zu Mehl mahlten.

Plötzlich hörte Gerard eine laute, polternde Stimme über sich. »Was suchst du hier?« Der Junge fuhr erschreckt zusammen. Endlich entdeckte er auch das Gesicht, zu dem die Stimme gehörte. Es glotzte aus der oberen Giebelluke und sah in seiner stoppelbärtigen Wildheit nicht eben zutraulich aus.

»Ich geh mit der Kuh auf Ruppichteroth«, antwortete Gerard.

»Mit welcher Kuh?« rief der Mann auflachend.

Gerard schaute sich nach ihr um und erkannte, daß sie inzwischen aus dem Bach gestiegen war und sich im Schatten der Erlenbüsche niedergelegt hatte. Das durfte sie auf keinen Fall. Sie mußte stehen. Wenn sie sich hinlegte, würde er sie fürs erste nicht mehr auf die Beine kriegen. Also lief er hin zu ihr und schlug sie mit dem Stecken.

»Die kriegst du nicht mehr hoch«, lachte der Müller schadenfroh. »Ist sie bei?«

Ja, natürlich war sie trächtig, Gerard nickte, ohne mit Schlagen aufzuhören. Er wußte nicht anders mit Tieren umzugehen als mit Gewalt. Tiere waren für ihn Gegenstände, und daß sie lebten, änderte nicht viel daran. Sie hatten zu gehorchen; wenn es sein mußte, unter Tritten und Schlägen.

Die Menschen gingen miteinander kaum anders um: die Obrigkeit mit dem einfachen Mann, der Herr mit dem Knecht, der Mann mit der Frau, der Vater mit dem Kind.

Jeder gab die empfangenen Schläge an den nächsten weiter. Das Leben war eine Strafe, und weil man weit und breit keinen wahrhaft Schuldigen entdecken konnte, mußte sie von Gott kommen. Und wenn es Gott war, der die Menschen auf seine Art strafte, mußte er einen Grund dafür haben: Es war die Erbsünde, die allen Menschen innewohnte.

Pastor Otten im Dattenfeld hatte es Gerard erklärt, bevor er zur ersten heiligen Kommunion gegangen war, und hatte mit dem Rohrstock dabei auf das Pult geschlagen. Sonntags trieb ihn der Vater in die Kirche, auch wenn Gerard keine Lust dazu verspürte. Es war ihm, als müsse er für sämtliche Sünden der Familie Rörich geradestehen, denn die Eltern gingen nicht hin, Oster- und Christmesse ausgenommen; der Weg zur St.-Laurentius-Kirche im Dattenfeld war weit.

Das bärtige Gesicht des Müllers war aus der Giebelluke verschwunden, bald aber erschien der Mann unter dem Türbalken. Klein und hager, mit weißbestäubtem Kittel und mit vom Säcketragen gebeugtem Rücken. »Laß sie, du schaffst es nicht«, sagte er im Näherkommen. »Wo kommst du dannen?«

»Aus dem Windecker Dall«, antwortete der Junge und ließ den Stecken ruhen. Er war selbst müde genug und hungrig noch dazu. Ob der Müller nicht einen Kanten Brot für ihn hätte?

»Dann hast du einen weiten Weg hinter dir«, sagte der Müller. Er wirkte nun weit weniger unfreundlich als eben noch. »Und alles mit der dicken Kuh?«

Der Junge nickte wieder; er hockte sich auf einen Stein. Die Beine waren ihm schwach. »Ist dein Vater tot?« fragte der Müller weiter.

Der Junge schüttelte den Kopf. »Aber er hat einen schlimmen Husten und spuckt Blut.«
»Dann ist's bald aus mit ihm.«
»So wird's sein«, sagte der Junge. Er war darüber nicht traurig. Er dachte nur an all die Schläge, die er vom Vater erhalten hatte und daß es damit ein Ende haben würde, wenn er erst tot wäre.
»Sicher willst du zum Rohn«, sagte der Müller. »Hab gehört, daß er im Dorf ist. Hoffentlich hat er deinem Vater einen guten Preis gemacht.«
Gerard fiel augenblicklich ein, was ihm sein Vater eingetrichtert hatte: »Mit niemand übers Geld reden! Mit keinem, hörst du, verlauster Bengel!«
»Ich weiß nicht«, antwortete der Junge deshalb auf die Frage des Müllers. »Ich bring nur die Kuh hin.«
»Dann ist's ja gut«, der Müller rieb sich die Bartstoppeln, »hast nichts zu befürchten.«
Der Junge schaute verschreckt auf.
»Von den Kaiserlichen«, fuhr der Müller fort. »Die sind nämlich gestern hier durch und auf Waldbröl an.«
»Und kommen zurück?« fragte der Junge bang.
»Das weiß man bei denen nie.«

Gerard blieb, bis sich die Kuh erholt und er den Kanten Haferbrot gegessen hatte, den der Müller ihm schenkte. Danach fühlte er sich besser, und auch das Tier ließ sich wieder auf die Beine stellen. Es war auch nicht mehr sehr weit bis Ruppichteroth. Als der Junge eine kurze

Strecke gegangen war, konnte er bereits die Kirchturmspitze des Dorfes sehen. Und obwohl es jetzt wieder ein wenig bergan ging, lief es sich gut für den Jungen und die Kuh. Gerards Fußsohlen schmerzten kaum noch, der Schweiß war vom Leinenhemd aufgesogen und getrocknet. So gelangten sie schon bald an die ersten Häuser des Dorfs.

Der Müller hatte ihm gesagt, er solle immer den Kirchturm im Auge behalten, dann könne er den Rohn gar nicht verfehlen. Denn gleich neben der Kirche habe der Wirt Norpert seine Herberge, wo der Rohn abzusteigen pflege. Der Junge freute sich, bald den ersten Teil seines Auftrags hinter sich zu haben. Bis hierher jedenfalls war alles gutgegangen. Und was hatte der Vater gezetert, als er ihn für den Weg vorbereitete. Jede seiner Erläuterungen war von einem Stoßseufzer begleitet, jeder Stoßseufzer mit einem Rippenknuff versehen. »Das wirst du Nichtsnutz sowieso nicht schaffen!« hatte der Vater ein ums andere Mal ausgerufen. »Was bin ich nur gestraft mit dieser Lotterbrut!«

Gerard fand die Herberge ohne Schwierigkeiten. Es war ein niedriger Fachwerkbau mit blaugestrichenen Balken, gleich gegenüber der Kirche. Über der Chaderdür hing ein Schild mit einer Aufschrift, die Gerard indes nichts sagte. Denn er konnte weder lesen noch schreiben, nicht einmal seinen Namen.

Er wußte ihn ohnehin nur unvollständig. Niemand hatte ihm bislang gesagt, daß er Johannes Gerardus Rörich hieß, wie es von Pastor Otten vor dreizehn Jahren ins Dattenfelder Taufregister eingetragen worden war. Von den Eltern wurde er Gerard gerufen, mitunter auch Hanngerard, und wenn die Leute aus dem Unter- oder Mitteldall von ihm redeten, hieß er stets nur der Overdäller Gerard. Daß man seinen Vater Rörichs Ernst rief, verwirrte ihn dabei nicht.

Der eine hieß so und der andere eben anders. So nannte man seine Mutter denn auch Vogels Kathrin, als wäre sie mit dem Vater gar nicht verheiratet.
Die letzte Wegstrecke, die trockene, staubige Dorfstraße entlang, hatte der Junge die Kuh wieder am Kopfstrick geführt. Den ließ er jetzt los, und das Tier blieb stehen, während er zu dem Haus aufschaute. Er spürte sein Herz schlagen: allein in der Fremde! Zum ersten Mal dachte Gerard es auf seinem langen Weg. Und wer wußte schon, wann er die heimische Hütte im Overdall wiedersehen würde, den hustenden harten Vater, die schweigende, abweisende, wie verstockt wirkende Mutter, Anna, seine Schwester, mit der er nichts zu schaffen haben wollte. Das alles war weit fort.
In diesem Augenblick trat ein anderer Junge aus der Chaderdür. Er schien im gleichen Alter wie Gerard zu sein. Aber im Vergleich zu ihm sah er wohlgenährt aus und war gut gekleidet. Eine wollene Weste trug er überm leinenen Hemd, Strümpfe an den Waden und geschnürte Schuhe an den Füßen. Seine Haare waren geschnitten. Bei Gerard quollen sie wirr und lang unter der Lederkappe vor.
»Guten Tag«, grüßte der fremde Junge. Gerard beäugte ihn von unten her und hielt den Stecken fest in der Hand, in der Tasche spürte er das Messer. Er erwiderte den Gruß nicht; das tat im Dall niemand. Man nickte einander zu, mehr nicht. Gegrüßt wurden der Pfarrer und der Schultheiß mit seinen Knechten, wenn sie kamen, den Pachtzins und die Abgaben zu fordern. Dies hier aber war ein gleichaltriger Junge, ein Beuert, wie man hier sagte. Auch wenn er aussah wie ein feiner Herr.
»Ich bin der Pitter«, sagte der jetzt, »und der Händler Rohn ist mein Vater.« Das klang stolz, da er aber den Namen

genannt hatte, den auch Gerard kannte, antwortete der: »Ich will zu deinem Vater. Ich bring die Kuh.«
»Hat sie der Vater gekauft?« Der fremde Junge schaute auf das steif dastehende Tier, dessen schwerer Leib sich hob und senkte.
»Wenn er mir das Geld dafür gibt, hat er sie gekauft«, sagte Gerard. »Ist er da?«
»Warum denn so eilig?« fragte Pitter. »Es ist Mittagszeit, da ruhen die Geschäfte.« Das kam Gerard hochnäsig vor, großmännisch, wie man im Dall sagte. Der fremde Junge glaubte wohl, wunder was zu sein, weil sein Vater der Händler Rohn war. Da kam er bei ihm aber an den Rechten!
»Ich hab noch 'nen Weg vor mir«, sagte er, »da muß ich sehn, daß ich weiterkomme.«
»Na gut«, lenkte Pitter ein, »dann will ich den Vater für dich rufen.« Er wandte sich ins Haus und ließ Gerard stehen. Der schaute sich auf der Straße um, sah Leute Häuser verlassen und betreten. Eine Rinderherde wurde von einem bloßfüßigen Jungen bergwärts getrieben. Das Dorf sah nach Wohlstand aus, alles wirkte hell und reich. Im engen Dall, eingezwängt zwischen Burgberg und der Altwicke, roch man gleich die Armut. Kaum fiel ein Sonnenstrahl bis in den Bachgrund, und es gab nur ein wirkliches Haus dort, eines mit mehreren Zimmern. Und das gehörte dem Förster Clouth in der Burgwies. Alles andere waren Hütten mit einem einzigen Raum, in dem die Familie mit dem Vieh hauste, mit Hühnern, Enten und Ziegen. Die Röhrichs besaßen wenigstens noch einen Verschlag für die Kuh, wenn er auch gleichzeitig Gerards Schlafplatz war. Doch das machte ihm nichts; er kannte es nicht anders. Wenn's anfing, kalt zu werden, verkroch auch er sich in die Hütte.

Hier in Ruppichteroth fiel ihm der Unterschied wieder auf, wie er ihn schon gesehen hatte, wenn er die Tante in Eitorf aufsuchte und von ihr meist nicht mal bis in die Wohnstube vorgelassen wurde. Das hatte ihn gefuchst, wenn er dort in der Vorküche neben Hausbrunnen und Waschkessel verharrte, die Mütze in der Hand, und darauf wartete, daß ihm die Tante einen Brotlaib reichte, ehe er mit langen Schritten davoneilen durfte, quer durchs Feld auf die Stromberger Siegfurt zu, froh, der Sauberkeit im Haus der Verwandten entronnen zu sein. Er hörte schwere Stiefelschritte und sah sich plötzlich einem dickbäuchigen Mann gegenüber, der ein zufriedenes, sattes Gesicht hatte. Das war der Rohn. Er hatte ihn mehrmals im Dall gesehen, war wie die anderen Kinder und Weiber hinter ihm und seiner Pferdekarre hergerannt, um bloß nicht den Augenblick zu versäumen, wo der Händler seine Effekten auspackte. Dann lachte der Rohn so wie jetzt, polternd und gutgelaunt, wie ein Händler eben, ließ die Schmicke knallen, daß es eine Lust war, ihm dabei zuzusehen.

Jetzt hatte er keine Schmicke bei sich; er trug einen blaugefärbten Leinenkittel, dunkle Hosen und schwere Reitstiefel, das Gesicht war umrahmt von einem braunen Bart. War das ein Mann! So hätte Gerard auch aussehen mögen, später, so satt und stattlich. Pitter, sein Sohn, war bei ihm und starrte an seinem Vater hoch, als wolle er dem vor ihm stehenden und wie verwahrlost wirkenden Taglöhnerburschen zeigen, wohin er gehörte. Dem klebten ja noch die Heufäden der Nacht an Hemd und löchriger Hose.

»Da bist du also mit der Kuh, die mir der Rörich schickt«, rief der alte Rohn. »Laß sehn!« Und er trat auf die Straße und ging mit Kennermiene um das Tier herum. »Wann ist es denn soweit mit ihr?«

»Der Vater sagt, 'nen Monat würd's wohl noch dauern«, antwortete Gerard.
»Wenn sie nicht schon früher dran ist nach dem Weg von heut. Sie sieht nicht gut aus.« Der Rohn lachte nun nicht mehr, sein feistes Gesicht war nachdenklicher geworden, als er der Kuh in die Seite faßte, den Hals tätschelte, sich die Nüstern beguckte. »Na ja«, meinte er schließlich, »bring sie rauf zum Höhler, dem ist sie versprochen. Der Pitter kann dich hinführen.«
»Und das Geld?« fragte Gerard.
Da lachte der Rohn wieder auf. »Hast Angst, der Rohn betuppt dich? Du wirst dein Geld kriegen, Beuert. Komm nachher nur wieder hier vorbei. Ich hab's im Sack.« Er klopfte sich auf die prall gefüllte Hosentasche. »Geh, Pitter, zeig ihm den Stall vom Höhler.«
Auch in diesem Dorf waren die Wege nicht weit, und so waren sie schon bald mit der Kuh an Ort und Stelle, trieben sie in den Stall, und Pitter sagte dem Bauern Bescheid. Danach rannten die beiden Jungen um die Wette die Dorfstraße wieder hinab zum Gasthaus.
Das Tier endlich los zu sein, dieser Gedanke beflügelte Gerard. Zwar würde er gleich eine neue Last empfangen, aber sie war angenehmer: Geld. Zwanzig Reichstaler, ein unvorstellbarer Batzen schwerer Münzen! Ihretwegen hatte er das Zählen überhaupt lernen müssen. Mindestens bis zwanzig sollte er zählen können, wenn er das Geld in Empfang nähme, und es sollten nur Silbertaler sein. Das hatte sich der Vater ausbedungen. Der hatte dem Jungen auch ihr Aussehen beschrieben, damit er sich nur ja nicht übervorteilen ließe vom Rohn. Auf der einen Seite der Reichsadler, auf der anderen das Bildnis des Landesherrn, des Herzogs von Berg und Kurfürsten von Bayern.

Gerard fieberte dem Augenblick entgegen, wo er die Münzen sehen und anfassen konnte. Er würde dann Geld haben, wenn auch nur für kurze Zeit. Was würde er damit alles anfangen können! Eine trächtige Kuh ließe sich dafür kaufen, womöglich sogar ein Pferd.

Ein Pferd war für Gerard das Höchste, Größte, Schönste. Auf einem Pferd zu sitzen und durch die Welt zu reiten: Diesen Traum hatte er oft geträumt, wenn er dem Vater im Wald beim Lohschälen half und ihnen der Regen die Fetzen am Leibe weichte. Jetzt besäße er bald das Geld und könnte damit diesem erbärmlichen Leben ein Ende bereiten.

Auf einmal lagen sie vor ihm, zwanzig silberne Taler. Der Vater hatte ihm befohlen, darauf zu beißen, und so biß er darauf und sah nach, ob seine Backenzähne Kerben hinterlassen hatten. Der alte Rohn lachte darüber. Schließlich aber, als der Junge die Prozedur beendet hatte und das Geld im Leinensack verstaut war, wurde er ernst. »Du weißt, was das bedeutet, Beuert?« fragte er und nahm ihn beim Ohr wie der Vater. »Nur deshalb setz ich mich auch mit dir in die Hinterstube, damit niemand von dem Handel erfährt. Sonst bist du deines Lebens nicht mehr sicher. Warum hat der Rörich eigentlich dich geschickt und nicht einen Gevatter?«

»Weil er denen weniger traut als mir«, antwortete Gerard und fühlte nun auch so etwas wie Stolz in sich. Natürlich hatte der Vater überlegt, ob er den Handel nicht besser seinen Brüdern Wilhelm und Matthias überlassen sollte. Aber von diesen beiden Hungerleidern war eher zu erwarten, daß sie mit dem Batzen Geld auf Nimmerwiedersehen ihrer Armut entflohen, als von dem Jungen. Denn der hätte Angst vor ihm, dem Vater, und seinen drohenden Worten: »Wenn du damit durchgehst, schlag ich dich tot. Ich find dich schon, verlaß dich drauf. Und dann gnade dir Gott.« Davor

würden dem Jungen alle falschen Gedanken vergehen, er würde seinen Auftrag erfüllen. Dessen war sich der Vater ganz gewiß gewesen.
»Dann viel Glück«, sagte Rohn. »Es sind Soldaten in der Gegend, meide sie.«
Gerard tastete nach dem Messer im Hosensack. »Ich weiß«, sagte er. Sie würden ihn schon nicht fassen. Dann hob er die Lederkappe vom Kopf, unter der sein schweißnasses krauses blondes Haar am Kopfe klebte, schob den Leinenbeutel mit dem Geld hinein und setzte die Kappe wieder auf. Das war der Grund, warum er sie am Morgen mitgenommen hatte. »Hat's dir dein Vater so gezeigt?« fragte Rohn. Gerard nickte.
Bei alldem stand der Pitter staunend dabei. »Und wohin gehst du jetzt?« fragte er endlich, als er sah, wie Gerard sich zum Gehen wenden wollte.
»Nach Waldbröl zum Medicus und zum Apotheker; der Vater spuckt Blut«, antwortete er.
»Dann hast du aber noch einen weiten Weg vor dir«, sagte Rohn, »drei Wegstunden mindestens. Aber bis zum Abend könntest du's schaffen.« Dann wandte er sich an seinen Sohn: »Schau dir's gut an, Pitter. Diese Wegstrecken wirst du auch mal machen müssen, wenn du's Geschäft übernimmst. Wird gar nicht mehr lange dauern.«
»Ja, Vatter«, sagte der Junge folgsam.
»Und du sagst mir noch deinen Namen«, richtete er das Wort wieder an Gerard, und der sagte ihn, soweit er ihn kannte. »Gut«, meinte Rohn, »wenn ihr euch wiederbegegnet, werdet ihr euch guten Tag sagen. Geh mit Gott, Gerard. Und richt deinem Vater aus, daß ich seine Schulden nicht abgezogen hab vom Handelsgeld. Ich stunde sie ihm bis in den Herbst nach der Fruchternte. Vergiß es nicht.«

Gerard nickte ergeben. So viele Worte hatte ihm noch nie jemand gewidmet, vor allem nicht in diesem gutherzigen Ton. Das hatte ihm auf seltsame Weise gefallen, aber er wußte nicht, wie er seine Gefühle hätte zeigen sollen. Sie machten ihn verlegen und ließen sein Gesicht rot anlaufen.

Als er Ruppichteroth hinter sich hatte, atmete er auf. Er spürte den geldgefüllten Leinenbeutel schwer auf seinem Kopf unter der Kappe. Noch bevor es dunkel wurde, würde er davon befreit sein, wenn er erst in Waldbröl gewesen, den Medicus Büren und den Apotheker Sturm besucht hätte. Dazwischen aber, der Händler Rohn hatte es ihm eindringlich gesagt, lagen drei lange Wegstunden Fußmarsch.

Seine Füße schmerzten nun doch nach all den Strapazen, den verhärteten Furchen auf den unebenen Wegen, den Ästen und Kieseln, auf die er getreten war. Vor seinem Abschied hatte er den alten Rohn noch nach dem Waldbröler Weg gefragt, und der hatte ihn beschrieben, soweit es möglich war. Er brauche sich nur an den Wasserlauf der Bröl zu halten, dann finde er schon hin, hatte Rohn gemeint.

Bis zum Hof Velken war es derselbe Weg, der ihn auch hergeführt hatte. Dem Müller bei der Brölfurt begegnete er jedoch nicht wieder. So ließ er die Mühle rasch hinter sich, Velken blieb zurück, und mählich neigte sich die Sonne dem Horizont zu. Die Hitze ließ nach, das Gelände war offen und der Weg eben. Auf den Feldern waren hin und wieder ein paar dunkle Gestalten zu erkennen. Sie schwangen Harken und Sensen und waren mit der Heuernte beschäftigt. Die Landschaft wirkte leer und friedlich. Eine weitere Mühle tauchte am Brölbach auf und wurde von Gerard passiert. Das Wehr war geschlossen, das Rad bewegte sich nicht, und das Mühlhaus schien verlassen. Rechts über sich am Berg erkannte er die wenigen Hütten eines Hofs; aber es bewegte sich auch dort nichts. Das war ihm unheimlich. Es war so wie zu Hause, wenn Soldaten in der Gegend waren und die Leute ihre Hütten verließen und sich davonmachten.

Prüfend hielt Gerard sein Ohr gegen die Luft, aber sie trug ihm nur das leise Gurgeln des Baches und ein paar Vogelstimmen zu. Der Weg lief vom Talgrund die Anhöhe hinauf und durchquerte ein kleines Buchengebüsch; dahinter sah der Junge schon die Dächer eines weiteren Hofs. Waldbröl war das nicht; Waldbröl war ein Dorf mit zwei Kirchen. Wieder lauschte Gerard angestrengt; beim leisesten Geräusch von Pferdehufen oder menschlichen Stimmen würde er sich ins Gebüsch schlagen. Sein Herz schlug bis zum Hals. Die Stille, die ihn umgab, flößte ihm Furcht ein.

Die Sonne stand schon tief, bald würde es Abend werden, und er mußte sich beeilen, wenn er all das noch erledigen wollte, was ihm vom Vater aufgetragen worden war. Er setzte seinen Weg fort. Hunger quälte ihn, Durst. Vielleicht hätte er sich in der verlassenen Mühle einen Unterschlupf für die Nacht suchen sollen, dort wäre er wenigstens sicher gewesen. Aber in Waldbröl gab es gewiß etwas zu essen für ihn, er würde es bezahlen können. Die metallene Last unter seiner Lederkappe drückte auf seinen Schädel. Es wurde Zeit, daß er seinen Weg zu Ende brachte.

Plötzlich hörte er Hufschlag, und fast im selben Augenblick sah er über der Kuppe der kleinen Anhöhe den Kopf eines

Reiters auftauchen. Gerard hielt den Atem an. Zur Flucht war es schon zu spät. Links und rechts nur freies Gelände, das Buchengebüsch zu weit weg, als daß er ungesehen hätte hingelangen können. Wie angewurzelt war der Junge stehengeblieben und stützte sich auf den Stecken, als wolle er ausruhen. Er sah zu, wie auf der Anhöhe langsam die Gestalt eines grüngekleideten schnauzbärtigen Reitersmannes mit einem seltsam hohen Hute heranwuchs. Über einer Schulter trug er eine pelzverbrämte Jacke, seine dunkelgrüne Uniform war mit schwarzen Schnüren verziert, an seinem hohen Hute baumelte eine lange Troddel. Er saß auf einem feingliedrigen Rappen mit glänzendem Fell, das eine leuchtend rote Schabracke zierte. Neben seinem linken Steigbügel lief ein kleiner Junge von annähernd sechs Jahren, der die Hand ausstreckte und auf Gerard zeigte. Aber der Soldat hatte ihn bereits gesehen.

Hinter ihm und seinem Pferd tauchten nach und nach vier armselige bloßfüßige Gestalten in zerrissenen Leinenkitteln auf, die Hände auf den Rücken gebunden, die Köpfe gesenkt. Dahinter zwei weitere uniformierte Reitersleute. Gerard wußte sofort, was die Stunde geschlagen hatte. Rasch versuchte er ein »Gegrüßet seist du, Maria« zu beten, aber ihm vergingen die Worte im Kopf, und er dachte nur noch an das Geld unter seiner Mütze. An ein Entkommen war nicht mehr zu denken. Auch fühlte er sich viel zu schwach dazu.

»He, Milchbart«, rief ihm der Reiter schon von weitem zu, »was treibt dich uns in den Weg?« Er redete in einer Sprache, die fremd in Gerards Ohren klang und die er nur schwer verstand. Er war es gewohnt, in seinem Siegtaler Dialekt zu sprechen. Immerhin aber begriff Gerard den Sinn der Worte, und er antwortete: »Ich will auf Waldbröl an,

Herr Soldat.« Das war natürlich die falsche Antwort, fiel ihm ein, denn sie sagte dem Schnauzbart, daß er nicht von hier war. Er hätte unbedingt den Namen eines nahen Hofs angeben müssen, aber er kannte ja keinen.

»Herr Soldat, Herr Soldat!« rief der Reitersmann. »Ich bin kaiserlicher Wachtmeister der Barko-Husaren! Wenn man mit mir spricht, hat man die Kappe abzunehmen, Bauernlümmel!«

Gerard fuhr der Schreck in den Bauch, es war ihm, als müsse er auf der Stelle zusammensinken. Hinter dem Soldaten jedoch kam Gelächter auf und trieb ihn zu weiteren Späßen an. »Oder mußt du die Läuse warm halten?« rief er.

Die juckten und quälten ihn ohnehin schon den lieben Tag, und oft hatte er überm Gehen die Kappe mit dem Beutel darunter hin und her geschoben, um sich zu kratzen. Läuse und Flöhe, das waren ständige schmarotzende Begleiter. Wenn seine Mutter gut gelaunt war, fing sie ihm und der Schwester die Läuse aus den Haaren, auf die Flöhe im Hemd mußte er schon selbst Jagd machen.

Wieder hatten die anderen Soldaten laut aufgelacht, sogar die gebundenen Strauchdiebe zwischen ihnen lachten, obwohl es, wie es aussah, für sie nichts zu lachen gab. Selbst dem Steigbügeljungen gefiel der Spaß, den der Wachtmeister mit dem hergelaufenen Fremden trieb. Es mußte für sie alle ja auch gar zu lustig ausschauen, daß da ein Bauernbursche eine Lederkappe auf dem Kopf trug, obwohl seine Waden und Füße nackt waren.

Auf des Soldaten Frage wußte Gerard nichts zu antworten; er zuckte lediglich mit den Schultern.

Schnell war da der Wachtmeister mit seiner Reitgerte zur Stelle und wischte Gerard die Kappe vom Kopf. Im selben Moment versiegte sämtliches Gelächter. Alle starrten auf den Leinensack, der zusammen mit der Kappe zu Boden geplumpst war. »Sapperlot!« entfuhr es dem Wachtmeister, und er strich sich mit der freien Hand den Schnauzbart. »Halt mal den Rappen«, sagte er zu dem Jungen an seiner Seite. Er warf ihm die Zügel zu und schwang sich vom Pferd. Gerard stand wie versteinert.

Als der Husar bei ihm war und sich nach dem Geldsack bückte, schloß er die Augen. Er roch die Nähe des fremden Soldaten, sein Tuch, seinen Schweiß, und hörte, wie er beim Öffnen der Verschnürung atmete, wie das silberne Metall gegeneinanderschlug und klimperte. Ein Pferd schnaubte leicht, Sattel- und Zaumzeug knarrte; sonst blieb alles still. Als der Husar mit einem Jubelschrei aufsprang, riß Gerard die Augen wieder auf. Er sah, wie dieser die Münzen in seine offene Hand zählte. Alle drängten jetzt heran, die Reitersleute, die flugs abgesessen waren, die gebundenen Burschen und der Steigbügeljunge.

Jetzt hätte er fliehen müssen, laufen, rennen. Aber Gerard blieb an seinem Platz, den Stecken in der Hand, unfähig, sich zu rühren, zu ermattet, um einen Schritt zu tun. Ihm war, als müsse er gleich sterben; ertappt fühlte er sich, wie ein Sünder.

»Zurück, ihr Gesindel! Auf die Gäule mit euch!« schrie der Wachtmeister wie trunken vor Glück und Zorn, und alle beeilten sich, seinem Befehl nachzukommen. Er dagegen schob gemächlich die Münzen aus der Hand in den Leinensack, band die Schnur, wog das Gewicht mit der Hand.

»Zwanzig Silbertaler«, sagte er schließlich und wandte sich Gerard zu. »Wem hast du sie gestohlen, Bursche?« Der Junge spürte Tränen der Wut in sich aufsteigen. »Ich hab sie nicht gestohlen!« rief er heftig und stieß zur Bekräf-

tigung seiner Worte den Stecken auf den Boden. »Die Kuh hab ich an den Rohn verkauft.«
Der Wachtmeister zog ihm dafür die Gerte übers Gesicht, daß sich ein scharfer roter Striemen auf der Wange zeigte. »Das für deine Lüge, Lümmel!« donnerte der Husar. Gerard schossen die Tränen in die Augen, und er hob die Hand an die schmerzende Wange. »Es ist so, wie ich sage«, antwortete er schluckend.
»Gleichwohl«, sagte der Wachtmeister, »es ist anscheins unrecht Gut, das ich hiermit konfiszier«, und er schob den gefüllten Beutel in die Satteltasche seines Pferdes. »Es gehört dem Kaiser. Und nun lauf zu, eh' ich dich Ruten gehen lasse.«
Gerard aber rührte sich immer noch nicht.
»Hast wohl nicht gehört!« rief der Husar und hob die Gerte erneut gegen den Jungen.
Der schüttelte trotzig den Kopf. »Der Vater liegt auf den Tod darnieder«, sagte er. »Ich bin auf dem Weg zum Medicus und Apotheker.«
»Von wo kommst du denn, Bursche?« wollte nun der Wachtmeister wissen.
»Aus dem Dall«, antwortete der Junge und wischte sich die Tränen aus dem Gesicht.
Der Wachtmeister wandte sich an die Gebundenen: »Kennt's einer von euch?« Die Gestalten schüttelten die Köpfe. »Daß du mich wieder belügst, Halunke!« drohte der Wachtmeister und rollte die tiefbraunen Augen.
»Aber gewiß nicht, Herr Soldat«, jammerte Gerard. »Wenn ich ohne Arznei und ohne Taler nach Haus komm, schlägt er mich tot, der Vater.«
»Willst wohl lieber kaiserlicher Reuter werden?« fragte der Soldat und kniff ein Auge zu.

Gerard horchte auf. Das wäre ein Ausweg. An den hatte er noch gar nicht gedacht. War es nicht schon immer sein Traum gewesen, auf einem Pferd zu sitzen und sich die Welt zu erobern? Zu Haus im Dall erwarteten ihn nur Hunger, Elend und Schläge. Als kaiserlicher Reiter wäre er endlich auf der anderen Seite des Lebens, auf der Seite der Sieger und Eroberer, die ungestraft Hab und Gut anderer Leute nehmen durften, sich nicht scherten um Weib und Kind, sondern fröhlich in den Tag hinein lebten.
»Komm zu uns, Beuert!« rief einer der Gebundenen und lachte hämisch. »Kriegst ein gutes Werbgeld vom Wachtmeister.«
»So ist es«, bestätigte jener.
»Und wieviel?« fragte Gerard.
»Zwei Silbertaler. Und sie gehören nicht deinem Vater, sondern ganz allein dir«, lockte der Husar. »Kannst sie in Limburg bei der Marketenderin eintauschen gegen Wein und Brot und andere wunderbare Sachen.« Der Schnauzbart zwinkerte ihm zu und lachte.
Gerard wurde sofort wieder an seinen Hunger erinnert. »Holl hab ich lang genug gelitten«, sagte er.
»Was meint er?« wandte sich der Husarenwachtmeister an den Steigbügeljungen.
»Daß er Hunger hat«, übersetzte der das unverständliche Wort.
»Gebt ihm zu essen!« rief der Wachtmeister aufgeräumt und machte eine weit ausladende Armbewegung. Die beiden Soldaten stiegen von ihren Pferden, holten Brot und eine Flasche Wein aus ihren Taschen und Mantelsäcken und brachten es dem Jungen. Der setzte sich auf den Erdboden und fing an zu essen.
»Sauf, Bürschlein, sauf!« drängte der Husar, und Gerard

ließ sich nicht lange bitten. Überm Kauen und Sattwerden kam er sich schon fast wie einer der Soldaten vor. Alle Mühsal schien verflogen, alle angstvollen Gedanken. Er würde also ein kaiserlicher Reiter werden und in den Krieg ziehen. Doch gegen wen?

Seit einigen Jahren schon war Frieden im Land, das Hin- und Hermarschieren der Regimenter und Schwadronen hatte aufgehört. Es war ruhig geworden, aber man sprach vom Franzosenkaiser drüben auf der anderen Rheinseite, der würde nicht lange Ruhe geben.

»Der Kaiser ist ein lieber Mann«, sagte der Wachtmeister. »Er vergißt seine Soldaten nicht, gibt ihnen Wein und Brot. Du siehst es.« Gerard setzte die Weinflasche an und trank vom Rotwein. Zum ersten Mal schmeckte er den herben Rebensaft, spürte er, wie er wärmend in den Magen fuhr.

»Friß dich satt, Beuert!« rief einer der Gebundenen, die sich ebenfalls niedergelassen hatten. »Wer weiß, wann's wieder was gibt für dich.«

Gerard kam sich vor wie der Mittelpunkt dieser Gesellschaft; alle kümmerten sich um ihn. Das ließ ihn das verlorene Geld vergessen.

»Nun setz auch deinen Namen unter die Rekrutenliste«, sagte der Husar, »und gib dem Kaiser dein Wort.«

Welchen Kaiser meinte er eigentlich? ging es Gerard durch den Kopf. War's Napoleon? Sein bergischer Landesherr war ja nur Herzog, das wußte er, und er hieß Maximilian Joseph. Pfarrer Otten erzählte manchmal von ihm, wenn für ihn gebetet werden mußte. »Kaiser« hörte sich sehr viel größer und mächtiger an, das erinnerte fast an den lieben Gott. Vielleicht waren Kaiser und Gott sogar dasselbe, wo ihm der Kaiser nun sogar zu essen und zu trinken gegeben hatte durch einen seiner Soldaten. In Gerards Kopf verwirrten

sich die Gedanken. Der Junge fühlte sich satt, warm und schläfrig. Am liebsten hätte er sich lang hingestreckt. Aber da war der grüngekleidete Husar mit der Liste, die er vor seiner Nase hin und her bewegte. »Komm«, sagte er jetzt. Einer der Soldaten hatte ein Tintenfaß und einen Federkiel herbeigeholt, der andere beugte seinen Rücken, und der Wachtmeister legte die Liste darauf. Auf schwankenden Beinen stakste Gerard zu der Gruppe hinüber. »Gefangen, gehangen!« jauchzte es aus der Schar der Gebundenen.
»Papperlapapp!« rief der Husar hinüber und winkte Gerard mit dem Federkiel. »Laß dich nicht einschüchtern von dem Gesindel! Wie heißt du, Bürschlein?«
»Gerard«, sagte der.
»Und wie weiter?«
»Overdäller Gerard.«
Der Wachtmeister tunkte die Feder ein und schrieb. Dann reichte er sie dem Jungen. »Unterschreib, oder mach ein Kreuz.«
Gerard hielt den Federkiel unbeholfen in der Faust. »Ich hab's nicht gelernt«, sagte er. Da faßte der Husar seine Hand und führte sie mit dem Federkiel übers Papier, daß hernach ein krakeliges Kreuz dort stand.
»So, nun bist du ein Soldat der kaiserlichen Majestät«, sagte der Wachtmeister, »und hier ist dein Werbgeld.« Gerard hielt die Hand auf, und der Husar legte zwei silberne Münzen hinein. »Verwahr es gut, zumindest bis Limburg. Die Marketenderin wird schon drauf warten.« Die beiden anderen Soldaten lachten.
Gerard steckte die klimpernden Münzen in den Hosensack und spürte den Griff des Messers. Das gab ihm ein starkes Gefühl. Aber es hielt nicht lange an. Denn kaum waren die Münzen in der Tasche verschwunden, winkte der Wacht-

meister einem Soldaten und sagte: »So, Rekrut, nun wirst du gebunden, denn der Kaiser will dich behalten.« Der Soldat kam mit den Schnüren und band Gerards Hände auf dem Rücken zusammen. Er gab ihm einen Schubs, und der Junge stand plötzlich bei den anderen Gebundenen. »Vivat!« rief jemand, »Willkommen in der Armee!« ein weiterer.

»Aufsitzen!« kommandierte der Wachtmeister, nahm dem Steigbügelhalter den Zügel aus der Hand und bestieg seinen Rappen. Gerards Stecken und Lederkappe blieben im Gras liegen, als sich der Zug wieder in Bewegung setzte.

Die Nacht verbrachten die geworbenen Rekruten aneinandergebunden im Stroh einer Scheune, während der Husarenwachtmeister in der Schänke nebenan einen Taler vom geraubten Geld für seine Soldaten springen ließ. Man hörte sie zechen und lärmen. Den Steigbügeljungen hatten sie mit einem Fußtritt heimgeschickt.

Niemand der Rekruten wußte, wo sie sich befanden. Während des Marsches war der Abend hereingebrochen, und sie waren zwischen den Pferden vorwärts getorkelt, ohne zu wissen, wohin. Es war ihnen auch gleichgültig, als sie endlich im Stroh lagen und die Augen schließen durften. Gerard vermutete, daß er wieder in Ruppichteroth gelandet war, aber sicher war er seiner Sache nicht.

Während des Marschs hatte sich herausgestellt, daß die vier übrigen Rekruten sämtlich aus der Waldbröler Gegend stammten. Zwei waren von zu Hause ausgerissen, um bei der Armee zu dienen, die beiden anderen waren auf die gleiche Weise wie Gerard geworben worden. Sie waren den Werbern über den Weg gelaufen und von ihnen überredet worden. Daß der Junge erst im vierzehnten Jahr stand, kümmerte niemanden. Er mußte nur ein Gewehr tragen und auf einem Gaul sitzen können. Mehr würde nicht von ihm verlangt werden, und mit jedem weiteren Tag würde er älter und damit erfahrener werden. Auch würde ihm die Uniform besser passen als den größeren und kräftigeren Leuten. Uniformtuch war knapp bemessen, Uniformen waren eng und grob noch dazu. Es war daher gut, wenn man so klein, rank und schlank wie Gerard war.

Am anderen Morgen löste man die Fesseln der Rekruten und gab ihnen Brot und Wasser. Sie machten sich darüber her wie Verhungernde. Ein Soldat unter Gewehr behielt sie währenddem im Auge. Doch die Rekruten waren viel zu apathisch, um aufzumucken. Nachdem sie fertig gegessen hatten, wurden sie wieder gebunden und auf einen zweirädrigen Pferdekarren geschoben; ein Soldat half dabei mit dem Gewehrkolben nach, wenn's ihm nicht schnell genug ging. Endlich erschien auch der Wachtmeister. Er sah ausgeruht und satt aus und ließ jedermann an seiner guten Laune teilhaben.

»So, ihr Galgenvögel«, rief er fröhlich, als er die Rekruten wiedersah, »heut wollen wir uns ein bissel beeilen, damit ich euch recht bald vom Halse hab.« Er zog dem breitärschigen Karrengaul eins mit der Gerte über, daß er sich sofort in Bewegung setzte und den Fuhrmann mit fortriß. Der Wachtmeister und die Soldaten bestiegen ihre Pferde und folgten dem Karren.

Gerard betrachtete die Gegend. Sie sah so aus wie alle Gegenden, die er kannte. Der Fuhrmann schien seinen Weg zu kennen. Nach einer Weile setzte sich der Wachtmeister an die Spitze des Zuges, die beiden berittenen Soldaten blieben dahinter. Im Gegensatz zu dem forschen Husarenwachtmeister sahen sie müde und lustlos aus. Wahrscheinlich hatten sie eine anstrengende Nacht hinter sich; die Rekruten auf dem Karren machten sich gegenseitig darauf aufmerksam.

»Das sollten wir nützen«, flüsterte einer, »wenn wir uns davonmachen, retten wir uns die Werbtaler.«

»Ja«, flüsterte ein anderer zurück, »wo der Busch so dicht ist und sie mit den Gäulen nicht durchkommen können. Das schaffen wir auch mit gebundenen Händen.«

Gerard hörte aufmerksam zu. »Wär aber besser, wenn wir die Stricke schon los wären«, sagte der erste.

»Ein Messer«, erwiderte der andere, »das wär's, was wir nötig brauchten.« Gerard dachte an sein Messer im Hosensack. Es lag bei den beiden silbernen Werbtalern, mitunter hörte er es metallisch klingen. Aber er wollte nichts darüber verraten, denn inzwischen machte auch er sich seine Gedanken darüber, auf was er sich da eingelassen hatte. Die Handgelenke schmerzten, die Hände waren wie abgestorben, und immer noch spürte er den Gertenhieb von gestern im Gesicht. So also wurden kaiserliche Rekruten behandelt. Das hatte er sich weiß Gott anders vorgestellt.

Und alles nur, weil er den Zorn des Vaters fürchtete. Dabei war der viel zu schwach, um ihn zu schlagen wie früher. Schon vor Tagen war er nicht mehr von der Strohschütte hochgekommen, hatte sich elend gefühlt und im Schweiß unter der mit altem Laub gefüllten Decke gelegen, hatte gestöhnt und geröchelt. Nein, der Vater würde ihm bald nichts mehr anhaben können. Warum also war er davongerannt und war Rekrut geworden? Nun würden Mutter und

Schwester umsonst nach ihm Ausschau halten. Niemand würde für sie ins Tagwerk gehen, Lohe für den Förster schälen, dem Köhler das Holz reichen, Wasser und Lehm heranschaffen. Ihnen war nicht einmal die Kuh geblieben, vom Geld ganz zu schweigen; ihnen blieb nur die Lehmhütte im Windecker Overdall.

Plötzlich dachte Gerard an diese trostlose Bleibe wie nie zuvor. Wehmut umschlich sein Herz. War es Heimweh, von dem die Alten oft sprachen, wenn sie davon erzählten, daß sie die Heimat hatten verlassen müssen? Die als Weber und Pflasterer ins Wuppertal hinaufgezogen waren oder als Messerschleifer nach Solingen und Remscheid, als Hüttenarbeiter ins Siegerland und die zum Däller Breifest zurückkehrten, um wenigstens einmal im Jahr wieder im Dall bei den Ihren zu sein. Das Breifest wurde an Fronleichnam gefeiert; da kam sogar der Pastor Otten ins ärmliche Dall mit seinen Ministranten und aß vom Haferbrei in der Kump, wie es sich gehörte. Dann gab's endlich einmal für alle satt zu essen, und für diesen einen Tag galt der alte Spruch nicht mehr, wonach der arme Mann nie einen Löffel bei sich hat, wenn's mal Brei regnen sollte.

Wie sollte es mit Mutter und Schwester weitergehen, wenn er nicht mehr daheim war? Ihnen bliebe nur das Viehhüten für den Bauern im Dattenfeld oder das Besenbinden und Körbeflechten, im Winter das Flachsspinnen für die Weber in Obernau. Ich muß heim, dachte Gerard, ich kann die Weibsleut' nicht allein lassen. Er bewegte seine auf den Rücken gebundenen Hände, versuchte die Fessel zu lokkern. Aber sie war sehr stramm gebunden; da ließ er davon ab.

Das Buschwerk wurde immer dichter, der Weg schmaler und steiler. Der Kaltblüter vor dem Karren stapfte schwer

bergan, der Fuhrmann schritt im Wiegeschritt daneben, die Münsterländer Schmicke geschultert. Der Wachtmeister dagegen ritt zumeist eine Strecke voraus, um den Weg in Augenschein zu nehmen. Das benutzte einer der Gebundenen und rief von dem Karren herab dem Fuhrmann zu: »He, Fuhrmann, wohin geht eigentlich die Fuhre?«
»Ich denk«, rief der über die Schulter zurück, »sie wird auf Eitorf gehn und dann weiter auf Ückerath zur großen Chaussee.«
»Laß das Reden, Fuhrmann!« rief einer der Soldaten. »Sonst verlierst du deinen Lohn.«
Darauf trat wieder Schweigen ein, aber die Rekruten sahen sich untereinander vielsagend an. Für Gerard war der Name Eitorf wie ein Signal. Wenn sie dorthin unterwegs waren, wollte er mit seiner Flucht gern noch zuwarten. Die anderen indes hatten es wahrscheinlich eiliger. Zumindest die beiden, die dem Karrenende am nächsten saßen. Sie schickten sich mit den Augen Fragen und Antworten zu. Anscheinend warteten sie nur auf eine günstige Gelegenheit, um sich von dem Karren hinabrollen zu lassen. Denn über die Sprossenwand an den Seiten zu steigen schien Gerard unmöglich. Allerdings ritten die beiden Soldaten hinter dem Karren drein, aber es blieb ein gehöriger Abstand zwischen Karrenende und ihren Pferden.
Plötzlich ein Schnalzlaut und schon purzelten die beiden Burschen vom Karrenboden hinunter, kamen auf die Füße, die Soldatengäule scheuten und stiegen hoch, und ehe sie mit ihren Hufen wieder die Erde berührten, waren die beiden links und rechts in die Büsche gesprungen.
»Hüh, brrr!« rief der Fuhrmann.
»Halt, stehenbleiben!« schrien aufgeregt die Soldaten.
Der Wachtmeister kam auf seinem Rappen den Weg zu-

rückgeprescht und nestelte wie wild an seiner Pistolentasche, während er die verdatterten Soldaten anbrüllte: »Los, ihr faulen Kerle, faßt sie!« Sie trieben ihre Gäule ins Buschwerk und hetzten durchs Unterholz. Des Wachtmeisters Pferd tanzte eine Pirouette. »Das werdet ihr mir büßen!« rief er den auf dem Karren verbliebenen drei Rekruten zu. »Daß ihr's nicht angezeigt habt.«
Der Fuhrmann stand mit ernstem Gesicht neben seinem Kaltblüter. Die Soldaten ritten blindlings im Buschwerk herum, spähten nach den Fliehenden. Doch die hatten ihre Köpfe eingezogen und hielten sich versteckt. Rufe, Geschrei, krachende Äste, wüste Flüche allenthalben. Bis allmählich wieder Ruhe einkehrte und die Soldaten auf ihren Pferden aus dem Busch zurückkamen. Der Wachtmeister jedoch wollte mit Toben nicht aufhören. »Schockschwerenot!« schrie er die Soldaten an und gab jedem eins mit dem flachen Säbel über den Pelz, daß die Pferde scheuten. »Auch ihr beiden Schlafmützen werdet's mir büßen.«
Er drosch auf sie ein, als habe er vor, ihnen die Schädel zu spalten.
Doch dann wurde ihm der Arm lahm, und er ließ den Säbel sinken. Wild rollten nur noch seine Augen, und sein gewaltiger Schnauzbart bebte, als er befahl, die verbliebenen Rekruten mit ihren Händen an die Karrenstreben zu binden.
»Aber wir sind doch treue Rekruten des Kaisers!« zeterte einer der beiden, die sowieso zur Armee hatten gehen wollen.
»Schon recht«, erwiderte der Wachtmeister bissig, »fragt sich nur, für welchen Kaiser. Ihr werdet wohl den Franzosenkaiser meinen.«
»Bei Gott, wir meinen den guten Kaiser Franz zu Wien«, rief nun der andere, als habe er sein Sprüchlein fein gelernt.

»Das werdet ihr ihm noch beweisen müssen, wenn ihr erst den bunten Rock tragt. An die Streben mit ihnen!« rief der Husarenwachtmeister, um dem Gekeife ein Ende zu machen.
Gerard verhielt sich still. Bis Eitorf würde er sich in Ruhe fassen können. Und bis dahin sollten sie sein Messer nicht entdecken. Er wehrte sich nicht wie die beiden anderen, sondern ließ es geschehen, daß die Soldaten ihn an einem Karrenstreben festzurrten. Nun saß er allein auf seiner Seite des Karrens, drüben die beiden anderen. So rollte das Fuhrwerk wieder an, begleitet von den Flüchen des Wachtmeisters.

In Eitorf war der Markttag gerade vorüber, als der Karren mit den drei gefesselten Rekruten ins Dorf rumpelte. Es war Nachmittag, die Bauersleute packten ihre nicht verkauften Waren in die Körbe, Eier und Reisigbesen, die Händler ihre Effekten, die bunten Halstücher, Küken und Hähne, Töpfe, Kannen, Leinen; in den Wirtsstuben schenkten die Wirte Wein und Branntwein aus, und die meisten Leute verhielten kurz ihren Schritt, Männer nahmen die Pfeife aus dem Mund und gafften den Karren an, bestaunten den schmucken Wachtmeister der Barko-Husaren und sein schönes Pferd und schickten dem Zug ihre Bemerkungen hinterdrein. »Arme Tröpfe«, hieß es über die Gebundenen; »Was für ein stolzer Husar« über den Wachtmeister. Kinder liefen hinter dem Zug her, begleiteten den Karren und zeigten den Rekruten lange Nasen.
Der Zug erreichte das Schultheißenhaus bei der Kirche. Die

Wachstube des Polizeigefängnisses lag gleich nebenan. Das war ein alter baufälliger Schuppen mit abbröckelnden Lehmwänden und zersplitterten Fensterscheiben. Immer mehr Menschen kamen hinzu, als der Husar sich vom Pferd hob und den Zügel einer der Rotznasen zuwarf. Der Junge stieß einen Jauchzer aus vor stolzer Freude. Auch die übrigen Soldaten saßen ab und führten die Pferde zur Tränke mitten auf dem Marktplatz. Der Junge mit dem Rappen des Wachtmeisters ging hinterher.

Da trat aus der schmuddeligen Räuberhöhle des Polizeigewahrsams eine dürre, krumme Gestalt mit zotteligem Haar und einem verfilzten Dreispitz auf dem Kopf. Das Gesicht war von Falten durchzogen, der Mund bis auf wenige Stümpfe zahnlos. »Was wollt ihr denn noch hier?« krächzte der Mann. »Für euch Kaiserlichen ist im Bergischen kein Platz mehr, wo unser Landesherr mit dem Frankenkaiser geht. Ihr wißt es, Husar.«

»Lirumlarum«, sagte der, schob das Männlein mit einer unwilligen Handbewegung beiseite, ging zum Karren und band die jammernden Rekruten von den Streben los. »Hier bist du nichts anderes als ein lausiger Polizeidiener, Alter. Komm und verwahr mir das Gesindel bis morgen. Soll ja dein Schaden nicht sein.«

»Diesmal wird's aber teurer als sonst, Husar«, meckerte der Polizeidiener. »Wenn's der Schultheiß erfährt, werdet Ihr auch ihm Lohn zahlen müssen.«

»Und wenn du dein Maul hältst, wird's dich hernach freuen.« Mit einem heftigen Kopfnicken bedeutete er den losgebundenen Rekruten, daß sie vom Karren hüpfen sollten. Ihre Hände waren auch weiterhin auf dem Rücken festgemacht.

»Jetzt könntet Ihr uns doch ganz losmachen, Herr Wachtmeister«, rief einer von ihnen, »unsere Hände sind schon ganz tot.« Doch der Husar hatte für ihn nur einen Fußtritt übrig. Auch der alte Polizeidiener schien sich einen Spaß daraus zu machen, sie zu knuffen und zu stoßen, damit sie zum Gefängnistor kamen.

»Das habt ihr davon, ihr Mordbrenner«, nuschelte der Alte, »daß ihr euch von den Kaiserlichen habt werben lassen. Wo ihr doch bald dem großen Napoleon dienen sollt.«

»Dem Frankenkaiser?« fragte der eine Rekrut, als komme ihm da ein vollkommen neuer Gedanke in den Kopf.

»Jaja, hört nur gut zu«, fistelte der Alte und schob sie allesamt ins Gewölbe der Wachstube.

»Was sollen wir denn da noch beim Wiener Kaiser?« fragte der Rekrut.

»Ihr habt ihm euer Wort verpfändet, merkt's euch!« rief der Wachtmeister schroff. Er betrat nach den Rekruten und dem Diener das düstere, niedrige Verlies und mußte dabei seinen Kopf mit dem hohen Husarenhut einziehen. »Verwahr sie mir also gut, mein Alter. Hier ist dein erster Anteil.« Er zählte ihm aus einem Lederbeutel ein paar Geldstücke in die zittrige Hand. »Kauf den Rekruten ein wenig Brot, und gib ihnen Wasser zu saufen.«

»Was!« zeterte der Diener und starrte auf die Münzen in seiner Hand. »Nichts weiter als sechs Blafferte?« Sein zahnloses Maul stand weit offen.

»Morgen, wenn ich die Rekruten unversehrt vorfinde, gibt's den besseren Rest«, sagte der Husar, steckte den Lederbeutel weg und empfahl sich, indem er an den Hut tippte und schnauzbartzwirbelnd seiner Wege ging.

»Hundsfott!« wetterte der Greis hinter ihm her, schob die Münzen aber eilig ins Wams. Dann wandte er sich mit einem Grinsen den Rekruten zu. »Na, meine Hühnchen«,

wisperte er, »dann hinauf mit euch.« Er schubste sie auf eine Leiter zu, die zu einem Deckenloch führte. »Dort oben könnt ihr's euch bequem machen.«
»Habt doch Erbarmen mit uns«, jammerte einer der Rekruten. »Bindet uns wenigstens los.«
»Nichts da!« kommandierte der Alte und nahm einen Stock aus einer Ecke. »Wenn ihr nicht wollt, setzt es Hiebe.«
Da stiegen sie einer nach dem anderen die Leiter hinauf, so beschwerlich das mit den gebundenen Händen auch war. Als sie oben in dem finsteren Loch angekommen waren, zog der Alte mit einem lauten Lachen die Leiter weg und legte sie beiseite. Jetzt waren sie tatsächlich gefangen und auf Wohl und Wehe dem Alten und seinen Schikanen ausgeliefert.
Doch in Gerard keimte ein Gedanke. Wenn er nur den beiden Galgenvögeln trauen durfte, die mit ihm das Loch teilten, könnte ihre Rettung nicht mehr weit sein. Auf gut Glück rief er hinunter: »Werdet Ihr uns noch Brot bringen, Herr Polizeisergeant? Wir haben den schlimmsten Holl von der Welt.«
»Nur wenn ihr's mir bezahlt«, rief der Alte zurück. »Was wär's euch denn wert, ihr Halunken?«
»Und sei's um einen Taler«, antwortete Gerard.
Da lachte der Polizeidiener auf: »Dafür will ich's euch gern besorgen.« Im Nu war er aus dem Wachlokal verschwunden und schloß die Tür hinter sich ab.
»Bist du noch bei Trost, Bürschlein?« fragte darauf einer der beiden Rekruten. »Daran werd ich mich auf keinen Fall beteiligen. Das ist ein Wucherpreis.«
»Und wenn schon«, sagte Gerard, »ich hab nämlich ein Messer im Sack. Das wird ihn bezahlen.«
»Oh, du Wicht!« jubelte der andere. »Laß sehn.« Aber zu sehen gab es nicht viel, lediglich zu fühlen, so daß sich der

eine Rekrut mit seinen gefesselten Händen an Gerards Hosensack zu schaffen machte und tatsächlich das Messer auch herausfischte. »Ich hab's!« flüsterte er. »So, komm her, Beuert, mit dem Rücken zu mir, dann sollte es wohl gelingen.«

Gerard dirigierte seine Hände so, daß die Fessel ans Messer heranreichte, und der Rekrut begann zu schneiden. Es erwies sich als ein schwieriges Unterfangen, aber letztlich gelang es doch, die erste Schnur zu durchtrennen. Der Rest machte danach nur noch wenig Mühe. Die Fesseln fielen von Gerards Händen, und er rieb sich die geschwollenen Gelenke. Bald war wieder Leben darin, und er ergriff nun das Messer und schnitt die beiden übrigen Rekruten frei. Es war finster in dem Bodenloch; durch die wenigen winzigen Fenster fiel kaum ein Schimmer, so daß sie achtgeben mußten, nicht durch den Durchstieg zu fallen.

Gerard ertastete den Rand, hielt sich dort fest und schwang seine Beine nach unten. Nun mochte er etwa eine Körperlänge über dem Fußboden schweben, wie er es berechnet hatte. Da sollte ihm ein Sprung gelingen, ohne daß er sich etwas täte. Er sprang und fiel in die Finsternis, kam aber glatt auf seinen Füßen auf. »Bringt die Stricke für den Alten mit!« rief er hinauf. »Dann springt auch ihr.« Die beiden taten, wie Gerard ihnen geheißen, und kamen ihm nach.

Sie hatten sich inzwischen etwas an die Dunkelheit gewöhnt und erkannten in dem wenigen Licht, das durch die Fenster in den Raum fiel, ihre neue Umgebung. »Ob wir uns durch eins der Fenster davonmachen sollten?« fragte der eine.

»Warum nicht, dann haben wir es hinter uns«, antwortete der andere. Gerard indes hatte eher im Sinn, auf den alten

Polizeidiener zu warten und ihm die Blafferte abzunehmen, die ihm der Husarenwachtmeister als Bewachungslohn gegeben hatte. Dann hätte er wenigstens einen Teil des ihm abgenommenen Geldes zurück. Da waren die beiden aber schon beim Fenster, entriegelten es, und der erste schwang sich auch bereits hinaus. Es war ein schmales, enges Fenster, der Mann mußte gehörige Kraft aufwenden und der andere von hinten nachschieben, um ihn durch die Öffnung zu bugsieren. Aber schließlich flutschte er tatsächlich wie ein Fisch hindurch, und Gerard hörte, wie er draußen aufplumpste. »Jetzt du«, flüsterte er, und der andere stieg in die Luke, die Arme voran, den Kopf dazwischen.

Der Mann war zur Hälfte draußen, zur anderen noch in der Wachstube, als Gerard Schritte hörte, die sich auf der Straße der Wachstubentür näherten. »Obacht!« rief er. Aber anscheinend war der Mann zu dick, und obwohl sein Kamerad von draußen an seinen Armen zog, gelang es ihm nicht, durch die Fensteröffnung zu rutschen.

»Lauf zu!« rief er dem draußen stehenden Mann zu. »Ich bin verloren!«

Im selben Moment drehte sich der Schlüssel im Türschloß, Gerard zischte noch: »Still!«, dann schob sich die Tür nach innen auf. Der Polizeidiener hatte eine Stallaterne bei sich, deren helles Licht nun in den Raum fiel, außerdem trug er einen Laib Brot unter dem Arm. »So, meine Vögelchen«, zwitscherte der Alte, »da bin ich wieder. Schnell her mit dem Talerchen.« Er stellte die Laterne auf die Tischplatte und wollte die Leiter herbeiholen, um ins Stockwerk hinaufzusteigen, als er den zappelnden Hinterkörper des Rekruten in der Fensteröffnung erkannte. »Oh, ihr Bösewichte und Schelme!« rief er noch, dann war Gerard bei ihm und setzte ihm sein Messer auf den Rücken. »Schweig, Alter!« flü-

sterte er ihm ins Ohr, und der Polizeidiener wurde still. »Es geschieht dir nichts, wenn du meinem Kameraden aus dem Fenster hilfst.«
»Bei Gott«, jammerte der Greis und ließ das Brot fallen, »ich werde tun, was Ihr von mir verlangt, junger Herr.«
Sie gingen zusammen zum Fenster hinüber und zogen den Rekruten in die Stube zurück. »So, und nun die Blafferte, Alter!« forderte Gerard.
»Ich hab sie für euch ausgegeben, beim ewigen Leben, ihr Herren, es ist wahr.« Der Alte sank vor ihnen auf die Knie und hob ihnen die gefalteten Hände entgegen.
»Wenn du sie nicht sofort herausrückst, bist du ein toter Mann«, sagte nun der Rekrut.
Da holte er sie aus seiner Westentasche hervor und reichte sie ihnen unter ständigem Gejammer.
»Still!« befahl Gerard, und der Polizeidiener verstummte. Gerard nahm die kleinen Münzen aus dem Handteller, und als der andere Rekrut ebenfalls von dem Geld wollte, zog er seine Hand zurück. »Der Wachtmeister hat mir zwanzig Taler genommen, die sind also mir!« Da nickte der Rekrut, und Gerard steckte das Geld in seinen Hosensack.
»Vielleicht hat er noch mehr bei sich«, sagte der andere.
»Nein, ihr Herren, habt Mitleid mit einem armen alten Mann!« rief der Alte, und da wußten sie, daß er noch mehr Geld bei sich trug. Sie fanden es bald, teilten es unter sich auf und ließen es in ihren Taschen verschwinden. »Ein schöner Beutezug«, freute sich der Rekrut. »Gut, daß ich es war, der im Fenster hängenblieb, und nicht der andere.«
»So, nun aber nichts wie weg!« rief Gerard, nahm den Brotlaib und die Schlüssel, steckte sein Messer ein und blies das Windlicht aus.
»Laßt mich nicht hier zurück, ihr Herren!« jammerte der

Alte, dem der Rekrut noch die Hände auf den Rücken gefesselt hatte. »Zu Hilfe! Zu Hilfe!« schrie er aus Leibeskräften. Da versetzte ihm der Rekrut einen Schlag an den Kopf, daß er ruhig wurde, und sprang Gerard nach, der bereits in der Tür stand. Sie schlossen die Tür, sperrten sie ab, und Gerard warf den Schlüssel im hohen Bogen durch die Nacht. »Mach's gut, Kamerad!« rief ihm der Rekrut zu und verschwand mit einem Sprung in der Dunkelheit. Das war Gerard recht, denn er hatte anderes vor, als noch in der Nacht das Weite zu suchen. Er lief die Gasse hinab, bis er sich weit genug vom Polizeihaus entfernt hatte. Danach ging er ruhig weiter und schlug den Weg zum Haus seines Onkels ein.

Der Schneidermeister Johann Klein war ein finsterer, wortkarger Mann, dessen Ehe mit Gerards Tante Gertrud kinderlos geblieben war. In seinem Haus und bei seinen beiden Gesellen führte er ein strenges Regiment. Auf nichts war er mehr bedacht als auf sein Ansehen im Dorf. Deshalb mochte er auch nicht, daß Gerard, der Sohn jener armen Verwandten aus dem Windecker Dall, sein Haus durch die Vordertür betrat. Niemand sollte sehen und erfahren, daß es arme Menschen in seiner Verwandtschaft gab und daß sie bei ihm Brot und Hafergrütze oder auch abgetragene Kleidung erbettelten.
Wenn Gerard kam, mußte er durch den Ziegenstall ins Haus. Dort stand die Ziege und waren die Hühner untergebracht. Vom Stall aus konnte man durch eine Verbindungstür die Vorküche betreten. Hier hatte Gerard wortlos zu

verharren, bis sich jemand seiner annahm. Das konnte manchmal lange dauern. Rufen oder sich anderweitig bemerkbar machen durfte er nicht. Dennoch versuchte er es mitunter, wenn's ihm gar zu lang wurde, indem er hustete oder die Nase hochzog.

Seinen Onkel sah er bei diesen Gelegenheiten selten. Einmal hatte er einen Blick in die Schneiderwerkstatt erhascht und gesehen, wie dort drei Gestalten in seltsamer Verrenkung auf einem riesigen Tisch saßen und an Kleidern nähten. Einer davon war sein Onkel Johann gewesen. Der hatte ihn über seine auf die Nasenspitze abgerutschte Brille nur kurz angeschaut, das genügte, um ihn aus seinem Gesichtsfeld zu vertreiben.

Seine Tante sprach auch nicht eben viel mit ihm. Es genügte ja, daß er in der Vorküche herumstand, auf bloßen Füßen, in seinem schmutzstarrenden Leinenhemd und den zerrissenen Kniehosen, und daß er »Tag, Tante« sagte. Sie nannte dann lediglich seinen Namen, schickte meist aber noch einen Seufzer hinterher. Dann wandte sie sich rasch um in die Küche und kam bald mit einem Brot oder einem Beutel Grütze zurück. Das drückte sie ihm in die Hand und sagte: »Grüß deine Mama von mir.«

Vielfach war ihm auch aufgetragen, nach etwas Kleidung oder Tuch zu fragen, weil die kleine Anna dringend einen neuen Rock benötigte oder er eine Hose. Dann drehte sich die Tante unter einem erneuten Seufzer um, ging und kam mit etwas Ellenware wieder. Für den Jungen waren das unangenehme Gänge, obwohl sie zu seinen Gewohnheiten gehörten.

Des Onkels Haus lag am Ende einer Gasse am Dorfrand und schien Gerard für sein Vorhaben günstig gelegen. Dort wollte er sich zunächst verstecken und abwarten, was in

Eitorf geschähe nach seiner Flucht aus dem Polizeigefängnis, ehe er sich auf seinen Weg nach Hause machte.
Den Stall fand er verschlossen; da er sich jedoch auskannte, fiel es ihm nicht schwer, eine Öffnung für seine Hand zu finden, um den Pflock von der inneren Tür zu entfernen. Die Ziege meckerte kurz und stellte sich auf die Beine, die Hühner fuhren auf. Aber Gerard war im Umgang mit ihnen vertraut und beruhigte die Tiere mit seiner Stimme. Er verschloß die Lattentür, suchte sich in der Dunkelheit einen freien Platz zwischen dem Getier und machte sich über das erbeutete Brot her.
Der Gestank in dem Stall war schlimm, aber den war er gewohnt. In seinem Däller Stall roch es nicht viel anders, und er war ein Teil davon. Armut fragt nicht nach dem Geruch. Nachdem er sich den Bauch mit Brot vollgeschlagen hatte, streckte er sich neben der Ziege aus und fiel bald in tiefen Schlaf.
Wie an jedem Morgen weckte ihn anderentags das Geschrei des Hahns. Er fuhr auf und rieb sich die Augen. Neben sich hörte er das Gekäue der Ziege, über ihm plusterten sich die Hennen auf der Stange. Der Hahn aber stand auf der Futterkiste, schlug die Flügel und krähte zwölfmal. Gerard zählte mit. Dann verstummte der Hahn, und um Gerard wurde es wieder ruhig. Draußen war es noch stockfinster. Aber bald würde es dämmern, und er würde sich zu entscheiden haben: ob er hier bliebe und sich von der Tante ausfragen ließe oder ob er sich auf und davon machte.
Den Weg nach Stromberg zur Siegfurt kannte er bestens, den würde er auch im Dunkeln oder mit verbundenen Augen finden. Vielleicht schaffte er ihn noch bis zum Hellwerden. Er fühlte sich ausgeruht und gestärkt. So viel Brot wie zuletzt hatte er lange nicht mehr gegessen. Also nahm er

den restlichen Brotkanten, schob ihn sich unters Hemd und verließ den Stall, ehe ihn hier jemand entdecken und ihm dumme Fragen stellen konnte.

Die Ereignisse im Polizeigefängnis würden in Eitorf Gesprächsstoff für die nächsten Wochen sein, da wäre es sowieso besser für ihn, wenn er auf der anderen Seite der Sieg wäre, bevor man ihn damit in Verbindung bringen konnte. Seinem Onkel würde er ohne weiteres zutrauen, daß er ihn dem Schultheiß auslieferte. Und dann wäre es mit seiner Freiheit für lange Zeit vorbei. Außerdem wäre er das Geld los. Beim Laufen und Springen spürte er die Münzen im Hosensack hüpfen und gegen die Messerklinge schlagen. Er wußte nicht, wieviel er erbeutet hatte, aber er hoffte, daß es für eine Arznei für den Vater reichte.

Er kam an den Siegfluß und folgte seinem Lauf, ohne seine Schritte zu zügeln. Langsam stieg über den Bergen die Helligkeit des Morgens auf; der Talweg war feucht vom Tau. Den Hof Alzenbach umging er leicht, später traf er auf den bergan führenden Rodderweg und hielt an, um ein wenig auszuruhen und vom Brot zu essen. Bis Stromberg war es nun nicht mehr allzu weit, auch ging es bald wieder abwärts.

Als er die Furt erreichte, standen dort schon die ersten Fuhrwerke. Gerard rannte zwischen ihnen hindurch, sprang ins flache Siegwasser und stapfte über den seichten Grund hinüber ans andere Ufer. Jetzt fühlte er sich wohler, fast gerettet. Obwohl er den Siegfluß wegen seiner verrückten Windungen noch zweimal würde überqueren müssen, bei Röcklingen und dann noch einmal bei Hoppengarten, müßte es schon mit dem Teufel zugehen, wenn ihn die Soldaten noch erwischten. Denn zwischen ihm und Eitorf lagen dann die Berge.

Irgendwann gegen Mittag gönnte er sich wieder eine Rast; da hatte er bereits Rossel vor sich im Tal liegen. Er aß den letzten Kanten Brot, trank Bachwasser dazu und zählte in aller Ruhe die Münzen, die ihm verblieben waren. Er kam auf vierzehn Stück, aber sie waren von unterschiedlicher Größe und Beschaffenheit. Die einen schimmerten silbern, die anderen waren matt, die einen zeigten den Adler, die anderen nur eine Zahl, wieder andere das Porträt des Landesfürsten. Deshalb vermochte Gerard ihren Wert nicht abzuschätzen.
Zu viele Münzsorten waren im Umlauf. Es gab Heller und Gulden, Reichstaler und Stüber, Albusse gar und Blafferte, Preußisch Courant und Batzen, Louisdor und Karolinen. Gerard kannte die wenigsten und dann auch nur von ihren Bezeichnungen her. Er hoffte jedoch, es wären genug, um den Verlust von zwanzig Talern auszugleichen.
Der Heimkehr sah er deshalb mit einiger Spannung entgegen, Angst mischte sich mit froher Erwartung, Stolz mit Zweifel. Wenn der Vater ihn nicht strafte, das wäre für ihn schon genug. Den Rest des Wegs durchs Siegtal und endlich die Bitze entlang schaffte er bis zum frühen Nachmittag, und die Sonne neigte sich bereits auf ihrer Bahn, als er die ersten Hütten des Unterdalls erreichte. Sein Herz schlug schnell, sein Mund war wie ausgedörrt, und die Füße waren ihm schwer geworden. Der erste Däller, den er traf, war der Hundhausen Willem. Er stand vor seiner Hüttentür und starrte ihn mit grimmigem Gesicht an. Danach begegnete er Thiels Grete; doch sie wandte sich ab und schlug die Schürze vors Gesicht, als sei er ihr etwas schuldig.
Was war geschehen? Im Mitteldall kam ihm der Altwickers Hannhinner entgegen, die Sichel überm Arm. Der wich vor ihm aus und spie vor sich auf den Weg. Gerard fühlte sich

immer unbehaglicher in seiner Haut, je näher er dem Overdall kam, je steiler der Hoffsweg den Burgberg hinaufkletterte.
In der Hexenhütte, der ersten am Weg vorm Overdall, hauste sein Onkel Matthias, gleich dahinter, in der ehemaligen Gerichtsstube, sein Onkel Wilhelm; gegenüber von beiden lag die elterliche Hütte: allesamt drei windschiefe Lehmbauten mit eingelegten Ruten auf Bruchsteinfundamenten aus dem Mittelalter, zusammengedrängt auf engstem Raum, als halte da immer noch eine Familie auf Familiensinn. Aber das war längst vorbei. Seit jeder der Rörichbrüder eine eigene Familie mit Kindern hatte, sorgte jeder nur noch für sich, verkroch sich vor den anderen, versteckte jeden Bissen Brot, jeden Topf mit Hafergrütze, immer in Sorge, von den hungernden Verwandten angebettelt und um das Notwendigste gebracht zu werden. Daher ging man sich, so gut man konnte, aus dem Weg.
Eben deshalb wunderte sich Gerard, sie alle auf einem Fleck versammelt zu sehen, als gäbe es Wichtiges zu bereden. Drei Tage war er nun von zu Hause weg gewesen, aber es schien ihm, als habe sich das Leben im Dall verändert. Auch sein eigenes.
Dann hatten ihn die Leute entdeckt und starrten ihm entgegen, wie er mit gesenktem Kopf langsam und zögernd auf sie zugestolpert kam. Er sah, wie sich seine Mutter aus der Gruppe löste, wie Anna, seine Schwester, hervorsprang. Und da fiel ihm auf, daß Anna gekämmtes Haar hatte. Auch die anderen sahen irgendwie geputzt und sauber aus. Die Männer trugen ihre runden Feiertagshüte, die Frauen ihre weißleinenen Hauben. Dann war seine Mutter bei ihm und riß ihn am Ohr.
»Heut haben wir den Papa begraben«, sagte sie und zog ihn

zu sich heran. »Und du Lotterbube treibst dich herum, hast den Papa ohne Arznei sterben lassen!«

Der Schmerz raubte dem Jungen die Sprache. Wie zur Abwehr faßte er in den Hosensack und holte mit sicherem Griff die Münzen hervor.

Kaum hatte die Mutter mit untrüglichem Instinkt für Geld das Klimpern vernommen, ließ sie das Ohr des Jungen los und griff nach Gerards Hand. Gerard öffnete sie und hielt ihr den offenen Handteller entgegen. Er sah, wie sich glückhaftes Erstaunen auf dem kantigen Gesicht der Mutter ausbreitete, als sie nacheinander die Münzen aufklaubte und sie nun in ihrer Hand betrachtete.

»Ist es das Handelsgeld vom Rohn?« fragte sie.

Da nickte er.

»Und die Arznei?«

Er schüttelte den Kopf.

Sie nahm ihn bei der Schulter und schob ihn vor sich her an den schweigend dastehenden Verwandten vorbei. »Geh in die Hütte«, sagte sie, »da steht eine Kump mit Haferbrei. Morgen wird's ein schwerer Tag für dich. Ich hab dich dem Brenner in der Hamich versprochen.«

Gerard war es, als habe der Tod des Vaters der Mutter die Sprache zurückgegeben.

1812

Frühjahr

Wie Gerard unter die bergischen Soldaten kam und ihnen wieder entwischte

Im Dattenfeld rollte die Trommel. Ihr schauriger Schlag drang bis herauf zum Bodenberg, wo Rörichs Gerard, das Messer in der Hand, beim Lohschälen innehielt und lauschte. Mit jedem Ton schien sie näher zu kommen. Er wußte, daß sie diesmal auch ihm galt, daß sie ihn zu den Soldaten rief.

In den letzten Jahren hatte er sie oft gehört und sich ausrechnen können, wann er an die Reihe käme, ihrem rollenden Schlag zu folgen. Er kannte ein paar Burschen aus der Nachbarschaft, die, von der Trommel gerufen, ihre Hütten hatten verlassen müssen. Einige von ihnen waren sogar freudig davongezogen und hatten sich der Losung beim Kanton zu Waldbröl gestellt, waren begeistert Soldat der Grande Armée des großen Kaisers Napoleon geworden. Die meisten jedoch zogen unwillig aus. Denn Armee bedeutete einen Abschied ohne Wiederkehr.

Es sei denn, man stellte sich erst gar nicht oder konnte dem Rekrutierungsrat eine Krankheit vorweisen, die Eindruck auf die Herren hinter den Tischen machte. Oder man liefe einfach wieder davon.

Gerard wußte noch nicht, wofür er sich entscheiden sollte. Im letzten Monat hätte er eigentlich zur Losung gehen müssen. Sein Name stand auf der Ziehungsliste, die der Pastor Otten von der Kanzel herab verlesen und die der Maire Panthel überall in der Mairie hatte anschlagen lassen. Aber die Mutter hatte ihn bestürmt, lieber einen Weg nach Eitorf zu unternehmen, als zu den Fahnen zu gehen. So war er am Ziehungstag nach Eitorf zu den Verwandten marschiert, und die Mutter hatte dem Maire ausrichten lassen, er werde sich dort der Losung stellen. Was er dann allerdings nicht getan hatte. Aber es hatte ihm gar nichts genützt. Für ihn

hatte der Maire eine Nummer aus dem Hut gezogen, und, wie ihm der Sterzenbachs Eugen aus dem Dattenfeld vor der Kirche berichtete, es sei eine niedrige gewesen.
Andererseits war das Leben zu Hause im Overdall eine Qual ohne Ende. In den letzten Jahren war es immer schlimmer geworden, immer härter wurde der Kampf ums tägliche Brot, um die tägliche Suppe. Und was hatten sich die Leute von den Franzosen versprochen! Was war ihnen nicht alles versprochen worden! Freiheit, Gleichheit, Brüderlichkeit: Diese Worte machten sich auf dem Papier, das von der Mairie kam, und in den Kanzelreden des Pfarrers recht gut. Wo auch der neue Souverän katholisch war wie die meisten Leute im Siegtal. Doch als erstes wurden gleich die kirchlichen Feiertage verboten.
Darüber hatte Pfarrer Otten damals natürlich gewettert, insgeheim, und den Kaiser einen »Sünder wider die göttliche Ordnung« genannt. Doch öffentlich betete er des Sonntags laut für sein Leben und seine Gesundheit, verkündete er die Siege seiner Armee, ließ er die Glocken am Napoleonstag läuten und Katzenköppe zu seinen Ehren abschießen.
Dann war auch stets der Maire Panthel aus Rosbach zur Stelle, die rot-weiße Schärpe umgebunden, weiße Handschuhe zur blauen Weste, gewichste Stiefel an den Füßen. Er zog seinen französischen Hut mit der rotweißen Kokarde und rief ein Vivat auf Kaiser und Vaterland. Doch welches Vaterland meinte er eigentlich? Dieses neue Großherzogtum Berg oder vielleicht eher das große französische Kaiserreich? Vom Vaterland wurde jetzt oft und laut gesprochen, doch niemand wußte so recht, was damit gemeint war.
Die Obrigkeit machte mehr von sich her, zeigte sich häufiger in Uniform und mit Trommelklang als zu den alten

bergischen Zeiten, als es einen Schultheiß gab, der sich lediglich um die Abgaben und den Pachtzins kümmerte, als der Richter ganz allein Gericht hielt und die Brüchten verkündete und der Pastor sich um die pünktliche Erfüllung seiner althergebrachten Gerechtsamkeiten sorgte, um die Lieferung von Grafenhühnern, Eiern, Hafer und um die Stolgebühren für jeden Eintrag ins Kirchenbuch. Darüber hatten die Leute gestöhnt all die Jahrzehnte und Jahrhunderte und sie als Unrecht verflucht. Das alles hatte der Kaiser nunmehr abgeschafft wie auch das verhaßte Hauptrecht, das dem Landesherrn beim Tod eines Familienoberhaupts das beste Stück aus dem Haus zuwies: Kuh, Pferd oder Ziege. Dafür war der neue Souverän von den Leuten gelobt worden, dafür hatte man ihn in der Kirche hochleben lassen.
Die Obrigkeit war jetzt weiter weg, saß in Düsseldorf oder gar in Paris, die Maires, wie die Schultheißen oder Bürgermeister nunmehr hießen, die Pastöre und Friedensrichter erhielten ihre Befehle aus fernen Zentralen, durften nicht mehr nach eigener Willkür urteilen. Aber für einen Mann wie Gerard Rörich änderte sich dadurch nicht viel.
Früher konnte er Gerechtigkeit gleich beim Schultheißen einfordern, beim allgewaltigen Amtmann oder beim Pastor. Jetzt, wandte man sich an den Maire, zeigte der mit ausgestreckter Hand gen Westen und erklärte, dorthin müsse sich der Bittsteller wenden, der Maire habe nur den Anordnungen »von oben« zu folgen. An die Stelle alten Unrechts war neues Unrecht getreten, es hatte lediglich andere Namen erhalten, französische zumeist. Davon erzählte nun auch die Trommel in Dattenfeld.
Seit dem Osterfest war eine Woche vergangen. Im März hatte es noch heftigen Frost gegeben, doch dann hatte Tauwetter eingesetzt und die Täler mit Schmelzwasser über-

schwemmt. Es regnete nun häufiger, aber an diesem Tag war es trocken geblieben, an dem Gerard für den Förster Clouth Lohe schälte. Die Lohschanzen lagen aufgereiht am Weg, morgen würde er sie hinüber ins Bröltal zur Mühle tragen. Dann wäre endlich das Strafgeld abgearbeitet, das er dem Clouth schuldete, dem Oberförster aus der Burgwies, dann könnte er zu ihm gehen und ihn fragen, ob ihm der geströppte Has' wenigstens geschmeckt habe.

Vor einer Woche hatte der Clouth ihn erwischt, oben im Höhnrather Schlag, er und seine beiden Spießgesellen, Piller und Lenz. Zu dritt waren sie plötzlich vor ihm aufgetaucht und hatten die Gewehre auf ihn angelegt, als er den Has' eben aus dem Garn geholt und ihn gerade in den Sack hatte stecken wollen. Da gab es nichts mehr abzustreiten, nicht mal weglaufen konnte er. So wurde er das Fleisch und das Garn los und durfte sich glücklich preisen, daß ihn der Clouth nicht beim Waldbröler Friedensgericht anzeigte, sondern sich mit drei Tagelöhnen zufriedengab, die Rörichs Gerard für ihn schaffen mußte.

Zu Haus saß die zankende Mutter auf dem Holzkasten und schimpfte ihn einen Tropf, daß er sich hatte fangen lassen. »Ein Waldmensch«, keifte sie, »läßt sich nicht greifen.« Im Dall wurde er inzwischen nur »Waldmensch« gerufen, weil er im Wald seine Arbeit tat. Manchmal hätte er am liebsten den Bettel hingeschmissen und wäre Soldat geworden, nur um der Mutter und der ganzen Armut zu entkommen. Aber bei der Armee war es vielleicht noch ärger: der Drill, die Märsche, Hunger, Durst, Kälte, Hitze, dazu die enge Uniform, das Gepäck, die Armierung. Und dann das fremde Land. Das war das schlimmste für Gerard Rörich: die Vorstellung, der Fremde hilflos ausgeliefert zu sein. Dahinter verblaßte seine Däller Not. Hier kannte er sich aus, wußte,

mit wem er es zu tun hatte. Selbst wenn es der verfluchte Clouth war. Dem hatte er schon so manches Schnippchen geschlagen, und ein weiteres Mal ließe er sich von ihm nicht mehr fangen. Außerdem hatte er noch zwei Garne ausliegen, an dem einen war deshalb nichts verloren.
Den Schlag der Trommel hatte er derweil nicht aus dem Ohr verloren. Mitunter veränderte sich ihr Ton und ihre Lautstärke. Das lag an den Windungen des Wegs, den sie nahm. Bestimmt war sie schon aus dem Breitenfeld heraus und marschierte durch die Burgwies aufs Unterdall zu. Dumpf klangen die Schläge zu ihm herauf, gebrochen von den Bergzügen, den Einschnitten, dem Buschwerk.
Gerard stieg dem Schall entgegen, den Sack mit dem Werkzeug geschultert. Er war jetzt zwanzig Jahre alt, fünf Fuß groß, schmal und dennoch muskulös. Sein blondes Haar war im Lauf der Jahre gedunkelt, der Bart stand wie schimmernder Flaum am Kinn und auf den eingefallenen Wangen. Die Armut und die harte Arbeit hatten sein Gesicht geledert und gekerbt.
Wie einst sein Vater stieg er jeden Tag in den Wald hinauf, aber seit man das Kohlebrennen verboten hatte, war beim Brenner in der Hamich nichts mehr zu verdienen. So tat er Arbeit für den Förster und gab den Lohn seiner Mutter. Im Sommer ging er nach Kölschbach, wo sein Onkel Wilhelm als Knecht arbeitete und hin und wieder eine Hilfe brauchte. Der Verdienst reichte daher gerade für das Notwendigste. Immerhin besaß Gerard jetzt ein Paar feste Schuhe, ein wollenes Wams und zwei Paar Kniehosen, dazu einen blaugefärbten Kittel und drei knielange Leinenhemden. Am Sonntag nach der Messe konnte er sich sogar einen Zwei-Stüber-Schnaps beim Lütz im Dattenfeld leisten wie andere Burschen seines Alters. Nur mit seinen Zähnen stand es

nicht zum besten wie bei fast allen Leuten hierzulande. Sie waren schadhaft; einige waren ihm bereits ausgefallen.
Seine Schwester Anna hatte immer noch keinen Mann für sich gefunden, trieb sich weiterhin als überzähliger Esser in der Hütte herum und machte Gerard dort das Nachtlager streitig. Deshalb schlief er sommers immer noch im Stallverschlag, teilte ihn sich mit den beiden Ziegen. Im Winter krochen sie alle in die Hütte, auch die Ziegen. Zusammen mit der Mutter brach Anna den Flachs, haspelte ihn und trug die fertigen Klanken nach Rosbach und Obernau, wo Webstühle standen. Das bliebe den beiden auch, wenn er zu den Soldaten müßte.
Gerard kannte ein paar Burschen, die von der Armee desertiert waren und sich auf den Höfen herumtrieben, sich dort als Tagelöhner gegen billige Bezahlung verdingten, immer auf der Hut, um nicht von den Waldbröler oder Eitorfer Gendarmen aufgespürt oder von mißgünstigen Denunzianten verraten zu werden. Schließlich gab es vier Reichstaler für das Aufbringen eines Deserteurs, und das bedeutete viel Geld für einen armen Mann, der vier oder fünf alte Silbergroschen als Tagelohn mit nach Hause brachte.
Es gab andere Deserteure, die sich den Schleichhändlern anschlossen und Salz und Tabak über die Höfe trugen. Denn auf Salz und Tabak lastete ein Staatsmonopol; beides mußte zu einem bestimmten Preis und genau festgesetzter Menge dem Staat abgekauft werden. Das staatliche Salz war deshalb viel zu teuer und auch von schlechter Qualität. Die Schleichhändler boten es billiger an, auch hatten sie stets das richtige Salz zur Hand; im Sommer das feine, im Winter das grobe zum Pökeln. Die Salzverwalter nannte man Debitanten; meist blieben sie auf ihrem staatlichen Salz sitzen, und das bekam dann der zuständige Maire vom

Unterpräfekten in Siegen zu spüren und der Unterpräfekt vom Präfekten in Dillenburg, der wiederum vom Innenminister oder gleich vom kaiserlichen Kommissar in Düsseldorf und jener vom Minister-Staatssekretär Roederer in Paris. Wer mit »fremdem« Salz oder Tabak von den Gendarmen oder den Douaniers, den Zöllnern, angetroffen wurde, mußte damit rechnen, an Ort und Stelle erschossen zu werden. Kettenstrafe war das mindeste, was ein Schleichhändler zu erwarten hatte. Der Schleichhandel war also ein gefährliches Geschäft, aber dennoch gab es für niemanden einen Anlaß, darauf zu verzichten. Die Händler kannten sich in ihrer Gegend aus, die Gendarmen und Douaniers aber waren Fremde, meist sogar Franzosen. Ihnen zu entkommen, gab es Schleichwege genug.

Als Gerard Rörich die Petershardt überm Overdall erreichte, sah er, hinter einem Gebüsch versteckt, den Trommelbuben und dic beiden Gendarmen mit ihren geschulterten Gewehren den Hoffsweg heraufkommen. Die Trommel schlug den Marschtakt dazu. Es waren der Koebel und der Bückel aus Eitorf und der Barthels Hinner aus dem Dattenfeld mit umgebundener Trommel. Die geputzten Bandoulières der Gendarmen, an denen Säbel und Patronentasche baumelten, leuchteten hell auf den blauen Uniformen. Ihre französischen Zweispitze mit der rot-weißen Kokarde gaben ihnen passend zu ihren Schnurrbärten ein wichtigtuerisches Aussehen. Ihre Augen blickten grimmig, als ärgerten sie sich über den weiten Weg ins Overdall.

Gerard sah, wie Mutter und Schwester aus der Hütte traten. Der Zug hielt an, die Trommel schwieg. Koebel wischte sich den Schweiß von der Stirn und ließ den Gewehrriemen los. »Ist der Bürger Rörich im Haus?« fragte er. Jetzt erkannte Gerard die Papierrolle unter seinem anderen Arm; die holte

der Gendarm hervor und entrollte sie. Die Mutter hatte den Kopf geschüttelt. »Im Tagwerk?« fragte Koebel. Die Mutter zuckte die Schultern. »Weiß Sie's nicht, oder stellt Sie sich bloß dumm, Bürgerin?« raunzte der Gendarm. Die Mutter verzog keine Miene; Anna blinzelte in die Sonne.
»Wie Ihr wollt.« Koebel wandte sich dem Papier vor seiner Nase zu. »Der Gerard war nicht bei der Losung«, sagte er, »das ist ein böses Vergehen wider den Staat, Bürgerin. Da hat der Maire für ihn die Nummer gezogen. Es ist die zweiundzwanzig. Merkt's Euch. Nun ist am Donnerstag Rekrutierungsrat zu Waldbröl. Dem hat sich der Gerard zu stellen, wenn er nicht als Refraktär gehetzt werden will. Punkt neun beim Ignatz Schmitz in Waldbröl. Der Gerard steht in der Konskriptionsliste. Sagt's ihm.« Damit rollte er das Papier zusammen, steckte es unter den Arm, schob den Daumen der anderen Hand wieder unter den Gewehrriemen und straffte ihn. »Marchez!« kommandierte er. Sofort begann der Trommelbube, die Trommel zu rühren.
So zogen sie den Weg abwärts. Die beiden Frauen schauten ihnen schweigend nach, wie der Trommelbube in seinen kurzen Hosen und auf bloßen Füßen und die beiden Gendarmen in ihrem Aufputz im Mitteldall verschwanden. Gerard trat aus dem Gebüsch und ging zur Hütte hinab. Die Augen der Mutter verengten sich.
»Na?« rief sie ihm entgegen.
Gerard hob die Schultern und ließ sie wieder fallen.
»Ist das alles?« fragte sie.
»Was?« fragte er zurück.
»Daß du mit der Schulter zuckst.«
»Was denn sonst?« sagte er und schob sich an den Frauen vorbei in die Hütte. Drinnen war es trotz des Sonnenlichts fast finster; es roch nach Ruß und warmer Milch, nach

feuchtem Schmutz und grünem Holz. Drei Hühner liefen umher und pickten nach unsichtbaren Körnern. Das unregelmäßige Geräusch ihrer hackenden Schnäbel und ihrer scharrenden Klauen belebte die Düsternis.
Es stand ein Tisch dort, um ihn herum lagen ein paar umgekippte Schemel. Neben der offenen Feuerstelle mit dem geschwärzten Kessel am Hehlhaken war das Strohlager für Mutter und Schwester, in den Ecken standen Flachsbreche, Hechelholz und Spinnrad. Einziger Schmuck der Hütte war das Kruzifix über der Tür. Gerard trug nun seinen Geruch in den Raum, einen säuerlichen Lohgeruch, der seinem Körper anhaftete wie eine zweite Haut. Die Tasche mit dem Werkzeug warf er zu Boden, er griff sich einen Schemel, stellte ihn auf die Beine und ließ sich darauf nieder. Er stützte den Kopf in die Hände. Hinter ihm waren die beiden Frauen eingetreten und betrachteten ihn stumm, als verlangten sie eine Entscheidung von ihm. Da hob er erneut die Schultern, nahm das Gesicht aus den Händen und sagte: »Ich weiß es wirklich nicht. Holl hab ich.«
Die Mutter trat näher. »Nichts verdient seit drei Tagen und uns die Ohren abfressen vom Kopf. Läßt sich fangen vom Förster. Wenn das der Papa wüßte! Und jetzt will er anscheins auch noch Soldat werden und uns sitzenlassen im Dreck.«
»Ist ja noch nicht raus«, sagte er und beobachtete, wie die Mutter Milch aus dem Faß in den Kessel goß und das Feuer anfachte.
»Gehst du also doch nicht?« fragte Anna, seine Schwester.
»Ich sag doch, daß ich's nicht weiß!« fuhr Gerard auf. »Zum Rekrutierungsrat werd ich wohl müssen, wenn ich mich nicht totschießen lassen will.«

»Nichts mußt du«, sagte die Mutter, »keiner von den Gendarmen hat dich gesehn. Lauf wieder nach Eitorf zur Tante und bleib, bis die Anna dich ruft.«

»Du bist nicht bei Trost«, sagte Gerard.

»Es wird dich nicht gleich den Kopf kosten.« Der Mutter schien die Milch nun warm genug, sie schüttete sie aus dem Kessel in eine irdene Kump und trug sie hinüber zum Tisch, legte einen Ranken Haferbrot und einen hölzernen Löffel dazu.

»Da hast du deine Wärmb«, sagte sie.

Gerard rückte den Schemel näher zum Tisch. Der war so niedrig, daß er mit dem Schemel hinpaßte. Er brockte das Brot in die warme Milch und begann zu essen. Am Morgen, bevor er losgezogen war in den Wald, war's dasselbe gewesen. Beim Militär, fiel ihm ein, würde es vielleicht doch etwas Besseres geben. Dann nähme man es sich einfach von den Bauern.

Anna hatte sich aufs platte Stroh geworfen, verscheuchte die Hühner, stützte einen Arm auf und legte ihren Kopf hinein. Achtzehn war sie im März geworden. Sie kämmte sich nun jeden Tag, aber sie war hohlwangig und flachbrüstig. Sie sah schon jetzt so vertrocknet aus wie ihre Mutter. Zu Lichtmeß im Februar hatte er versucht, sie nach Herchen als Jahresmagd in eine Stellung zu geben. Dafür gäbe es fünfzehn Taler im Jahr, Kleidung und Essen. Aber der Bauer hatte sich für etwas Dralleres entschieden. Es blieb im Dall eben alles, wie es war, auch wenn sich die Zeiten änderten, Landesherrn gingen und neue kamen.

Doch nun lockte auf einmal die Armee mit einem Unterkommen, mit Kleidung und einem Brot am Tag. Aber die Uniform sah nur auf weite Entfernung schmuck und bunt aus. Tatsächlich war sie eng und grob, die Farben verschos-

sen. Und den versprochenen Sold blieb die Armee meist schuldig.
Der Hermes Hannpitter, der im Omeroth als Tagelöhner schaffte und Konskribierter des Vorjahrs war, hatte es ihm erzählt. Der war auf dem Marsch desertiert, gehörte eigentlich nach Herchen und hielt sich im Nutscheid versteckt. Die Burschen seien davongesprungen wie die Böcke, sagte er, als sie merkten, wohin die Reise ging: nach Rußland. Deshalb würde man sie nunmehr binden, wenn sie, eskortiert von Gendarmen unter Gewehr, nach Düsseldorf aufs Depot gebracht würden in Tag- und Nachtmärschen. »Aber die Gendarmen«, hatte Gerard gefragt, »die wollen doch auch schlafen!«
»Das tun sie auch«, hatte der Hannpitter geantwortet, »sie marschieren nur von Brigade zu Brigade und kehren dann um zu ihrer Lieutenance. Die neue Brigade schafft sie dann weiter.«
Gerard war fertig mit der Mahlzeit, legte den Löffel beiseite und schob die Kump in die Tischmitte. »Morgen bring ich erst die Loh zur Mühle«, sagte er, »vielleicht geh ich danach weiter auf Eitorf zur Tante.«
»Recht so«, antwortete die Mutter. »Der Onkel könnt dich ja für eine Weile anstellen. Über die Woch' schick ich die Anna hin, daß sie nach dir sieht.«

Die Lohmühle lag am Bach bei Öhleroth im Bröltal, gleich Velken gegenüber, das Rörichs Gerard noch von seinem ersten Bröltalbesuch her kannte. Das war vor sieben Jahren gewesen, als ihn die Kaiserlichen aufgegriffen und ihm das Handelsgeld für die verkaufte Kuh abgenommen hatten. Von diesem Abenteuer war nie ein Sterbenswörtchen über seine Lippen gekommen, das war ihm viel zu gefährlich erschienen, für andere zudem unglaubhaft. Die Mutter hatte damals auch nicht nach seinem Verbleib während der drei Tage gefragt. In den Weiten ihres schwarzen Überrocks war das Geld verschwunden, und Gerard hatte nie erfahren, wieviel es eigentlich gewesen war. Aber es hatte besseres Essen gegeben in der Zeit danach, immerhin. Monate später war er auch wieder in Eitorf gewesen, mit Angst im Herzen und einem flauen Gefühl im Magen. Aber die Ereignisse im Polizeigefängnis waren schon vergessen, andere Themen hatten ihnen den Rang abgelaufen. Längst lagen da die Kaiserlichen mit den Franzosen wieder im Krieg, und wieder ein paar Monate später wurden die Bergischen ganz und gar französisch. Obwohl sich das Land immer noch Berg nannte, war es Großherzogtum geworden, und die Verwaltung, Währung und Amtssprache waren auf einmal französisch.

Neuer Großherzog war zunächst ein französischer Marschall gewesen, Joachim Murat hieß er und war ein Schwager des Frankenkaisers; der war jedoch seit etlichen Jahren König von Neapel im fernen Italien. Dafür erhielten die Bergischen gleich den Kaiser Napoleon auch zum Souverän. Der setzte dann zwar seinen fünfjährigen Neffen und Sohn des Königs von Holland, Ludwig, als bergischen Großherzog ein, aber Napoleon blieb dennoch Regent.

Dieses Großherzogtum Berg gehörte damit zu den Rheinbundstaaten, die Napoleon mit Soldaten, Geld und Material bei seinen Feldzügen unterstützen mußten. Darüber war das Deutsche Reich zerbrochen, und es gab in Wien keinen deutschen Kaiser mehr, nur noch einen österreichischen. Bergische Soldaten standen seither in Spanien, wo Napoleon über Jahre hinweg einen schier unendlichen Krieg gegen Spanier und Engländer führte. Auch mußten sie mit den Franzosen gegen die Preußen ziehen.

Österreich war inzwischen ebenfalls von Napoleon zweimal unterworfen worden, und ihm blieben nur noch zwei ernsthafte Gegner: England und Rußland. Gegen das Königreich auf der Insel vermochte er militärisch nichts auszurichten. Statt dessen führte er einen Handelskrieg, indem er englische Waren vom europäischen Kontinent verbannte. Doch damit traf er nicht so sehr die englische, als vielmehr die Industrie der Rheinbundstaaten. Kein englisches Tuch durfte mehr verarbeitet werden. Tausende deutscher Textilarbeiter, Seidenweber, Baumwollspinner, vor allem angesiedelt im bergischen Wuppertal, wurden arbeitslos. Nicht anders erging es den achthundert bergischen Tabakspinnern, die bislang englischen Tabak fermentiert hatten.

Der Genuß von Kaffee war bei Strafe verboten, weil er aus den englischen Kolonien kam. Auch Zucker wurde zur Mangelware. Die dafür eingeführten französischen oder italienischen Waren aber blieben mit einem so hohen Zoll belegt, daß eine große Teuerung eintrat. Wegen des Zolls ließen sich bergische Waren auch schlecht nach Frankreich oder Italien verkaufen, denn sonderbarerweise trennte eine Grenze mit stark bewachten Douanen die Staaten an Rhein und Lippe. Auf der anderen Seite dieser Flüsse begann bereits das große Frankreich. Es hatte sich die gesamte linke

Rheinseite einverleibt und dazu noch die deutschen Gebiete jenseits der Lippe bis hinauf nach Hamburg, Bremen und Lübeck.

Besonders in diesen Gebieten herrschte ein schwunghafter Schleichhandel mit den verbotenen Waren; was hier billiger war als drüben, ging hinüber; was drüben billiger war, kam herüber. Das Heer der Zöllner wurde darüber immer größer, die Kontrollen und Durchsuchungen immer schärfer. Wenn man englische Waren fand, wurden sie beschlagnahmt und öffentlich verbrannt.

Das alles traf das Volk hart. Während das Bürger- und Beamtentum glaubte, sich durch besondere Ergebenheit gegenüber den Franzosen Vorteile zu verschaffen, und sich mit den Herrschenden zu arrangieren versuchte, waren dem armen Volk dazu erst gar keine Möglichkeiten gegeben. Es wurde kurzgehalten und hatte so viel mit sich selbst zu tun, daß es gar nicht auf den Gedanken verfiel, sich gegen die Schikanen aufzulehnen. Der arme Mann besaß nun einmal nur seine Arbeitskraft. Nur sie konnte er verkaufen. Wenn sie aber nicht mehr benötigt wurde, konnte er nur noch Soldat werden. Zumal Napoleon den Krieg gegen Rußland vorbereitete.

Schon seit einem Jahr hatten wieder die beim Volk so verhaßten Durchmärsche ganzer Divisionen begonnen. Die Soldaten, Offiziere und deren Pferde mußten stets von der Gemeinde verpflegt und untergebracht werden, die von ihnen am Abend durchquert wurde und als Kantonierungsort ausgesucht worden war. Auch die bergischen Regimenter waren bereits in östlicher Richtung in Marsch gesetzt worden. In Düsseldorf, der bergischen Hauptstadt, wurde nun schon ein neues Korps aufgestellt; es wartete nur noch auf die neuen Konskribierten des aufgerufenen Jahrgangs.

Von allem aber wußten die jungen Leute nichts, deren Namen in den Konskriptionslisten der Kantone enthalten waren und die sich der Losung zu stellen hatten. Für sie bedeutete die Konskription lediglich eine weitere Schikane gegen das arme Volk zu allen schon vorhandenen. Denn die Reichen konnten sich durch Geld oder die Gestellung eines Ersatzmannes von der Armee loskaufen. Der arme Mann durfte dabei nur aufs Losglück hoffen, daß es ihm bei der Ziehung eine hohe Nummer bescherte. Jeder Kanton hatte nämlich nur eine bestimmte Anzahl von Rekruten zu stellen, so daß nicht alle zur Armee eingezogen wurden, die auf der Konskriptionsliste vermerkt waren. Das Kontingent des Kantons Waldbröl, zu dem auch Thalwindeck oder das »Dall« gehörte, betrug in jenem Jahr vierundvierzig Mann.
Im Laufe der Jahre war Gerard Rörich mehrmals über die Nutscheidberge ins Bröltal gestiegen, immer bepackt mit den Lohschanzen, geschälter Eichenrinde, die in der Lohmühle gemahlen und gepreßt wurden. Die dabei gewonnene Gerbsäure ging dann an die Lohgerber, die damit Rinderfelle bearbeiteten, um Leder daraus herzustellen. Diesmal lud sich Gerard gleich vier Schanzen auf den Rücken und trug sie vom Bodenberg zur Alten Straße hinauf und noch eine Strecke weiter bis zum Handweiser, wo es ins Bröltal hinuntergeht. Vorsorglich hatte er sich die festen Schuhe angezogen und Fußlappen um die Füße gebunden sowie den blauen Leinenkittel übergeworfen, als er sich auf den Weg machte; denn er würde eine Weile unterwegs sein. Die Schanzen verteilte er im Buschwerk beim Handweiser und ging den Weg zum Bodenberg zurück, um die weiteren zu holen. Bis er die zwanzig fertigen Schanzen alle am Handweiser beisammen hatte, verging der Tag. Da war er müde

und fühlte sich zermartert, und die Schwären an seinem Körper schmerzten ihn jämmerlich.
Hungrig war er noch dazu. Denn nichts anderes als eine Wärmb aus warmer Milch und eingebrocktem Haferbrot war am Morgen seine Mahlzeit für den ganzen Tag gewesen. Er trank sich satt aus einem in der Nähe entspringenden Bach und legte sich in den Busch zum Schlafen nieder. Es war kühl, am Tag hatte es hin und wieder auch geregnet, Gerard legte sich deshalb auf einige der Schanzen und deckte sich mit den anderen zu. Da ihn am nächsten Morgen kein Hahn weckte, schlief er recht lange. Es war schon dämmrig, als er auffuhr und sich die Augen rieb. Er trank abermals vom Bachwasser, schulterte seine erste Ladung und brachte sie zu Tal. In der Lohmühle war der Müller schon bei der Arbeit, häckselte die Rinde und hatte das Wehr geöffnet, damit das Mühlrad in Schwung kam und die Mahlsteine bewegte. Vor der Mühle lagerten auf einem freien Platz Berge von geschichteten Schanzen aus getrockneter Eichenrinde.
Gerard und der Müller kannten sich und nickten sich deshalb nur zu, als sie sich sahen und Gerard seine geschulterten Schanzen neben der Waage ablud. »Strafarbeit«, erklärte er dem Müller. »Seit drei Tagen schaff ich für den Clouth ohne einen Centime.« Er hoffte, der Müller werde ihm eine Mahlzeit anbieten, ehe er sich wieder auf den Weg zum Handweiser hinauf machte.
»Dann hat er dich also erwischt«, sagte der Müller. »Beim Holzschlagen oder gleich beim Ströppen?«
»Ist ja egal«, antwortete Gerard ausweichend. »Habt Ihr nicht vielleicht einen Ranken Brot für mich übrig, Müller?«
»Bettelvolk«, schimpfte jener.

»Seit gestern morgen bin ich von daheim fort ohne einen Bissen Brot. Habt ein Herz, Müller.« Gerard sah die Aussicht auf eine Mahlzeit schwinden.
»Geh zur Armee, dann hört's Hungern auf«, lachte der Müller. »Du stehst ohnehin auf der Jahrgangsliste, wie mir scheint.« Gerard nickte.
»Na, siehst du. Geh hin und zieh eine gute Nummer! Dann bist du aller Sorgen ledig.«
»Aber die Mutter und die Schwester«, jammerte Gerard, »was sollen sie ohne mich anfangen?«
»Was kümmert's dich. Jeder ist seines Glückes Schmied, sagt ein altes Wort. Danach handele, Beuert. So, nun genug geschwätzt. Geh und hol die anderen Schanzen!«
»Einen kurzen Ranken, Müller«, bettelte Gerard.
»Hol die Schanzen, hab ich gesagt!« rief der.
Da wandte sich Rörichs Gerard ab und ging.
Einmal den Reichen den Garaus machen, dachte er voller Zorn, und für immer satt zu essen. Dieser ständige Hunger machte einen ganz krank; man dachte an nichts anderes mehr als daran, diesen Hunger zu stillen. Deshalb auch stahl jemand wie er, deshalb neidete er anderen den Besitz, deshalb verkaufte er sich bisweilen an den Förster, und deshalb ging er vielleicht doch zur Armee. Nicht mal die Eier der eigenen Hühner durfte so einer wie Rörichs Gerard essen, die gehörten gesammelt, geputzt und auf den Markt getragen, das Schock für fünf Stüber. Dieses Leben von der Hand in den Mund war kein Leben, da mochte der Pastor Otten so klug von der Kanzel herab predigen, wie er wollte. Denn der litt keinen Hunger, keinen Durst. Der nahm immer noch Hühner als Gebührnis an, obwohl es verboten war, rauchte Tabak in der Pfeife und soff seinen Meßwein. Und lieh der Obrigkeit seine Kirchenbücher, damit sie Konskriptions-

listen daraus machen konnten. An die Pfähle mit ihnen, dachte Gerard bitter. Wie dieser Lohmüller, der davon lebte, daß es einen Mühlenzwang gab, daß das Volk diese und keine andere und billigere Mühle benutzen durfte. Das trieb die Preise hoch und erhielt dem Müller dennoch die Kundschaft. Und eine Lohmühle war so gut wie eine Kornmühle.

Als er oben beim Handweiser war, schulterte Gerard abermals vier Schanzen und trug sie hinab, lud sie neben die Waage und stieg den Berg ein weiteres Mal hinauf, um die nächste Last zu holen. Wortlos wie ein Tier.

Es war hoher Mittag vorbei, und die Familie des Müllers hatte ihr Mahl bereits beendet, als er sämtliche Schanzen an der Mühle beisammen hatte. Da rief ihn der Müller auf die Bank vorm Haus und schob ihm eine Kump mit Eierschmier und einen Ranken Brot zu. Sofort verschwanden alle aufrührerischen Gedanken bei dem Beschenkten, fiel er gierig über das Essen her und hatte nichts als untertänigsten Dank für den Müller im Kopf.

»Dafür wirst du mir nachher zur Hand gehen«, sagte der Müller. »Du kannst die Loh häckseln. Oder treibt's dich zurück an die Sieg?«

Gerard schüttelte beglückt den Kopf. Mit so einer Mahlzeit im Bauch, obwohl es nur zusammengerührte Eier mit Milch und Mehl aus der Pfanne waren, würde er den restlichen Tag wohl überstehen. Und wenn er gar ein paar Tage länger bleiben dürfte, weil ihn der Müller für die Arbeit brauchte, bekäme er solches vielleicht jeden Tag. Denn der hatte bei seiner Mühle auch noch ein paar Gerbbottiche, Erdlöcher mit verfaulenden Fellen darin, die einen schlimmen Gestank verbreiteten. Die Arbeit an den Bottichen tat der Müller deshalb nicht allzu gern. Gerard hingegen würde es nichts aus-

machen, damit umzugehen, Gerbsäure zuzusetzen und die Felle auf den Brettern mit scharfen Kürschnermessern zu schaben.
Tatsächlich behielt ihn der Müller bis zur Mitte der nächsten Woche. Und es gab sogar zwei Mahlzeiten am Tag. »Morgens wat, mittags satt«: morgens eine Wärmb, mittags einen Wöschbrei oder Eierschmier, mitunter war der auch mit Speck durchsetzt. Er litt jedenfalls keinen Hunger und wäre für diesen Lohn gern bis ans Ende seiner Tage geblieben, wenn es mit seinen Schwären auch immer schlimmer wurde und er die Wohnstube nie betreten durfte. Daß er längst bei der Tante in Eitorf hätte sein sollen, wie er es der Mutter versprochen hatte, hatte er aus dem Gedächtnis verloren. Das zählte nicht mehr. Doch am Sonntag abend kam der Müller zu ihm in die Scheuer und sagte: »Das ist getan, Gerard, nun mußt du bald fort. Über den Mittwoch möcht ich dich nicht behalten.«
»Dann komm ich später wieder vorbei, wenn's wieder Arbeit gibt?« fragte Gerard mit einem Funken Hoffnung.
»Nein, Gerard«, antwortete der Müller, »was noch zu tun ist, besorg ich allein. Am Mittwoch kannst du gehn. Lauf auf Waldbröl zum Konskriptionsrat. Der tagt dort am Donnerstag. Ich will mich nicht schuldig gegen das Gesetz machen, wenn ich dich hierbehalte.«
Am Mittwoch abend drückte er Gerard noch ein Zehrgeld in die Hand und sagte ihm, er solle dafür beim Schmitz Ignatz zu Waldbröl ein Glas Branntwein auf seine Gesundheit trinken, bevor er unter die Soldaten gehe.
»Bei Gott, das tu ich«, rief darauf Rörichs Gerard und stopfte die wenigen Stüber Zehrgeld in den Hosensack. In der Scheuer holte er seine festen Schuhe, band sie sich um den Hals und lief davon.

Aber er war dennoch erst am Donnerstag morgen in Waldbröl. Das kam, weil Gerard in Öhleroth eine Stalltür offen fand und zum Schlafen hineinkroch. Die Schwären an Beinen und Füßen plagten ihn doch sehr. Die Schuhe mochte er deshalb nicht anziehen.

So ging er erst am nächsten Morgen mit dem Läuten der Ruppichterother Kirche los und brauchte etliche Stunden, ehe er das Dorf Waldbröl vor sich auftauchen sah. Er humpelte inzwischen stark. Das Laufen war eine elende Plackerei, und wenn er daran dachte, daß er unterwegs war, um der Armee beizutreten, überfiel ihn kaltes Grausen.

Obwohl Gerard am Morgen nichts gegessen hatte, verhielt sich sein Magen seltsamerweise ruhig, und er begann zu zweifeln, ob seine Entscheidung richtig gewesen war. Vielleicht hätte er doch besser zur Eitorfer Tante gehen sollen. Aber dazu war es nun zu spät.

So humpelte er, die Schuhe um den Hals gebunden, auf bloßen Füßen den Mennert hoch und durch Brenzingen und sah schon die beiden Kirchtürme von Waldbröl. Er würde das Dorf zum ersten Mal betreten. Es stand bei den katholischen Siegtalern in nicht allzu gutem Ansehen, auch wenn es die Franzosen nun zum Hauptort des Kantons und zum Sitz des Friedensgerichts gemacht hatten. Waldbröl blieb ihnen fremd, sie mochten es nicht.

In früheren Zeiten war Burg Windeck Sitz des bergischen Amtmanns und Richters gewesen, und der Verwaltungsbezirk, das »Amt«, hatte ihren Namen getragen. Nach der Zerstörung der Burg durch die Schweden im Dreißigjährigen Krieg war der Amtssitz mit dem Wohnort des Amtmanns und Richters mal hierher, mal dorthin gewandert,

doch das Amt hatte weiterhin Windeck geheißen. Erst die Franzosen nannten es Waldbröl.
Aber das war es nicht allein, was die Siegtaler gegen Waldbröl aufbrachte. Sie waren katholisch und die Bröltaler, die einst keine bergischen, sondern homburgische Untertanen gewesen waren, in ihrer Mehrzahl protestantisch-lutherisch. Und von diesen Lutherischen sollten sie sich jetzt bevormunden lassen, die ihnen vor gerade hundert Jahren noch die Köpfe eingeschlagen hatten, weil sie in Waldbröl eine Fronleichnamsprozession ziehen ließen.
Von diesem schrecklichen Tag im Jahr 1703 sprachen die Leute im Siegtal immer noch. Und auch davon, wie lange es gedauert hatte, bis die Katholischen in Waldbröl ihre eigene Kirche erhielten, obwohl die alte und nunmehr lutherische vormals doch wohl katholisch gewesen war! Das alles mochte man den Waldbrölern nicht vergessen. Die Strafe des Himmels, wie die Leute sagten, folgte indes auf dem Fuße. Etliche Jahre später vernichtete ein Großfeuer fast das gesamte Dorf Waldbröl.
Den Siegtalern half das wenig. Mit einem Federstrich aus Düsseldorf erhob man Waldbröl über sie und schlug die Siegtaler Mairie Dattenfeld dem Kanton Waldbröl zu, obwohl sie weitaus besser nach Eitorf gepaßt hätte. Daher mußten, wenn Losung war, die Dattenfelder und Rosbacher Konskribierten nach Waldbröl ins wie feindlich wirkende lutherische Land der »Blauköppe« marschieren.
Die Waldbröler wiederum hielten die Leute aus dem Land hinter den Nutscheid-Bergen für rückständig und hinterwäldlerisch, zeigten ihnen gern ihre neugewonnene Macht und genossen das Ansehen, das sie bei den Franzosen besaßen.
Deshalb sah Rörichs Gerard aus dem Windecker Dall sei-

nem ersten Besuch des »Doorps«, wie Waldbröl sich selbst stolz nannte, mit gemischten Gefühlen entgegen. Er hoffte inständig, wenigstens ein paar Beuerte aus dem Siegtal dort anzutreffen, wenn auch nicht aus dem Dall. Denn das wußte er nur zu gut: Er war der einzige Konskribierte seines Jahrgangs aus dem gesamten Hof. Kein anderer der Burschen, die wie er im Jahr 1792 geboren wurden, hatte das Jahr 1812 lebend erreicht. Es war überhaupt selten in diesem Land, daß ein Kind das zweite Lebensjahr erlebte.

Der Weg zum Leyentor, dort wo das Dorf Waldbröl brölerseits begann, zog sich mählich eine Höhe hinauf, fiel dann aber wieder ab bis zu dem Punkt, wo die katholische Kirche stand. Die lutherische beherrschte den höchsten Punkt des Dorfes; um sie herum gruppierten sich die wenigen Bürgerhäuser und bildeten einen kleinen Platz, der früher einmal als Friedhof gedient hatte, nun aber am Dreifaltigkeitstag den Markt aufnahm.

Die Wirtschaft des Ignatz Schmitz lag indes unten bei der katholischen Kirche. Sie war für die Losung ausgewählt worden, weil sie neben der Schänke einen winzigen Saal hatte und damit der Lärm, der naturgemäß eine solche Veranstaltung begleitet, die bei der lutherischen Kirche wohnenden besseren Bürger nicht gar zu sehr störte.

Den Lärm hörte Gerard schon von weitem, ein Gemisch aus Stimmen, Rufen und dem Klang von Musikinstrumenten. Er wies ihm den Weg zum Losungslokal. Jemand spielte auf der Maulorgel den Marseiller Marsch, ein anderer auf der kreischenden Fiedel die getragene Weise vom »wechselnden Mond«. Verkäufer von Mützenbändern und rotweißen Stoffkokarden priesen ihre Ware an, Bäcker verkauften Wecken und Brezeln. In der Schänke drängten sich die Gaffer und Rekruten und hoben die Gläser. Gendarmen in ihrer blauen Montur schritten gravitätisch durchs Volk, strafften den Gewehrriemen, legten eine Hand auf den Säbelknauf. Dazwischen Kinder, Frauen und Greise, lebhaft umherspringend die einen, stumm dastehend die anderen.

An der offenstehenden Wirtshaustür prangte das riesige Plakat einer Bekanntmachung, deutsch und französisch abgefaßt. Gerard stand davor und begriff nichts von alldem. Vor Staunen stand ihm der Mund offen, die Augen hielt er verkniffen, und seinen Kopf wandte er hin und her. Schließlich band er sich die Fußlappen um die geschundenen Füße und stieg in die Schuhe. Er fürchtete, sie sonst bei dem Tumult zu verlieren. Er faßte in den Hosensack und tastete nach den Stübermünzen, die ihm der Lohmüller gelassen hatte. Jetzt knurrte ihm doch der Magen; es ging auf Mittag zu. Dennoch ging er nicht zum Bäcker; die Aussicht auf einen belebenden Schnaps zog ihn unwiderstehlich in die Schänke hinein. Sie schien bis auf den letzten Platz gefüllt, fröhliches, zorniges Geschrei rings umher. Ein Gendarm mit aufgepflanztem Bajonett stand inmitten des Aufruhrs und verbot laut die Störung des Rekrutierungsgeschäfts.

So etwas hatte Rörichs Gerard noch nie erlebt, ein solches Leben und Treiben kannte er nicht, es verwirrte ihn und nahm ihn doch auch gefangen. So ging es ja nicht mal beim Däller Breifest zu und nicht bei der Laurentius-Kirmes im Dattenfeld. Gerard drängte ins Gasthaus, neugierig den Hals reckend, die Hand fest in der Tasche, daß ihm kein Stüber aus dem Sack hüpfte. »Wer bist du?« wurde er in diesem Augenblick von der Seite angefahren. »Konskribierter oder nur Gaffer?«

Gerard wandte sich der Stimme zu und sah einen kleinwüchsigen Mann mit einem dreieckigen Hut auf dem

Kopf. Am Hut glänzte die französische Kokarde. Seine Augen blitzten streitlustig, sein Schnauzbart hatte etwas von amtlicher Würde an sich. »Ich bin der Huissier Kremer«, sagte der Mann und sprach seinen Namen französisch aus, wie es sich fast alle Leute in Amt und Würden angewöhnt hatten. Damit versuchten sie, ihrer Person mehr Gewicht zu verleihen.

Jetzt fiel Gerard auch ein, weshalb er eigentlich hier war, und siedendheiß stieg ihm das Blut zum Herzen und ließ es pochen wie einen Hammer. Angst und Schrecken befielen ihn. Noch ein paar Schritte weiter, und die Armee hätte ihn beim Schlafittchen.

»Also Konskribierter!« polterte der Huissier; so nannte man neuerdings die Polizeidiener. »Ich seh's deinem Gesicht an. Das schlechte Gewissen schaut mit Glotzaugen heraus. Bist du schon gelost? Welche Nummer?«

Gerard wußte gar nicht, wie ihm geschah. Er nickte mit dem Kopf und schüttelte ihn gleich anschließend wieder. Ihm war, als werde er gleich verhaftet und eingesperrt. Dann fiel ihm aber die ausgeloste Nummer ein. »Zweiundzwanzig«, sagte er, weil sie vom Eitorfer Gendarm Koebel genannt worden war.

»Dann bist du auch auf neun Uhr zum Rekrutierungsrat bestellt!« sagte der Huissier Kremer. Gerard nickte. Der Huissier zupfte ihn am Ärmel seines Kittels. »Gleich schlägt die Uhr elf, mon ami, willst du die hohen Herren noch länger warten lassen? Wenn das Vaterland ruft, hat man pünktlich zu sein, Bürger. Hinein mit dir. He, Gendarm!« rief er. »Führ ihn ins Ratszimmer!«

Schon drängte der Gendarm herbei und nahm ihn beim Arm. »Vorwärts!« kommandierte er.

»Was soll das?« rief es von den Seiten. »Was hat er denn

getan, der Beuert? Habt ihr nichts anderes im Sinn, als ehrliche Leute zu schikanieren?« Stimmen und Rufe schwirrten laut durch den Raum. »Hat er kein Recht auf ein Glas Branntwein, bevor ihn die Kugel trifft?«

»Ich merk mir dein Gesicht, Bürger!« rief der Huissier.

»En avant!« drängte der Gendarm.

Es wurde gedrängt und gestoßen, einige der Wirtshausbesucher hatten wohl ein paar Gläser Branntwein mehr als nötig geleert und waren in der rechten Stimmung, ihrem aufgestauten Ärger über das verhaßte Konskriptionsgeschäft Luft zu machen. Aber plötzlich stand ein weiterer Gendarm in der Tür zum Zimmer des Rekrutierungsrats. Man sah ihm sofort den Offizier an. Zwar trug er keinen Hut auf dem Kopf und keinen Säbel an der Seite, dafür war seine Uniform aber besser montiert; er hatte glitzernde Epauletten auf den Schultern und trug Stiefel zur weißen Hirschlederhose. Es war ein älterer, dicklicher Mann, und als der Gendarm und der Huissier ihn erblickten, nahmen sie gleich eine strammere Haltung an.

»Was ist denn das?« rief der Offizier. Die Schänkenbesucher waren still geworden.

»Ich führe einen unwilligen Konskribierten ins Geschäftszimmer, mon Lieutenant«, sagte der Gendarm.

»Ohne Tumult geht das nicht?« fragte der Offizier.

»Doch ja, zu Befehl, mon Lieutenant«, antwortete der Gendarm, sichtlich darauf bedacht, einen guten Eindruck zu machen.

»Marsch!« kommandierte er und stieß Gerard in den Rükken, so daß er fast mit dem Offizier zusammenprallte, der die Tür des Geschäftszimmers versperrte.

»Mon Dieu!« entfuhr es dem, und er hielt sich theatralisch die Nase zu. »Aus welcher Kloake kommt denn der?«

Angewidert machte er Gerard Platz. Im Schankraum kam Gelächter auf.

»Das ist der Geruch der armen Leute, Lieutenant Crepon!« brüllte jemand aus dem Hintergrund.

»Ruhe!« rief der kleinwüchsige Huissier und stellte sich auf die Zehen.

Endlich war Gerard im Rekrutierungszimmer. Hinter ihm wurde die Tür geschlossen. Rörichs Gerard, in seinem blauen Kittel, der verdreckten Kniehose, den strumpflosen Waden und mit Schuhen an den Füßen, aus denen die Fußlappenenden hervorlugten, sah sich einem Tisch mit lauter feingekleideten Herren gegenüber. Fünf von ihnen trugen über ihrem dunkelblauen Westenanzug die rotweiße Schärpe der Maires, und einer von ihnen war der Dattenfelder Maire Panthel aus Rosbach. Ein weiterer Herr, der die Mitte des Tisches einnahm, hatte einen blauen Uniformfrack mit Silberstickereien an den Revers an, am Hals ein Spitzentuch und auf dem Kopf einen mächtigen kokardengeschmückten französischen Hut: einen quergestellten Zweispitz mit Federbesatz, der seinem schmalen, unruhigen Raubvogelgesicht gravitätische Züge verlieh. Herablassung und Langeweile drückte dieses Gesicht aus, während die anderen Herren Beflissenheit zur Schau stellten.

Es saß noch ein Protokollführer vor einer riesigen Kladde am Tisch, den Federkiel gezückt, am anderen Ende der Gendarmerieleutnant, der nun auch wieder seinen verzierten Hut aufgesetzt hatte. Außerdem gab es in dem kleinen Raum noch einen finster dreinblickenden Gendarmen unter Gewehr und zwei Diener, die neben einem aus verschiedenen Meßlatten bestehenden Apparat an der Wand verharrten.

»Ich muß«, sprach der Offizier nun die Herren am Tisch an, »Euer Exzellenz auf den infernalischen Geruch aufmerksam

machen, der diesem Subjekt anhaftet. Wünschen Euer Exzellenz das Fenster geöffnet?«
Der Mann mit dem ausladenden Zweispitz in der Mitte des Tisches winkte mit zwei schlaffen weißen Handschuhen in seiner Hand, worauf der Offizier dem Gendarmen zunickte, der dann zum Fenster ging und es aufstieß. Sofort drangen das Geschrei der Mützenbandverkäufer und das Gedudel der Musikanten herein. Der Zweispitzträger verzog seine Mundwinkel und machte erneut das Zeichen mit den Handschuhen. Der Gendarm schloß das Fenster sofort.
»Warum stinkt Er denn so abscheulich?« fragte er und richtete die Frage tatsächlich an den vor ihm stehenden Gerard. Der indes wußte nicht genau, worum es dabei ging. Daß er stank, hatte ihm noch nie jemand vorgeworfen. Er zuckte deshalb mit den Schultern.
»Antworte dem Herrn Unterpräfekten gefälligst, wenn Seine Exzellenz das Wort an dich richtet, Bürger!« schrie der Leutnant.
Gerard schaute ihn groß an und kratzte sich am Bein.
»Wie heißt Er? Woher kommt Er?« fragte der Unterpräfekt schließlich, als wolle er das Geschäft rasch hinter sich bringen.
»Rörichs Gerard«, antwortete jener, »aus dem Windecker Dall, hoher Herr.«
Der Protokollführer begann in seiner Kladde zu blättern, fand den Namen schließlich und sagte: »Da ist ein Eintrag, Euer Exzellenz, daß er sich in Eitorf stellen wird. Maire Panthel haben alsdann die Nummer für ihn gelost. Es ist die zweiundzwanzig, zu dienen, Euer Exzellenz.«
»Sehr schön«, entgegnete der Unterpräfekt. »Hat der Konskribierte etwas vorzubringen?«
Gerard wußte nicht, wie ihm geschah; er verstand diese

Sprache nicht, begriff nicht einmal, daß von ihm die Rede war oder daß mit ihm gesprochen wurde.
»He, du Tropf!« rief der Leutnant. »Antworte!«
»Lassen Sie ihn, Lieutenant«, wehrte der Unterpräfekt ab. »Wenn er nichts vorzubringen hat, dann zur Messung mit ihm, damit wir ihn hinausschaffen!«
Da griffen ihn die beiden Diener und schleppten ihn zum Meßapparat an der Wand, stellten ihn vor die senkrechte Latte und drückten ihm den Schieber auf den Kopf. Gerard schrie auf. Ihm war, als werde er zur Schlachtbank geführt oder zum Erschießen an die Wand gestellt.
»Halt's Maul, Konskribierter!« rief einer der Diener.
»Fünf Fuß, vier Zoll, fünf Strich«, las der andere Diener von der Meßlatte ab, und der Protokollführer tunkte den Gänsekiel ins Tintenfaß und schrieb die Zahlen kratzend aufs Papier.
»Halten zu Gnaden, Euer Exzellenz«, meldete sich nun der Protokollführer zu Wort, »mit ihm stellen wir im Waldbröler Kanton nunmehr fünfundvierzig statt vierundvierzig Konskribierte, wie es angeordnet ist. Sollen wir den mit der höchsten Nummer wieder losbinden?«
»Nein, nein«, brummte der Unterpräfekt unwirsch, »es bleibt, wie es ist. Dann hat der Kanton bei der nächsten Losung einen gut. Notiert das, Protokollant.«
»Sehr wohl, Euer Exzellenz«, dienerte der Schreiber.
»Halten zu Gnaden, Herr Unterpräfekt, Exzellenz«, rief jetzt einer der Diener herüber, »es ist Gerbsäure.«
»Was ist Gerbsäure?« wurde er von dort zurückgefragt.
»Das, wonach der Bursche stinkt, Euer Exzellenz. Er hat an den Bottichen gearbeitet. Ich riech's genau.«
»Schon gut, schon gut.« Der Unterpräfekt winkte ungnädig ab. »Schafft ihn hinaus zu den anderen. Los, Gendarm! Sein

Gestank ist wirklich übel. Können die Kerls nicht in sauberem Zustand vor den Rat treten?«

Der Gendarm packte Gerard am Ärmel und zog ihn zur Tür. Gerard taumelte darauf zu, jemand riß sie auf, und er war draußen auf dem Flur, auf dem sich die Schänkenbesucher drängten.

»Welche Nummer?« rief einer aus der Menge der fröhlichen Trinker.

»Zweiundzwanzig«, antwortete leutselig der Gendarm.

»Oh, du armer Sohn deiner Mutter«, wurde gerufen, »mußt bald die Heimat verlassen. Adieu.«

»Adieu, adieu«, rief es von allen Seiten. Man hob ihm die gefüllten Branntweingläser entgegen und freute sich augenscheinlich, daß man's selbst besser hatte.

»Grüße Alexander, den Zaren!« jubelte wieder einer aus der Menge. »Und das Mütterchen Rußland«, ein anderer.

Rußland! Da war dieses Wort wieder, das ihm der Deserteur auf dem Omerother Hof genannt hatte und mit dem er nichts hatte anfangen können. Was mochte es heißen? Es hörte sich gefährlich an, aber Gerard blieb wenig Zeit, weiter darüber nachzudenken. Zu viel an neuen Bildern und Bewegungen stürzte auf ihn ein. Denn schon befand er sich auf der Gasse, schon kam die Mützenbandverkäuferin auf ihn zu und wollte ihm ein Rekrutenband anheften; der Bäcker bot ihm einen Wecken an. »Fünf Stüber, Herr Rekrut, nur fünf Stüber. Kannst das Geld doch nicht mehr ausgeben.«

Zu gern hätte Gerard den Wecken genommen und das Geld gezahlt, aber der Gendarm hatte es eilig mit ihm. Er drängte die Händler beiseite und schob Gerard weiter die Gasse hinab, bis Leute und Geschrei hinter ihnen zurückblieben.

»Wohin, Herr Gendarm?« fragte Gerard über die Schulter.
»Ins Arresthaus«, sagte der Gendarm und lächelte, »zu den anderen Galgenvögeln. Morgen geht's dann ab nach Düsseldorf.«

Im Arresthaus herrschte Gedränge. Als der Gendarm die Tür aufschloß, sah Gerard nichts weiter als ein wirres Körpergewimmel vor sich, aus dem heraus es schrie, fluchte und jammerte. Nach Brot und Wasser wurde gerufen. Die Rekruten waren mit Stricken aneinandergefesselt, und es hatte den Anschein, als lägen sie in Schichten übereinander. Es roch nach Kot und Urin. Ein schmales Fenster unter den Balken spendete spärliches Licht.
Gerard, hineingestoßen in dieses Gewirr, trat auf Arme und Beine, empfing dafür Flüche, Tritte und Schläge, ehe er endlich an einem Platz niedersank, vom Gendarm gebunden wurde und nun selbst ein Teil des Gewimmels war. Auf die Rufe und Fragen hatte der Gendarm keine Antwort gegeben. Nachdem er Gerard angebunden hatte, wandte er sich wortlos zur Tür zurück.
»Was haben wir getan«, rief jemand aus dem Haufen, »daß ihr uns behandelt wie Mordgesindel?«
»Und sollen doch für den Frankenkaiser nach Rußland ziehen«, rief ein anderer.
Da sagte der Gendarm scharf: »Hüte dein ungewaschenes Maul, Konskribierter! Sonst wird man dich nächstens wie einen Strafdiener halten und in Ketten legen.« Damit trat er hinaus in den Treppengang und verschloß die Tür von außen.

Wieder, nun zum zweiten Mal, saß Gerard Rörich im Arrestloch und war doch Rekrut seines Landesherrn, dieses fremden, fernen Kaisers. Seinen Namen führte alle Welt im Munde: Napoleon. Nach Rußland sollte es für ihn gehen. Doch wo lag dieses Rußland? War es noch weiter von hier entfernt als Düsseldorf, die bergische Residenz?
Gerard war inzwischen weiter in der Welt herumgekommen als jeder andere, den er kannte. Er war in Eitorf gewesen, war übers Nutscheid gestiegen, kannte das Bröltal und nun sogar den Kantonsort Waldbröl. Trotz seines Zustands machte ihn dieser Gedanke auch ein wenig stolz. Jetzt saß er zwar mit hungrigem Magen in einem traurigen Loch, umgeben von Gestank und dem Gebrüll der Konskribierten, gebunden an den Händen, mit schmerzenden Füßen und Schwären am Leib; aber morgen würde man ihn nach Düsseldorf bringen, übermorgen gar nach Rußland. Wenn er zurückkehrte von seiner Reise ins heimatliche Dall, dann gäb's was zu erzählen.
Aber würde er überhaupt zurückkehren? Würde man ihn nicht viel eher totschießen und auf fremdem Feld liegenlassen zum Fraß der Raben? So grübelte und döste Gerard vor sich hin wie die anderen, beklagte mitunter auch wie die anderen laut sein Leid, um danach wieder in apathisches Schweigen zu verfallen, da sich niemand um ihn kümmerte.
Gegen Abend kam der Huissier Kremer, stellte einen Krug Wasser neben die Tür und legte zwei Laibe Brot daneben. Da begann eine wüste Balgerei unter den Gebundenen, die sich bald hierhin, bald dorthin gezerrt sahen und selber zur Tür drängten. Aber bei dem wenigen Licht, welches das Fenster unterm Balken spendete, war kaum etwas von dem auszumachen, wonach man griff.
Auch Gerard beteiligte sich an der Rauferei, immer in

Angst, nichts mehr abzubekommen von der Mahlzeit. Aber der Krug war bald geleert, die Brotlaibe zerrissen und verteilt, ohne daß er etwas davon abgekriegt hätte. Er ließ sich hintüber fallen und wollte sein Gesicht mit den Händen bedecken. Doch der Strick übertrug die Bewegung auf seinen Nachbarn, so daß der nachfragte: »Was ist dir, Beuert?« Die vertraute Anrede tat Gerard wohl, und er antwortete: »Ich hab den Tag über noch nichts gehabt und bin auch jetzt leer ausgegangen.«

»Hier, nimm«, sagte da der Nachbar, dessen Umrisse Gerard in der Finsternis kaum wahrnahm, und drückte ihm einen winzigen Ranken Brot in die gebundenen Hände. Gerard nahm ihn schweigend und schob ihn sich sofort in den Mund, damit er ihm bloß nicht wieder genommen werde.

»Bist du von der Sieg zu Hause?« fragte ihn der andere. »Ich hör's an der Sprache.«

»Soll wohl sein«, antwortete Gerard beim Kauen.

»Ich bin der Schalthöfers Willem von Oberbröl«, sagte der Nachbar.

»Mich heißen sie den Rörichs Gerard vom Overdall«, sagte Gerard.

»Bei der nächsten Gelegenheit reiß ich aus«, flüsterte Willem. »Machst du mit?«

»Kommt drauf an«, antwortete Gerard und kaute immer noch an dem trockenen Brotkanten herum. »Morgen vielleicht, wenn wir nach Düsseldorf kommen. Ich würd's gar zu gern einmal sehn.«

Sein Nachbar lachte lautlos in sich hinein. »Du bist ein Dummerjan, Gerard. Düsseldorf, das liegt fünf Tagesmärsche weit weg von hier. Hat mir der Fuhrmann aus dem Homburgerhahn erzählt; der war mal dort.«

»Und Rußland?« fragte Gerard gespannt.

»Oh, du liebes Jesulein«, rief Willem erheitert, »die Strecke kannst du nicht mehr abschätzen. Das ist weit fort, einen Monat wird's dich gewiß kosten. Wart also nicht drauf. Wenn wir davonlaufen wollen, muß es schon hier geschehen.«

»Aber die Gendarmen«, wandte Gerard ein, »man wird sie hinter uns herschicken.«

»Mögen sie doch, mich wird man nicht fangen«, sagte sein Nachbar. »Danach geh ich zu den Schleichhändlern und werd den Franzosen eine Nase drehen. Die Händler suchen nämlich Leute, die sich in den Wegen auskennen. Ich hab da einen aus Nümbrecht an der Hand, Bär-Herz nennt er sich, einen Juden. Vielleicht hast du schon von ihm gehört. Er hat sein Herz auf dem rechten Fleck. An ihn könntest auch du dich wenden.«

»Ich überleg's mir«, sagte Gerard, ohne recht überzeugt zu sein. Lieber wollte er doch abwarten, was aus dem Marsch nach Düsseldorf würde.

Am nächsten Morgen in aller Frühe wurden die Konskribierten auf die Gasse hinausgeführt. Das Wetter war schlecht. Tiefe Wolken hingen über den Hügeln. Ein einsames Fuhrwerk mit einem schläfrigen Fuhrmann auf dem Bock rumpelte über den lehmigen, ausgefahrenen Weg. Der Mann rieb sich die Augen, als er die Jammergestalten vor sich auftauchen sah; er ließ die Münsterländer knallen, damit der Gaul rasch am Arresthaus vorüberkäme. Mit diesem Zug von Galgenstricken wollte er nicht gern etwas zu tun haben.

Gesenkten Kopfes und mit Stricken aneinandergebunden standen die jungen Burschen in ihrer armseligen Kleidung da, als gelte es für sie, zur Guillotine geführt zu werden. So hieß das neumodische Werkzeug, mit dem man Delinquenten neuerdings vom Leben zum Tode beförderte. In Köln, so wurde erzählt, habe man bereits Raub- und Mordgesindel auf diese Art um einen Kopf kürzer gemacht. In Düsseldorf werde es bald einen ebensolchen Apparat geben, hieß es.

Viele der Rekruten trugen nicht einmal Schuhwerk an den Füßen oder Hüte auf den Köpfen, manche kein Kamisol über dem leinernen Hemd. Obwohl es kalt war und trübe und der Wind rauh durch die Gassen strich. Fünf Gendarmen, die Gewehre geschultert und lange Stöcke in den Händen, waren um sie herum. Anscheinend hatte man alles, was bei der Brigade in Waldbröl diente, aufbieten müssen, um diesen großen Haufen Konskribierter auf Düsseldorf zu führen.

Der Leutnant, den sie alle vom Rekrutierungsrat her kannten, kam auf einem Pferd herbeigeritten und rief französische Befehle. Es wurde Brot verteilt und ein Krug mit Wasser herumgereicht, danach setzte sich der Zug in Bewegung, Schritt für Schritt gingen sie über die enge Hauptstraße des Dorfs zum Boxberg hinauf, angetrieben von den Stöcken der Gendarmen, wenn jemand zurückbleiben wollte.

Es ging auf Denklingen, wo der Zug die Poststraße nach Mülheim erreichte. Vorn ritt der Leutnant Crepon auf seinem braunen Wallach und bestimmte das Tempo; er hatte es eilig, die Fracht bei der nächsten Brigade abzuliefern. Deshalb wollte er vor Dunkelwerden in Marialinden sein. Das aber schaffte er nicht. Denn unterwegs hatte er eine längere Rast einlegen müssen. In Drabenderhöhe war er erst am Nachmittag, und ehe er in Marialinden einzog, war es bereits finster geworden. Mit Stockhieben trieb man die Konskribierten in eine Scheuer. Dort warfen sie sich ins Stroh und riefen nach Wasser und Brot.

Gerard fühlte sich am Ende seiner Kräfte. Seinem Strick-Nachbarn Willem erging es nicht anders. Unterwegs war an Flucht überhaupt nicht zu denken gewesen. Die Fesseln waren zu eng gebunden, der Gendarmen zu viele. Und der Leutnant noch dazu zu Pferde, der jeden Flüchtenden nach kurzem Galopp eingeholt hätte. Und jetzt, in der Nacht, waren sie einfach zu schwach, einen Fluchtgedanken zu fassen. Gerard zog die Schuhe aus und schob sie sich als Stütze unter den Kopf. Seine Füße brannten wie Feuer, seine Schwären zwickten, sie bluteten und eiterten. Überall jammerte und klagte es, jemand rief nach Gott, andere waren gleich in einen ohnmachtähnlichen Schlaf gefallen. »Wie lange noch, Herr Gendarm?« fragte einer, aber er bekam keine Antwort.

Auch die Gendarmen waren müde. Sie verrichteten lustlos ihren Dienst, stellten den Konskribierten Brot und Wasser hin, lockerten ihre Fesseln. Die Gewehre stellten sie gegen die Scheunenwand. Willem hatte wieder Brot ergattert und teilte es mit Gerard; aber nun wurde ihnen selbst das Kauen schwer. Irgendwann fielen Gerard die Augen zu, und er schlief ein.

Mitten in der Nacht wachte er auf, jemand zerrte an seinen Stricken. »Ich bin los«, flüsterte ihm Willem ins Ohr. »Auch ein Schlupfloch hab ich in der Scheunenwand gefunden. Gehst du mit oder nicht?«

Gerard war aus dem Stroh hochgefahren; es raschelte gefährlich laut. Nebenan wälzte sich ein Rekrut unruhig im Schlaf. Willem drückte Gerard nieder. »Leise«, sagte er. »Wie steht's mit dir?«

»Laß mich hier«, sagte Gerard, der nur schlafen und die Strapazen des Tages vergessen wollte. Eine neue Anstrengung traute er sich nicht zu.

»Dann adieu, mon camarade«, flüsterte Willem, »vielleicht sehen wir uns doch noch mal bei den Schleichhändlern wieder. Denk an den Bär-Herz zu Nümbrecht. Vergiß es nicht!«

Gerard spürte, wie Willem sich aufrichtete, hörte das Stroh unter seinen Füßen knistern. Dann vernahm er einen knarrenden Laut an der Scheunenwand. »Wer da?« rief ein Gendarm schlaftrunken. Unwilliges Gemurmel setzte unter den aufwachenden Konskribierten ein. Dann wurde es wieder still, nur der Wind strich um die Scheuer. Der Gendarm beruhigte sich wieder.

Am Morgen, als es ans Nachzählen ging, fehlten drei Mann. Zur Strafe setzte es Stockhiebe für die übrigen. Auch gab es keine Verpflegung für sie. Doch machten die Waldbröler Gendarmen bald, daß sie fortkamen. Der Leutnant war noch in der Nacht auf seinem Pferd davongeritten. So waren die Rekruten nun den fremden Gendarmen ausgeliefert; doch die stellten sich recht gleichmütig an. Es waren keine Franzosen unter ihnen, und statt eines Offiziers befehligte sie ein Brigadier zu Fuß. Und da nun das Marschtempo nicht mehr vom Schritt eines Pferdes bestimmt wurde, ging es langsamer voran. Auch hatte der Brigadier wohl ein Einsehen mit dem erbärmlichen Zustand der Leute. In Overath ließ er den Zug anhalten, er ließ Brot und Wasser durch die Gendarmen besorgen und die Verpflegung so verteilen, daß jeder Konskribierte gleich viel erhielt.

Die Stimmung unter den Rekruten besserte sich gleich, und als der Aufbruch befohlen wurde, ließ man es geschwinder angehen. »Je eher ihr in Düsseldorf seid«, rief ihnen der Brigadier zu, »um so besser für euch.« Er trug seinen Hut wie ein Soldat »en bataille«, also sehr schräg und weit nach hinten gekippt; das gab ihm ein verwegenes Aussehen. »Im De-

pot ist's fein warm, und verpflegt werdet ihr dort auch.« Mit diesen Sprüchen trieb er sie immer wieder an.
Von Overath, wo man die Agger überquerte, ging es sofort bergan, und der Zug geriet bald wieder in einen mäßigen Schritt; auch das Klagen über wunde Füße und stechenden Brustschmerz nahm zu. Deshalb mußte unter der Sülzbrücke zu Altenbrück erneut Rast gemacht werden.
Das Wetter hatte sich gebessert, aber der Weg war doch sehr schlecht, er führte auf und ab durch Berge und Täler, und so würde es noch bis hinter Bensberg bleiben, hatte ihnen der Brigadier gesagt. Nach Bensberg, wo der Fürst sein Schloß hatte, kamen sie am Nachmittag, und Gerard bestaunte die hohen Türme des Schlosses, obwohl ihm nach Gucken nicht zumute war.
Er war seit der Rast in Marialinden mit einem Burschen aus Bladersbach zusammengebunden, der sich Hinner nannte. Aber der war so in sich gekehrt wie er selbst. Kaum daß sie ein Wort miteinander wechselten. Vielleicht hätte Gerard doch besser daran getan und wäre mit dem Oberbröler Willem davongegangen in der Nacht. So weit und so beschwerlich hatte er sich den Marsch nach Düsseldorf nicht vorgestellt.
Sie blieben zur Nacht in Refrath und kamen anderentags in die Stadt Mülheim. Die lag am Rheinfluß, schräg Köln gegenüber, und besaß einen Hafen und eine Fährbrücke nach Niehl hinüber. Auch hatte sie eine befestigte Straße mit vielen stattlichen Häusern. Dort herrschte ein lebhaftes Kommen und Gehen. Pferdegespanne, Kutschen und Lastträger bevölkerten die Straße, hohe Herren in bestickten Anzügen und weißen Seidenstrümpfen, zierliche Degen an der Seite, eilten geschäftig hin und her. Frauen in farbenprächtigen Garderoben standen plaudernd beisammen.

Mitten unter sie geriet nun der Zug der Elenden. Die Schritte der vornehmen Herrschaften beflügelten sich, die Damen strebten auseinander und wendeten die Augen von dem Lumpenzug, der ihnen hier, inmitten ihrer Stadt und ihres Wohlstandes, wie eine böse Vorahnung begegnete. Das Wort »Konskribierte« machte die Gespräche ernster.
Die Gendarmen trieben die Burschen an, schneller zu gehen und die Stadt rasch zu verlassen, in der sie so viel unliebsames Aufsehen erregten. Es waren jetzt Mülheimer Gendarmen, die sie vorwärtsstießen, und sie wollten den Haufen los sein, ehe es Abend wurde und man sie hier in der Stadt hätte unterbringen müssen. Sie gingen deshalb im Langen Feld ins Quartier, auf halbem Weg zwischen Mülheim und Düsseldorf, und eher als sonst, damit der Zug am Morgen ausgeruht in die Landeshauptstadt würde einmarschieren können.
Am nächsten Morgen erhielten sie sogar einen Haferbrei; die Stricke wurden ihnen gelockert, und auf Geheiß des Offiziers, der nun bei ihnen war, mußten die Rekruten ihre Kleidung in Ordnung bringen.
Die jungen Leute waren vom Marsch, dem Hunger und den unterwegs empfangenen Hieben so zermürbt und geschunden, daß ihnen jeglicher Wille zum Widerstand, jeder Wunsch nach Flucht ausgetrieben war. Sie glichen nur noch einer Herde abgestumpfter Schafe, als sie am Mittag des vierten Marschtages in die Mauern der Stadt Düsseldorf einrückten.
Irgendwo war der Zug von der Kölner Straße auf einen Feldweg abgebogen, hatte das Dorf Bilk durchquert und Düsseldorf durchs Berger Tor betreten. Begafft von Weibern und Kindern zog er über die Zitadellstraße zur Orangerie, am alten Exerzierplatz vorbei zur Infanterie-

kaserne. Man kannte in Düsseldorf die Leidenszüge der Konskribierten schon zur Genüge. Sie waren keine Sensation mehr. Tag für Tag trafen sie jetzt, von allen Seiten und aus allen Winkeln des bergischen Landes kommend, hier ein, falls sie nicht gleich auf Elberfeld und Hamm marschierten, wo weitere Sammelstellen des bergischen Korps eingerichtet worden waren.

Gerard war längst alles Staunen über Häuser und Wälle, über die Garderoben der Damen und feinen Herren abhanden gekommen. Er wollte nur noch die Beine strecken, sich den Bauch mit Brot und Brei vollschlagen, die Schuhe von den wunden Füßen ziehen und die Schwären kühlen. Der Brigadier von Marialinden hatte ihm unterwegs, als er ihm seine Schmerzen klagte, von dem Hospital erzählt, das sich gleich neben dem Depot in Düsseldorf befinde, und von dem Feldscher, den es dort für seine Wunden gebe. Der könne ihm gewiß eine gute Salbe für seine Schwären mischen. Bei ihm solle er sich am besten sofort melden, damit ihm der Marsch nach Rußland nicht so schwer falle. Er hatte daher weniger Augen und Ohren für die fremde, große Stadt, ihren Zauber, ihre Bilder und Gerüche, als vielmehr für das nüchterne, kahle und riesenhafte Gemäuer der Kaserne, durch deren Wache der Zug schließlich geführt wurde.

Als er das runde Hofpflaster unter seinen geschundenen Füßen spürte, war ihm, als müsse er sogleich umsinken vor Schmerz und Elend. Er merkte gar nicht mehr, daß er tatsächlich zusammenbrach und seine Nebenleute an den Stricken mit zu Boden riß.

Mit einem Eimer Wasser holten sie Rörichs Gerard wieder ins Leben zurück, und er hatte das Glück, daß ein Offizier in der weißblauen Uniform der bergischen Infanterie aus der Wache kam, dazutrat und sich nach dem Grund für den Aufruhr erkundigte. Da deutete Gerard, während er noch pudelnaß auf der Erde lag, auf seine Füße und antwortete, daß ihm die Beine schwer seien und es ihm schwarz vor Augen geworden sei.

Der Offizier schaute nach und entdeckte die gelb, violett und blutig gezeichneten Schwären an den Waden. »So kann der Mann nicht marschieren«, entschied der Offizier. »Nehmt ihm die Stricke ab, und bringt ihn ins Hospital!« Er winkte zwei uniformierte Soldaten herbei, die Gerard stützten und ihm die Stricke abnahmen. »Sagt dem Feldscher Kessler, er soll sich um ihn kümmern.«

So geriet Rörichs Gerard gleich bei seiner Ankunft im Düsseldorfer Depot aufs Krankenrevier des hinter der Garnisonkirche liegenden Militärspitals. Wie seine übrigen Kameraden starrte er vor Schmutz. Seine Hände trugen immer noch die Zeichen der Gerbsäure; sie waren schwarzviolett und an vielen Stellen von der Säure zerrissen. Sein ausgemergelter Körper war übersät von Grind und Geschwüren. In seiner Kleidung nisteten Flöhe, in den Haaren Läuse.

Da stand er nun vor dem Feldscher Kessler und erlebte, wie auch der vor ihm die Nase rümpfte, ehe er seine Brille geraderückte, um ihn noch genauer in Augenschein zu nehmen. Aus einem Nebenraum drang das Stöhnen der Kranken und Verwundeten. Gerard war es seltsam zumute in diesem gewölbeartigen Kellerraum mit den wenigen Oberlichtern und den langen Strohschütten, auf denen sich die Blessierten in ihren blutgetränkten Verbänden wälzten.

Der Feldscher war näher auf ihn zu getreten, wich aber vor dem Gestank zurück. »Vor Dreck sieht man bei dem Bauernpack kaum noch die Haut«, rief er aufgebracht. »Ins Waschhaus mit ihm!«

Zwei uniformierte Grobiane faßten ihn und schleppten ihn in einen anderen Kellerraum. Sie befahlen Gerard, sich auszuziehen. Da der aber vor Scham verging und es ihnen zu lange dauerte, besorgten sie es. Zum ersten Mal in seinem Leben stand er nackt vor fremden Leuten und wurde sich seines Elends vollends bewußt. Die Soldaten achteten nicht darauf, sondern schafften eimerweise Wasser herbei, gossen es über ihn, reichten ihm eine Wurzelbürste und bedeuteten ihm, sich den Dreck vom Leib zu schrubben.

Wenn Gerard sich je gewaschen hatte, dann am Bach, um sich den Schlaf aus den Augen zu reiben oder den Kleister von den Händen, den Harz oder Lohfarbe hinterlassen hatten. Im Dall gab es weder Seife noch sonst ein Reinigungsmittel, außer Wasser. Und selbst damit ging man sparsam um. Dies allerdings beschränkte sich nicht nur auf das Windecker Dall; auch die Ärzte rieten den Leuten vom häufigen Waschen ab; denn das sei ungesund und schade der Haut. Eine Schmutzkruste wurde gar als natürlicher Schutz betrachtet.

Nun aber erfuhr Gerard anderes. Und nach der Prozedur hatte sein Körper die rosige Farbe eines frischen Ferkels, und die Geschwüre traten noch deutlicher hervor. Die beiden Soldaten hatten das Schauspiel, das Gerard ihnen bot, mit zunehmendem Gelächter begleitet, nun warfen sie ihm einen Kittel zu und sagten ihm, er solle ihn anziehen. Seine Kleidung drückten sie ihm unter den Arm, die Schuhe banden sie zusammen und hängten sie ihm um den Hals.

Gerards Beine zitterten vor Angst und Schwäche, als er in

diesem Aufzug dem Feldscher wieder vorgeführt wurde. Der hatte bereits einen Salbentopf in der Hand und widmete sich alsdann den Geschwüren. Es war eine schwarze eklige Salbe, die bald überall auf seinem Körper ihre Spuren hinterließ. Buntscheckig wie das Fell einer schwarzbunten Kuh sah er aus, und er schämte sich gewaltig. Wenn man ihn so im Dall gesehen hätte, nicht auszudenken! Für alle Zeiten wäre er seines Lebens nicht mehr froh geworden.
Hier indes beachtete ihn niemand sonderlich. Jeder hatte mit sich selbst genug zu tun. Nachdem ein Schreiber sein Signalement aufgenommen hatte, erhielt er eine Suppe und ein Stück Brot. Gierig verschlang er das Mahl, danach legte er sich auf den ihm zugewiesenen Schlafplatz, starrte gegen das gekalkte Deckengewölbe und dachte ein ums andere Mal: Nichts wie weg von hier! Das alles war ihm nicht geheuer.
Seine Beine brannten wie im Fieber, seine Füße waren wund und sein Körper geschunden. Die Handgelenke schmerzten von den Fesseln. Und er befand sich in Düsseldorf, der bergischen Residenzstadt. Das mußte er sich immer wieder vorsagen. Vier Tagesmärsche lagen zwischen ihm und dem Dall. Wenn er daran dachte, stiegen ihm die Tränen hoch.
Links und rechts von ihm wälzten sich andere Kranke stöhnend auf ihrem Strohlager. Der eine hustete sich die Lunge aus dem Leib wie Gerards Vater damals. Der andere hatte ein verletztes Bein; der Verband war an einer Stelle von Blut gezeichnet.
»Weißt du schon, wann marschiert wird?« fragte ihn dieser. Gerard schüttelte den Kopf. Er wußte rein gar nichts, nicht einmal, was ihm selbst hier widerfuhr. Es war, als träume er einen schlimmen Traum.

»Aber es wird bald sein, Kamerad«, sagte der Verletzte neben ihm. »Die ersten sind nämlich schon im Februar weg auf Hamm und Unna. Von einem Fourier hab ich gehört, daß sie weiter auf Lüneburg und Stralsund gegangen sind. Daran siehst du, daß es gegen Rußland geht, Kamerad. So ist's besser, wir sind hier im Krankengewölbe, auch wenn's mich das Bein kostet.« Er lachte auf, kurz und trocken.
Gerard hörte Städtenamen, von denen er noch nie etwas vernommen hatte und die ihm deshalb nichts sagten. Dann aber der Name »Rußland«, mit ihm verband er stets etwas Bedrohliches.
»In der Osterwoche«, sagte nun der andere Nachbar, »sind die Mülheimer Konskribierten gleich auf Elberfeld.« Er mußte seine Rede unterbrechen und seinen bellenden Husten hinauslassen, ehe er fortfuhr: »Nun sind sie bereits in Hamm. Den Franzosen geht's gar nicht schnell genug. Dabei hat's nicht mal Monturen genug für alle. Sie zogen in ihren eigenen Kitteln los, die Patronentaschen umgehängt.«
»Einer aus unserem Kanton ist zu den Chevaux légers eingerückt«, erzählte der Verletzte. »Die haben jetzt ein zweites Regiment aufgestellt. Nun sitzt er zu Pferde und hat's besser als die Sandhasen von der Infanterie.«
»Wir aber haben's noch besser als die Reuter«, antwortete der Hustende. »Wir müssen's nur noch eine Weile im Gewölb' aushalten, dann ist der erste Sturm vorüber. Wo kommst du denn her, Kamerad?« fragte er Gerard.
»Von der Sieg«, erwiderte der, und gleich wurde es ihm wieder weh ums Herz; er wußte gar nicht, warum. Denn wie oft hatte er sich daheim gewünscht, weit fort zu sein.
»Das ist eine lange Strecke«, sagte der Verletzte.

»Ja«, sagte Gerard, schloß die Augen und schluckte.
Am nächsten Tag schon gingen die ersten Geschwüre auf, und Feldscher Kessler ließ ihm Verbände anlegen, damit er sich im Stroh nicht aufs neue infizierte. Die Verbände tränkten sich bald mit Eiter und mußten zweimal am Tag erneuert werden. Gerard konnte sich kaum noch rühren. Wie betäubt lag er im Stroh, hörte sich das wirre Gerede seiner Nachbarn an, von dem er nicht allzuviel begriff, und dachte ans Davonlaufen.
Man hatte ihm inzwischen das Haar kurz geschnitten und ein Paar Holzklotschen gegeben, wie sie die Bauern bei ihm zu Haus trugen, wenn sie in der Miste arbeiteten. Gerard kam sich sehr verändert vor, zumal er auch weiterhin nur das weite, hinten offene Leinenhemd anhatte. Aber es gab jeden Tag eine warme Suppe und einen großen Kanten Roggenbrot. Bald schon fühlte er sich kräftiger werden, die Schwären hörten auf zu eitern. Nun begannen die Stellen zu jucken, und der Juckreiz setzte Gerard mehr zu als vorher die Schmerzen.
So ging es in die zweite Woche, als sein Nachbar zur Rechten starb. Eines Morgens lag er in seinem Blut und hatte endlich mit dem Husten aufgehört. In den Nächten zuvor war es schlimm mit ihm gewesen, und daß er nun schwieg, empfand Gerard wie eine Erlösung. Aber es gab genügend andere Hustende im Saal. Statt des Verstorbenen nahm ein neuer Soldat das Lager ein, dem ein Karren übers Bein gefahren war. Er schrie aus Leibeskräften und hielt sich das gebrochene Bein. Der zerborstene Knochen trat an einer Stelle aus dem Fleisch. Mit drei Helfern versuchte der Feldscher, das Bein zu richten, immer vom Gebrüll des Soldaten begleitet.
Gerard wünschte sich ins Nutscheid zurück, zum Lohschä-

len oder zum Aufspüren der ausgelegten Garne, wünschte sich am Laurentiustag ins Dattenfeld oder zum Breifest im Dall. Eine Frau müßte er finden, dachte er, vielleicht würde dann vieles besser daheim. Die Mutter aufs Altenteil und die Schwester in Stellung beim Bauern.

Aber solange der Frankenkaiser regierte, würde es keine Ruhe im Land geben. Immer würde er Krieg führen wollen, Soldaten brauchen und Konskriptionen ansetzen, den armen Mann ins Salzdebit zwingen. Fünf Stüber kostete das Pfund Salz aus dem staatlichen Debit. Wer im Dall besaß schon fünf Stüber?

Da machte es der Rohn billiger, der nahm mitunter überhaupt kein Geld, sondern gab sich mit Tauschware zufrieden, mit Reisigbesen oder Flachsklanken, was gerade da war.

Dem Rohn hatten die Franzosen das Pferd genommen, so daß er zu Fuß und mit dem Handelssack auf dem Rücken über die Dörfer ziehen mußte. Das war ihm mit der Zeit zu schwer geworden, er kam ja nun auch in die Jahre; deshalb kam statt seiner nun oft sein Sohn Pitter. So hatte Gerard den Pitter einige Male wiedergetroffen; sie hatten sich angeschaut und zugelächelt. Mehr Begrüßung war nicht üblich.

Einmal aber hatte der Pitter auch bei ihnen in der Hütte gesessen und einen Handel um ein Hippelimmchen abgeschlossen, damit Gerard seine Schulden beim Händler würde abschreiben können. Und dabei hatte der Pitter ihm nicht nur von den neuesten Ereignissen aus den Dörfern erzählt, die er gerade durchwandert hatte, sondern auch von der Residenz in Düsseldorf. Dorthin hatte ihn sein Vater, der alte Daniel, einstmals geschickt, um auf dem Düsseldorfer Markt die Waren gegen Geld feilzubieten, die er bei den Bauern nicht losgeworden war. »So ein Leben, so ein Treiben«, hatte der Pitter ausgerufen, »das kannst du dir gar nicht vorstellen.« Nun fiel es Gerard wieder ein, wie er auf seinem Strohlager im Krankengewölbe lag und einen Gedanken an den anderen reihte. Und es fiel ihm noch etwas sehr viel Wichtigeres ein: daß der Pitter gar nicht sehr weit von Düsseldorf weg seine Heimstatt hatte, in Leichlingen. Diesen Namen hatte Gerard sich gemerkt. Sechs Wegstunden hatte der Pitter damals gebraucht, um von seinem Dorf in die große Stadt am Rhein zu gelangen. Das war nicht viel, das müßte auch für ihn zu schaffen sein, selbst wenn er sich hier nicht auskannte.

Seine Gebrechen besserten sich von Tag zu Tag, so daß er in der zweiten Woche vom Feldscher schon mit Arbeit im Saal oder im Garten betraut werden konnte. Er trug frisches Stroh ins Gewölbe und schaffte das alte fort.

Hinter dem Hospital lag der Garten, der sich bis zu den alten Wällen hinzog. Doch die waren nun abgetragen und die Festung geschleift. Die Garnisonkirche nahm die Mitte des Hospitaltraktes ein. Die Kaserne, von den Franzosen »Depot« genannt, schloß sich an und zog sich über eine weite Strecke bis hin zum neu entstandenen See. Hinter dem Kasernengelände, auf den planierten Festungswällen, lag der Exerzierplatz, eine einzige Schlammfläche. Von dort klangen die Kommandos der Unteroffiziere herüber und der Marschschritt der Soldaten. »Eins – zwei – eins – zwei!« erscholl es den lieben langen Tag oder, wenn ein französischer Corporal das Kommando hatte: »Un – deux – un – deux!«, untermalt vom Stiefelschritt der Kolonnen.

Gerard war froh, nicht dabeisein zu müssen. Aber es sah so aus, als warteten die Sergeanten nur noch auf ihn; denn immer noch nicht war das neue Regiment abmarschiert. Wenn

er also nicht bald davonliefe, würde er wohl oder übel demnächst mitmarschieren müssen.
Das blühte auch seinem Nachbarn; aber der bearbeitete seine Beinwunde, die von einem Bajonettstich herrührte, so lange unter der Decke, bis sie wieder aufbrach und er nach dem Feldscher schreien konnte. Doch lange würde Kessler das nicht mehr mitmachen und ihn vielleicht fürs Kriegsgericht melden. Das hatte er ihm letztens angedroht.
Den Soldaten mit dem zersplitterten Bein hatte man derweil nach oben ins Spital geschafft, wo man ihm das Bein inzwischen wohl abgenommen hatte; denn es war der Brand hineingekommen, und es war nicht mehr zu retten gewesen.
Das Gewölbe leerte sich mehr und mehr, hier lagen ja die weniger schlimmen Fälle. Neuzugänge waren kaum noch zu verzeichnen. Das alles deutete auf den bald bevorstehenden Abmarsch des Regiments hin. Gerard mußte sich entscheiden, ob er dabeibleiben oder davonlaufen wollte. Die Zeit wurde allmählich knapp. Da erleichterte ihm der Feldscher die Entscheidung.
Gerard war während seiner Lazarettzeit immer ein williger Arbeiter gewesen; wenn es galt anzupacken, zu schleppen, zu heben und zu schieben, gab es für Kessler keinen Besseren als ihn. Dafür bekam er vom Feldscher manchen Extrabrotkanten, manchen zusätzlichen Teller Suppe. Daß Gerard kaum ein Wort mit ihm wechselte, störte den Feldscher nicht. So waren die Bauern nun mal, wortkarg und geduckt. Aber er kannte sie auch anders: Wenn sie ihre Wut und Enttäuschung im Branntwein ersäuften, dann mußte man sich vor ihnen in acht nehmen. Da hatte es im Depot und in den Schänken der Stadt schon arge Geschichten gegeben. Auch wußte Kessler, daß sie jede sich bietende

Gelegenheit nutzten, um nach Hause zu laufen. Ob ihnen Kerker, Kettenstrafe oder auch Strafdienerschaft drohte: Einen Bauern hielt nichts bei den Fahnen, außer Montur oder Fessel. Deshalb wollte er auch Gerard endlich die Montur verpassen, das weiße bergische Tuch mit den hellblauen Aufschlägen, dazu die schwarzen Gamaschen und den hohen Tschako. So angezogen, würde er wahrscheinlich nicht so bald desertieren. Denn er wollte ihn mit dem Wagen hinausschicken zu den Höfen, wo Heu und Stroh zu holen war. Seine Geschwüre waren in der dritten Woche auch so weit abgeheilt, daß er die enge Drillichhose durchaus würde tragen können.

Es war am Donnerstag, als der Feldscher Gerard befahl, ins Depot zu gehen und auf der Kammer die Montur zu empfangen. Da schreckte Gerard zusammen und lief erst einmal zu seinem Lagernachbarn, um ihm die Neuigkeit zu berichten.

»Da siehst du's«, sagte der, »es geht bald ab. Jetzt kannst du gewiß sein. Aber vielleicht hast du Glück und bleibst beim Feldscherdienst.«

»Nein«, antwortete Gerard, »ich will weg. Aber wie soll ich's schaffen, wenn ich erst die Montur trage?«

»Das ist doch ganz einfach. Zieh deinen Kittel drunter an, und wenn du davongesprungen bist, ziehst du das weiße Tuch aus und wirfst es weg.«

»Und wie werd ich den Weg finden?« fragte Gerard.

»Wenn du zur Sieg willst, mußt du dich nach Süden wenden. Schau zur Sonne. Wo sie am Mittag steht, dort ist Süden. Doch benutze nur Schleichwege, sonst hat dich gleich die Gendarmerie. Und noch was«, sagte der Nachbar und winkte Gerard zu sich heran, »du mußt immer den Namen des nächsten Dorfes wissen. Sollte dich einer nach dem Wohin und Woher fragen, dann sage stets die Namen des nächsten und des letzten Ortes auf. Auch daß du ein späterer Jahrgang bist, mußt du dir merken. Vergiß es nicht. So, nun geh und hol dir den weißen Rock!«

In der Montur der bergischen Infanterie kam sich Rörichs Gerard sehr eingeengt vor. Der Rock war aus rauhem, grobem Leinen und scheuerte unter den Achseln, der Kragen zwickte ihn am Hals.

Füsilier sei er nun, hatte ihm der Corporal auf der Kammer gesagt und ihm einen derben Schlag auf die Schulter gegeben, und er gehöre zur dritten Compagnie, das solle er sich hinter die Ohren schreiben.

Als ihn der Feldscher in der neuen Montur begutachtete, schien er zufrieden. »Dann gehst du morgen mit dem Fuhrwerk nach dem Pempelfort und holst frisches Stroh fürs Lager.«

Als Gerard seinem Kameraden von diesem Befehl erzählte, wußte der gleich, was die Stunde geschlagen hatte. »Nun aber nichts wie weg von der Fahne. Eine bessere Gelegenheit kriegst du nimmer.«

In der Nacht schlief Gerard schlecht. Im Geist ging er mögliche Stationen seiner Flucht durch, sah sich im Getümmel mit den Gendarmen, gefangen und gebunden, und immer wieder schreckte er hoch, wenn er eben hatte einschlafen wollen. Doch am Morgen stand sein Entschluß fest. Er würde den Sprung wagen, auch wenn's ein Sprung ins Ungewisse war.

Der Fuhrmann stellte sich früh um sechs ein. Gerard trug seine neue Montur, drunter aber hatte er Kniehose und Hemd. Säbel und Patronentasche ließ er zusammen mit dem ebenfalls empfangenen Tornister an seinem Platz. Von seinem Kameraden verabschiedete er sich mit einem stummen Blick. »Viel Glück«, flüsterte ihm dieser zu. Dann saß er endlich auf dem vierrädrigen Wagen und ließ sich über die eingeebneten Wälle und den zugeschütteten Graben zur Stadt hinausfahren.

Düsseldorf war eine riesige Baustelle; überall wurden Steine gekarrt, Mauern abgetragen, Schutt weggeräumt, liefen Arbeiter mit Schubkarren umher, Pferdegespanne zockelten vorüber. Vor ein paar Jahren erst hatte man Zitadelle und Bastion der Festung gesprengt; nun entstanden überall neue Straßen und Plätze. Nach Napoleons Willen sollte Düsseldorf eine Gartenstadt werden. Eben ein halbes Jahr war es her, daß der Kaiser höchstpersönlich der Stadt seine Aufwartung gemacht und dabei die ihm vorgelegten Baupläne und das notwendige Geld für die Arbeiten bewilligt hatte.

Gerard, der zum ersten Mal das Lazarett verließ, sah eine Stadt im totalen Umbruch. Die Infanteriekaserne, der gewaltigste zusammenhängende Gebäudekomplex in der Stadt, hatte zusammen mit dem Militärlazarett und der Garnisonkirche zwischen den alten und neuen Wällen der Festung gelegen. Um das Gelände verlassen zu können, hatte man früher das Flinger Tor passieren müssen. Jetzt konnte man ungehindert über die gerade entstehenden Straßen und Brükken den neuen Kanal überqueren und gleich hinter der eben bepflanzten Allee freies Gelände erreichen.

Gerard hatte sich das Tabakrauchen angewöhnt und sich für das übrigbehaltene Zehrgeld des Lohmüllers eine kleine krumme Pfeife bei der Marketenderin gekauft, als sie das

Lazarett besuchte. Die Pfeife im Mund gab ihm das Gefühl, einen großen Schritt voran getan zu haben. Jemand mit einer Pfeife im Mund galt sogar im Dattenfeld etwas, der wurde bestaunt wie einer, der auf dem Weg zum gemachten Mann war. Meist hing sie zwar kalt zwischen seinen Zähnen, weil er kein Geld für Tabak hatte, aber das genügte schon, um Eindruck zu machen.
Zusammen mit anderen Soldaten saß er auf einem Leiterwagen, wie es ihn in seiner Heimat nicht gab, saugte an der kalten Pfeife, hatte den Tschako zurückgeschoben auf dem Kopf, ließ die Füße baumeln und begaffte die neue Welt um sich her.
Es war der erste Maitag, und zu Hause wäre in den Mai geläutet worden in der Nacht. Wenn's die Franzosen nicht wieder verboten hatten wie zuletzt. Die Beuerte der Höfe hätten ihr Lied vom »Feierrosenblümelein« gesungen und hätten, dort wo's möglich war, um Eier gebettelt.
Der Maire hatte zwar auch das untersagt, aber was kümmerte es die Däller, was der alte tattrige Maire Panthel aus Rosbach zu ihren Bräuchen sagte.
In Pempelfort lag das große Gut des Herrn Jacobi. Das war ein berühmter Mann; der hatte hier sogar den Geheimrat von Goethe bewirtet. Das Gut war nicht weit vom Jägerhof weg, dem Jagdschloß der bergischen Herzöge. Aber nun lebte der Herr Jacobi bereits seit Jahren in München, als sei er dem Herzog nachgeeilt, nachdem dieser König von Bayern geworden war.
Das Fuhrwerk ratterte schließlich in das weitläufige Gutsgelände, wo es Stallungen und Scheunen neben dem Wohnhaus gab. Der Gutsverwalter erschien mit einem Knecht, der Sergeant, der das Kommando über die Fuhre hatte, sprach mit ihnen, übergab seinen Laufzettel, während Ge-

rard wie geistesabwesend weiterhin auf dem Leiterwagen saß und an seiner kalten Pfeife suckelte. Dennoch waren seine Sinne hellwach.

Er beobachtete die Bewegungen der Soldaten, nahm die Lage des Gutsgeländes wahr, erspähte Hecken, Bäume und Zäune und versuchte, das Gesehene in einen Zusammenhang zu bringen.

Als er gerufen wurde, folgte er dem Ruf wie die übrigen Soldaten, steckte die Pfeife weg, knöpfte den Uniformrock auf und legte den Tschako ab. Dann schlenderte er zur Scheune hinüber und ließ sich eine Strohgabel geben.

»Wer steigt hinauf?« fragte der Sergeant.

»Ich«, sagte Gerard und schickte sich an, die Holzleiter hinaufzusteigen.

»Schaffst du's auch allein?« rief ihm der Sergeant nach. Gerard gab keine Antwort, sondern stieg weiter bis auf den Strohboden und machte sich sogleich an die Arbeit, damit dem Feldwebel erst gar keine Zweifel kämen. Strohbündel nach Strohbündel schleuderte er hinab auf die Tenne, so daß sich die Soldaten mit dem Wegtragen beeilen mußten. Dadurch verschaffte Gerard sich ein paar Verschnaufpausen, in denen er Spencer, Gamaschen und Weste ablegte und sich auf dem Strohboden umschaute.

Der Sergeant war derweil auf einen Branntwein ins Gutshaus eingeladen worden. Da ließen es die Soldaten ruhiger angehen, und Gerard hatte mehr Zeit für seine Vorbereitungen. Bald hatte er auch die weiße Hose ausgezogen. Unten auf der Tenne häufte sich das noch nicht weggeschaffte Stroh. Für eine Weile hätten die Soldaten genug damit zu tun.

Gerard stapfte zur Rückfront der Scheune und löste vorsichtig ein Holzbrett; er maß danach die Höhe und das unter ihm liegende und sich weithin dehnende Gelände ab, er-

kannte in einiger Entfernung ein Heiligenhäuschen an einem Weg. Aber weit und breit war keine Menschenseele zu sehen.
Da zwängte er sich durch den Bretterspalt, erreichte mit seinem tastenden Fuß eine tiefer gelegene Querstrebe und sprang von dort aus. Eine Brennesselwildnis empfing ihn und zerstach seine bloßen Waden. Aber ansonsten war er glatt in der Mulde gelandet. Ein kleines Rinnsal durchzog sie, so daß er sich erst einmal nasse Füße holte, als er aufsprang und fortrannte. Aber das machte ihm nichts aus. Nur weg, und das so schnell wie möglich. Er lief quer über die Weide und zwischen Obstbäumen hindurch, das Heiligenhäuschen und die Weghecke fest im Auge behaltend.
Als er das kleine Gemäuer erreicht hatte, hielt er keuchend an und sah sich nach der Scheune um. Gut dreihundert Fuß oder zwei Gewehrschüsse lagen zwischen ihr und seinem Standort. Das war zuwenig. Wenn man seine Flucht bemerkte, würde der Sergeant bestimmt den Knecht auf einem Reitpferd hinter ihm herschicken. Doch wenigstens die Hecke bot ihm Schutz vorm Entdecktwerden. Geduckt folgte er ihrem Lauf entlang der Straße. Es war Mittagszeit, und die Straße war deshalb wenig benutzt. Welche Richtung er bei seinem Lauf allerdings nahm, wußte er nicht; es war ihm zunächst auch einmal gleichgültig.
Schließlich erkannte er in einiger Entfernung die Dächer eines Dorfes. Die Straße lief genau darauf zu. Als er nahe genug heran war, übersprang er die Straße und nahm einen Pfad, der ums Dorf herumzuführen schien. Jetzt waren hier und da ein paar Leute auf den Feldern, dunkle Punkte gegen den hellen Himmel. Davon wollte er sich fernhalten. Nachdem er das Dorf umrundet hatte, sah er in der Ferne Berge aus dem Dunst der Ebene auftauchen; auch konnte er Wald

ausmachen. Das ließ ihm das Herz höher schlagen. Wenn er erst die Berge erreicht hätte, wäre er gerettet.
Als er sich nach der Straße umsah, wurde ihm bewußt, welches Glück er gehabt hatte. Denn nun war sie stark befahren. Er erkannte dahinpreschende Reiter auf ihr und eine Marschkolonne, Karren und Wagen, als sei alles erst von einem bestimmten Ort fortgelassen worden, nachdem er, Rörichs Gerard, die Straße passiert hatte.
Nun sprang er querfeldein, lief über eingesäte Felder, eingepflügte Äcker, über Weiden, auf denen Rinder grasten, immer die bewaldeten Berge vor sich. Und als ihm ein Wandersmann entgegenkam, verkroch er sich in einen wassergefüllten Graben.
Es war bald Nachmittag, die Sonne neigte sich und zeigte Gerard endlich auch seine Richtung an. Es war auf keinen Fall Süden, wohin er unterwegs war, es war die Richtung des Sonnenaufgangs, obwohl ihm doch sein Kamerad aus dem Lazarett angeraten hatte, nach Süden zu marschieren. Wichtiger erschien ihm aber zunächst, die Berge zu erreichen. Dann würde er weitersehen. Wo aber war Leichlingen?
Am Abend langte er bei den Bergen an. In einem niedrigen Waldstück gönnte er sich die erste längere Rast. Sein dem ständigen Hunger entwöhnter Magen hatte sich längst bemerkbar gemacht; ab und zu hatte er deshalb unterwegs aus den Bächen getrunken und Grashalme gekaut wie früher. Nun aber hätte er gern etwas gegessen, hätte er gern Scheune oder Stall fürs Nachtlager gehabt.
Um jedoch die Orientierung nicht zu verlieren, blieb er, wo er gerade war, brach sich ein paar Fichtenzweige und nahm sie als Schutz gegen die Nachtkälte. Anfang Mai war es nachts immer noch sehr kalt, auch wenn's am Tag sonnig

gewesen war. Von seinem Weg war Gerard nun müde genug, um bald unter den Fichtenzweigen einzuschlafen.
Gegen Morgen erwachte er mit klappernden Zähnen und knurrendem Magen. Er mußte bald einen Hof finden, der ihn aufnähme und wo er nach dem Dorf Leichlingen fragen konnte.
Kaum zeigte sich über den Höhen der erste Lichtschein des neuen Tages, machte er sich wieder auf den Weg. Er blieb in der Nähe des Bergfußes und mied die Ebene. Denn dort lauerten die Verfolger. Als er auf einen Waldweg traf, vertraute er sich ihm an und stieg aufwärts in die Berge. Ein Weg, das wußte er, kommt von Menschen und führt zu Menschen. Jetzt brauchte ihm nur der richtige Mensch zu begegnen, und er wäre alle Sorgen los.
Nach einer Stunde Wegs war es soweit, denn Gerard hörte den ihm wohlvertrauten Klang einer Axt. Von diesem Klang ließ er sich gerne locken, denn er ging von einem Menschen wie ihm selber aus, einem Waldmenschen eben, der sein Brot auf jene harte Weise verdiente. Bei ihm wäre er gut aufgehoben.
Dann sah er ihn endlich: Es war ein älterer Mann mit stoppelbärtigem Gesicht und einem scheelen Auge, über dem er eine schwarze Augenklappe trug. Der ließ sich durch Gerards plötzliche Anwesenheit nicht in seiner Arbeit unterbrechen, ließ ihn einfach da stehen und schlug weiter auf den Stamm ein, daß die Stücke flogen.
»Tag«, sagte Gerard, stand da mit hängenden Armen.
»Mach dich weg«, grummelte der Alte, ohne aufzublikken.
»Ich frag nur nach dem Weg«, sagte Gerard.
»Dann frag einen anderen. Daß du ein Desertierter bist, riech ich auf zehn Schritt.«

Gerard erschrak. Wie mochte ihm der Waldmensch ansehen, daß er der Armee entlaufen war? Er trug seine eigenen Sachen, nichts davon entstammte der Militärkammer.
»Da bist du ganz schön zusammengezuckt, was?« rief der Mann mit dem scheelen Auge und setzte nun doch die Axt auf den Boden. Er lachte ein hartes Lachen.
»Sag mir den Weg, und ich bin sogleich fort«, sagte Gerard.
»Der Weg geht hierhin und dorthin«, der Mann deutete mit dem freien Arm in beide Richtungen und zeigte ein schimmerndes Gebiß im geschwärzten Gesicht.
»Wo auch ich ein Waldmensch bin«, Gerard wandte sich zum Gehen, »hättet Ihr mir doch mit einer Auskunft dienen können.«
»Waldmensch!« schrie lachend der andere. »Du willst ein Waldmensch sein? Komm her und zeig mir deine Hände!«
Gerard ging zu ihm hin und streckte die Hände vor dem Mann aus; der betrachtete sie sich eingehend.
»Du hast an der Loh' gearbeitet.« Gerard nickte. »Und an den Gerbbottichen, ich riech's.« Gerard nickte abermals. »Nun gut, du kannst bleiben und mir zur Hand gehn, wenn du magst. Bekommst Brot und eine Suppe und kannst im Ziegenstall schlafen. Ist dir's recht?«
Gerard nickte wieder.
»Reden kannst du anscheins nur, wenn du selbst was wissen willst, wie?« fuhr ihn da der Waldmensch an.
»Nein«, antwortete Gerard, »manchmal red ich auch sonst.«
»Dann gebrauch auch endlich dein Maul, wenn's dir der Herrgott geschenkt hat. Es ist nicht bloß zum Maulhalten da. Sag mir also deinen Rufnamen. Ich heiße Karl.«

»Mich heißt man Gerard.«
»Gut«, sagte Karl, »drüben liegt ein Handbeil, hol's und richte mir ein paar Keile her. Der Baum muß bald stürzen.«
Gerard wandte sich um, holte das Handbeil und machte sich an die Arbeit. Später legten sie gemeinsam die Buche um und schnakten sie aus. Es war ihm, als habe sich seit seinem Auszug aus dem Dall nicht viel geändert, als befinde er sich weiterhin auf dem Bodenberg im Nutscheid und verrichte seine Arbeit für den Förster Clouth. Ob der gefährlich aussehende Alte auch seine Garne hier irgendwo liegen hatte? Was würde inzwischen aus seinen geworden sein? Immerhin hatte er sie gut versteckt.
Am Mittag, als von irgendwoher die Glocke schlug, brachen sie gemeinsam das Brot und löffelten kalten Brei. Es war nicht viel für beide, aber Gerard genügte es fürs erste. Danach arbeiteten sie bis zur Dämmerung beinahe wortlos weiter und brachten noch manchen Baum zu Fall. Schließlich packte Karl sein Werkzeug in den Sack, warf ihn sich über die Schulter, griff nach einem Stecken und bedeutete dann Gerard, ihm zu folgen.
Es ging tiefer in den Wald hinein, und es wurde immer finsterer um sie her. Karl stieg vorneweg, Gerard hinterdrein, bis sie auf eine Lichtung trafen, an deren Rand sich eine Hütte duckte. Das war Karls Behausung, die er mit Trine, seiner Frau, teilte, wie Karl unterwegs kurz erzählt hatte. Trine sei schwanger, hatte er gesagt, und das machte Gerard verlegen.
Die Frau hatte einen Kienspan entzündet, als sie die Hütte betraten; sie wirtschaftete am Feuer. Die Hütte war mit Qualm angefüllt; es war fast so wie bei Gerard zu Haus. Nur fehlte das Kruzifix über der Tür.

»Das ist Gerard«, hatte der Waldmensch den Jungen vorgestellt, »er hat mir beim Schlagen geholfen.« Die Frau legte darauf einen weiteren Holzlöffel auf den Tisch; sie musterte Gerard eingehend. Dann sagte sie: »Dies' Nacht strich der Wind um die Hütte, das bedeutet nichts Gutes.«
»Ach, halt's Maul, Weib«, rief der Alte aufgebracht. »Deine Vorgeschäfte sind nicht einen Stüber wert.«
Vorgeschäfte, die kannte Gerard auch. Im Dattenfeld war's die Schwarze Trück, die sie besorgte, Weissagungen abgab übers Wetter und die Ernten, Wind und Mäusefraß, Krieg und bessere Zeiten. Meist indes sahen ihre Prophezeiungen übel aus; sie trafen auch kaum ein. Doch sie machten Angst, und man glaubte daran und ging immer wieder zur Schwarzen Trück und ließ sich weissagen.
»Hör nicht auf das Weibergewäsch«, fuhr der Alte fort. »Nimm dir einen Schemel, und setz dich nieder.«
Gerard tat, wie ihm gesagt, und so rückten die beiden Männer näher an den Tisch, und als die Frau eine Kump voll dampfender Rüben hinstellte, griffen sie hinein und legten sich Rüben auf ihre Holzteller. Sie gossen Milch darüber und zerkneteten sie mit den Löffeln zu Brei. Das war ein Mahl ganz nach Gerards Geschmack; es war sogar gesalzen.
»Woher kriegt ihr denn euer Salz?« fragte er.
»Vom Debitanten wie ihr«, antwortete Karl und ließ sein gesundes Auge funkeln. »Kein besseres Salz als das vom Debitanten in Hilden.« Er lachte laut auf. »Oder kennst du besseres?« fragte er nach.
Gerard schaute prüfend über seinen Löffel hinweg zum Alten hinüber. Er konnte mit dem Mann nichts Rechtes anfangen. Er begriff dessen Wortspielerei nicht. Machte er Spaß? Meinte er es ernst? War er ein Denunziant, der auf eine Prämie aus war? Oder saß ihm bloß der Schalk im Nacken?

»Keine Antwort ist auch eine Antwort«, sagte der Waldmensch.
Seine Frau Trine löffelte schweigsam. Dann aber schaute sie auf, ließ ihren Löffel sinken und sagte: »Wenn du ihn schon mitbringst, wirst du ihm ja wohl auch vertrauen können.«
Karl nickte bedächtig. »Ja«, sagte er, »er ist ein Waldmensch wie ich und ein Deserteur noch dazu. Doch ob er auch ein Schleichhändler wäre, das ist noch nicht ausgemacht.«
»Seid Ihr etwa ein Schleichhändler?« entfuhr es Gerard erschreckt. Und doch war es lediglich die Hochachtung vor diesem Gewerbe, die ihn so aufgeregt reagieren ließ. Schleichhändler standen bei ihnen im Dall in hohem Ansehen.
»Ich tue alles, was Geld einträgt und...«, Karl legte eine kurze Pause ein, »...was den Franzosen Schaden bringt. Ihre Kriege sind nicht meine Kriege. Sollen sie doch ihr eigenen Blut vergießen und nicht unseres! Hier«, sagte er und deutete auf seine Augenklappe, »schau dir mein scheeles Auge an.« Er hob die Augenklappe, und Gerard sah einen blutunterlaufenen Augapfel ohne Pupille. »Es ist nichts mehr wert, seit ein Franzosenblei es traf. Und das zahl ich den welschen Füchsen heim, das sag ich dir. Irgendwann erhebt sich der Bauer und will nicht mehr Konskribierter werden. Dann läuft er nicht mehr nur weg, wie du es jetzt tust. Dann wird er's den Fremden zeigen. Was haben sie hier auf unserem Boden zu schaffen? Tun so, als wären sie die Herren im Land, bestimmen, wie viele Soldaten wir stellen müssen, wie viele Pferde und Kanonen. Für Kriege, die uns nichts angehen. Rußland«, sagte er, »hast du je davon gehört? Weißt du, wo es liegt? Und solltest doch hinmarschie-

ren und den Franzosen beim Sterben helfen. Aus Rußland kommt keiner mehr zurück, so wahr wie ich der Deutzer Michel bin und mal ein rechter Räuber war und den Rennbaum zu gebrauchen wußte.« Er holte tief Luft, als sei ihm überm Reden das Atmen schwer geworden. Dann fuhr er, ruhiger geworden, fort: »Du kommst also aus der Residenz, dem schönen Düsseldorf? Da hab ich manch schöne Stund' bei der Marianne an der Ratinger Mauer und beim Paffrath am Flinger Tor erlebt. Aber noch schöner war's bei der Trutzenbergerin auf der Neusser Furth. Kennst du eins von den Häusern?«

Gerard verneinte, schüttelte den Kopf. Er hatte ja kaum einmal das Hospital neben dem Depot verlassen.

»Dann merk sie dir für den Fall, daß du noch mal hinkommst! Dort kannst du dich auf den Deutzer Michel berufen. Denk dran. Aber sag, wie sieht's aus zu Düsseldorf. Marschieren sie schon?«

Gerard war wie benommen. Eine so aufrührerische Rede hatte er bislang nur von den Waldbröler Schänkenstehern gehört. Er wußte, Pastor Otten hatte es ihm häufig genug gepredigt, daß man der Obrigkeit gehorchen mußte. Das aber bedeutete nicht, daß man ihr nicht hin und wieder ein Schnippchen schlagen durfte. Nur laut darüber reden, das war gefährlich; dafür waren Bauern und Tagelöhner nicht geschaffen.

Auf Karls Frage hatte er wieder den Kopf geschüttelt; dann sagte er: »Wohl ist einiger Verkehr auf den Straßen. Da sahen manche wie französische Reuter aus.«

»Also noch nicht das ganze Depot?« fragte der Alte.

»Nein, aber sie haben den Konskribierten Monturen gegeben, dann wird's bald losgehn.«

»Gut denn«, sagte Karl und legte den Löffel beiseite, »ich

bin ein Räuber gewesen, wie gesagt. Jetzt handele ich ein wenig mit fremdem Salz und Tabak. Wohin soll dich dein Weg denn führen? Vielleicht kannst du mir ein wenig bei meinem Handel helfen.«
»Ich such das Dorf Leichlingen«, antwortete Gerard.
»Leichlingen?« rief Karl, als habe er ihm mit diesem Namen ein Stichwort gegeben. »Und bist selbst nicht von dort. Du redest in einer anderen Sprache, Gerard.«
»Ich will zum Rohn, wenn Ihr ihn kennt. Der hilft mir am End' weiter bis zur Sieg.« Nun war es heraus, was er eigentlich für sich behalten wollte, nun war der Name gesagt, und er hätte sich dafür auf die Zunge beißen mögen.
Doch da erkannte er ein Lächeln in dem von dunklen Bartstoppeln geschwärzten Gesicht.
»Und ob er dir hilft!« sagte Karl. »Morgen gehst du zu ihm. Ich weiß, daß der Rohn die Sieg bereist. Vielleicht kann da eine Hand die andere waschen. Du bist doch aus der Gegend?«
»So ist es«, antwortete Gerard. Er war mit dem Essen fertig und schob den Holzteller in die Tischmitte.
»Traust du dir's denn zu, mit fremdem Salz zu gehen, den Gendarmen auszuweichen, den Straßen fernzubleiben, den Huissiers, den Förstern und Feldschützen und allen welschen Halunken?«
»Wenn ich erst in meiner Gegend bin, wird mich schon niemand fangen«, sagte Gerard fest.
»Dann paß auf, mon ami«, Karl gab seiner Stimme Gewicht, »morgen bring ich dich mit einem Sack voller Schleichware bis zu einer Stelle, wo's runter zur Wupper nach Leichlingen geht. Ich darf mich dort nicht zeigen. Den Deutzer Michel kennt man in den Dörfern zu gut. Beim Handelsvolk nennt man mich so, aber das ist eine lange Ge-

schichte. Nenn du mich weiterhin Karl. Nur dem Rohn darfst du meinen ›nom de guerre‹ offenbaren. Er wird dich dann weiterleiten. Du hast mein Wort verstanden, Gerard.«

Der hatte wie betäubt zugehört und einen Schauer nach dem anderen auf seinem Rücken verspürt. Er sollte also für den Deutzer Michel fremdes Salz transportieren, er sollte ein Schleichhändler werden wie etwa der Bär-Herz aus Nümbrecht, von dem der Schalthöfers Willem gesprochen hatte, als sie beim Marsch der Waldbröler Konskribierten am selben Strick zogen? Das wollte er schon erledigen. Wenn nur ein paar Mahlzeiten für ihn dabei heraussprängen.

So war die Angelegenheit zwischen Karl und ihm geregelt. Karl spendierte eine Pfeife Tabak aus seiner Konterbandenkiste, und der Tag klang aus, wie es sich der Rörichs Gerard für alle Tage seines Lebens gewünscht hätte.

Am nächsten Morgen weckte ihn der Deutzer Michel beizeiten. Er lud sich selbst den gefüllten Sack auf und beschied Gerard, hinter ihm zu bleiben und die Augen offenzuhalten. Dann gingen sie davon.

Es war ein nebliger Tag, die Sonne wollte nicht erscheinen; doch das war ganz in Karls Sinn. Bei dem Wetter war nicht viel Volk unterwegs. Mittags rasteten sie an einem Bachlauf, aßen einen Kanten Roggenbrot miteinander und schöpften Wasser aus dem Bach dazu. »Weit ist's nicht mehr«, sagte Karl, als sie wieder aufbrachen. Nun schickte er den Gerard nach vorn, da sich der Weg verbreiterte und Radspuren aufwies. »Beim ersten Geräusch«, hatte ihm Karl eingeschärft, »hebst du die Hand und springst in die Büsche.«

Der Wald wurde zusehends lichter, es ging abwärts, und

die Spur mündete schließlich in einen Hohlweg. »Wir wollen jetzt mehr Abstand zueinander halten«, sagte Karl. »Geh du fünfzig Schritt voraus, aber ich muß dich noch erkennen können.«
Gerard tat, wie ihm befohlen, und er spitzte die Ohren und schärfte die Augen. Aber den Hohlweg passierten sie ohne Schwierigkeiten. Karl rückte nun wieder näher zu Gerard auf. Durchs lichte Geäst sah Gerard ein breites Gewässer zu ihm heraufschimmern.
»Die Wupper«, sagte Karl und hielt den Schritt an. »Hier, jetzt nimmst du den Sack. Gleich wirst du da vorn Leichlingen sehen können, und ich zeig dir das Rohnsche Haus. Dann wartest du bis zum Abend, ehe du hingehst.«
Der Sack hatte ein gehöriges Gewicht; das Salz war naß und schwer. Karl stieg vom Weg eine kleine Anhöhe hinauf. Ein großer Stein lag dort, und auf ihm ließ er sich nieder. Mit dem Stecken wies er ins Tal hinein, wo aus dem Dunst die Dächer eines verstreuten Dorfes auftauchten.
»Siehst du's?« fragte Karl. Gerard nickte. »Siehst du auch das rote Pannendach?« Die meisten Häuser besaßen Strohdächer, und das rote Pannendach leuchtete hell aus ihrer Mitte hervor. »Das ist dem Rohn seins«, sagte Karl. »Aber tu, was ich dir gesagt hab. Vielleicht treffen wir uns mal wieder, wenn du nun in den Schleichhandel einsteigst. Und trau keinem Menschen eher, als du ihn geprüft hast. In jedem könnt ein Denunziant stecken.«
Karl erhob sich und ging grußlos davon. Er sah sich nicht einmal mehr nach Gerard um, der ihm lange nachschaute, so als wolle er ihn gern zurückrufen. Karls Gegenwart hatte ihm Sicherheit gegeben, hatte Schutz bedeutet. Nun kam Gerard sich verlassen vor, und er betete rasch ein Vaterunser, um sein Herzklopfen zu verscheuchen.

Er wartete bis zum Abend; erst als die Dämmerung einsetzte, traute er sich zu, ins Tal hinunterzusteigen. Während des Tages war niemand den Weg heraufgekommen, war auch niemand hinabgegangen. Im Tal hatte er die Geräusche einiger Fuhrwerke und die Rufe der Fuhrleute gehört; der Dunst aber hatte alles eingehüllt, so daß Gerard befürchtete, das Rohnsche Haus zu verpassen. Er beeilte sich daher, den schweren Sack an der Schnur überm Rücken, hinunterzukommen, damit er das Dorf noch vor der völligen Dunkelheit erreichte und ihm eine Orientierung noch möglich war.

Das Dorf lag wie ausgestorben, die Leute hatten sich bei dem diesigen Wetter in ihre Hütten verkrochen, nirgendwo brannte ein Licht. Gerard bemühte sich, leise aufzutreten, als er geduckt durch die Gassen schlich und nach dem Haus mit dem roten Pannendach Ausschau hielt. Endlich sah er es. Es ragte unter allen anderen hervor und war das einzige, das ein großes Fenster zur Straße hin hatte.

Nachdem er sich vergewissert hatte, daß niemand ihn beobachtete, klopfte er an das Fensterglas und trat vor die Tür. Es dauerte eine Weile, bis Gerard jemanden kommen hörte. Doch dann wurde ein Schlüssel im Schloß gedreht, und die schwere Eichentür öffnete sich. Ein brennendes Windlicht hob sich Gerard entgegen und beleuchtete sein Gesicht, so daß er die Hände gegen die Blendung vor die Augen heben wollte, aber da senkte sich das Windlicht bereits und eine ihm wohlbekannte Stimme sagte: »Wenn das nicht der Rörichs Gerard aus dem Dall ist. Willkommen in Leichlingen.« Es war der Pitter, dessen Hand seinen Arm ergriff und ihn ins Haus zog. »Das ist aber eine große Überraschung. Komm in die Stube!« Willig und wortlos ließ Gerard sich in die Stube ziehen, wo der alte Rohn mit seiner Frau beim

Feuer saß und Tabak rauchte. Die Frau arbeitete am Butterfaß.

»Schau, Vatter«, rief der junge Rohn, »wen ich dir hier bringe. Erkennst du ihn wieder?«

Der Alte blinzelte. Mager und alt geworden erschien er Gerard, der sein Bild in der Tür der Ruppichterother Wirtschaft nicht vergessen konnte, als er breit und dick dort stand und Wohlstand und Kraft ausdrückte. »Ist das nicht der Beuert aus dem Windecker Dall, der uns das trächtige Tier auf Ruppichteroth gebracht hat im fünfer Jahr?«

»Eben der ist es«, lachte der Pitter. »Er kommt, scheint's, rum in der Welt.«

Aber Gerard war es, als müsse er unbedingt sogleich seine Botschaft loswerden; zu wichtig erschien ihm das, was ihm der Karl aufgetragen hatte, und sagte: »Der Deutzer Michel schickt mich. Im Sack ist Salz und Tabak.«

Da lachte der Pitter auf und schlug sich auf die Schenkel, als wolle er es nicht fassen, was ihm hier vom Rörichs Gerard aus dem fernen Windecker Dall im eigenen Haus geboten wurde. »Fein hast du dich herausgemacht«, rief er schließlich, »daß du nun sogar ein Schleichhändler geworden bist und den Deutzer Michel kennst. Setz dich hin und erzähle!«

Für Gerard gab es da nicht viel zu erzählen. Daß er Konskribierter des aufgerufenen Jahrgangs sei und sich in Waldbröl habe stellen müssen, daß er aus dem Düsseldorfer Lazarett davongesprungen sei und auf seinem Weg den

Deutzer Michel getroffen habe. Das war nichts Aufregendes. Dafür benötigte Gerard nicht mehr als vier kurze Sätze.
Ihm behagte eher, daß der Pitter Brot, Speck und einen Humpen Bier herbeiholte und alles vor ihn auf den Tisch stellte. Speck! Seit wie lange hatte es den auf dem Tisch der Overdäller Hütte nicht mehr gegeben! Ihm lief schon beim Ansehen des Schinkens das Wasser im Mund zusammen, und seine Zähne begannen vor Gier zu klappern. Speck war in seiner Gegend das höchste der Genüsse, den gab's am Christtag oder auf der Dattenfelder Kirmes. Wenn überhaupt. Für Speck hätte Gerard wer weiß was getan. Ein Messer lag für ihn bereit, und kaum hatte der Pitter »Komm und iß« gesagt, fiel er darüber her und stopfte sich den Mund voll.
Während er Speck, Brot und Bier in sich hineinschlang, berichtete der Pitter, daß auch er Konskribierter des Jahrgangs sei, daß er aber eine hohe Nummer gezogen habe und vom Rekrutierungsrat in Opladen ans Ende des Depots gestellt worden sei. Für dieses Jahr, von dem es hieß, daß die Armee nach Rußland marschiere, habe er daher nichts mehr zu befürchten.
Gerard hörte zu oder auch nicht. Etwas wie Gleichmut oder Müdigkeit hatte ihn überfallen, nachdem er sich satt gegessen und den Humpen leer getrunken hatte. Das sah der alte Rohn und machte den Pitter darauf aufmerksam: »Der Beuert wird wohl ins Heu müssen, wenn er morgen vor Tagesanbruch weiter will. Ich denke, wir schicken ihn zum Bär-Herz nach Nümbrecht. Der soll ihn dann für seinen Handel einsetzen, wie er mag.«
Gerard war alles recht, wenn nur immer ein solches Mahl wie heute für ihn dabei herauskäme.

»Hast sicher recht, Vatter«, antwortete der Sohn und gab Gerard ein Zeichen mitzukommen. In der Scheune lag noch altes Heu und Stroh genug, so daß Gerard sich ein vortreffliches Lager bereiten konnte. »Der Schleichhandel ist nicht besonders schwer«, erklärte ihm der Pitter, »man darf sich bloß nicht erwischen lassen. So wie der Deutzer Michel, das ist der Rechte für dieses Geschäft. Das war übrigens früher mal ein schlimmer Räuber und Mordbrenner. Jetzt indes ist er friedlich geworden und geht seinem kleinen Schleichhandel nach. Dafür gibt's nun auch ein neues Modewort, es kommt aus dem Holländischen und heißt Schmuggel. Das klingt viel gefährlicher. Ein ganzes Heer von Douaniers ist unterwegs, um uns stets daran zu erinnern, wie gefährlich unser Geschäft ist. Die beschlagnahmen den Händlern auch die Waren, die sie ganz ordentlich in Italien gekauft haben, und erklären sie für verbotene englische. Dann geht's mit dem Handelsmann ab ins Kaschott. Doch davon läßt sich unsereins nicht schrecken. Aber Obacht, Gerard, wenn du dich nun auch für dieses Geschäft entscheidest.«
»Ich will nur nach Haus«, antwortete Gerard auf Pitters lange Rede und gähnte. Da ließ ihn der andere allein und ging.
In der Nacht begann es zu regnen. Gerard hörte das Getrommel gegen die Strohschauben des Scheunendachs und dachte an seine dürftige Bekleidung, wenn er sich anderntags wieder auf den Weg würde machen müssen.
Doch dann lag am nächsten Morgen schon ein Kamisol für ihn bereit und ein alter dreieckiger Hut, wie er nur noch selten getragen wurde. Auch eine Menge Unterkleider hatte Mutter Rohn dazugelegt, damit wenigstens seine Waden bedeckt wären. Es gab ein kräftiges Frühstück mit Speck, Brot und warmer Milch, ehe er aufbrach. Pitter

wollte ihn ein Stück des Wegs begleiten. Der Regen hatte aufgehört.
Unterwegs erzählte er Gerard, er werde ihn bald zu einem »kochemer« Haus bringen. »So nennt man Häuser«, sagte Pitter, »die du ohne Furcht vor Verrat betreten kannst. So nennen's die Händler, die mitunter eine eigene Sprache sprechen. Die wirst du mit der Zeit dann auch noch lernen. Auf deinem Weg bis Nümbrecht wirst du von einem Kochemer zum nächsten weitergeleitet. Ich führ dich jetzt nach Gladbach, da gibt's den Krummen Friedrich. Und der wird dich nach Overath zu Falks Muttchen bringen, die hat da eine Herberge. Vielleicht triffst du dort dann das Schlaumännchen, den Hühnerhund und den Grüns Johann. Das sind alles alte Schleichhändler. Die können dir so manche Geschichte erzählen. Hör gut zu, was sie dir berichten, sie haben viel erlebt in ihrem langen Leben, also kann's auch dir beim Weiterleben helfen.«
Vom Regen waren die Wege weich und morastig, so daß Gerard und Pitter ein ums andere Mal bis an die Knöchel einsanken und Mühe hatten, ihr Schuhzeug zu retten. Mitunter war es selbst für den Pitter schwierig, immer den richtigen Pfad über die Höhen und Tiefen zu finden. Dann rieb er sein Feuerzeug an und leuchtete nach den Zeichen am Weg. Er wußte, wo sie zu suchen waren. Endlich wurde es heller, aber das machte den Weg auch nicht besser.
Sie kamen erst am Abend nach Gladbach. Am Nachmittag hatte ein leichter Nieselregen eingesetzt; Gerard hatte den Salzsack mit seinem Kamisol abdecken müssen, um ihn vor Nässe zu schützen. Deshalb war er bis auf die Haut durchnäßt, als sie beim Krummen Friedrich anlangten.
Sie blieben über Nacht und trockneten ihre Kleider überm Feuer. Beim ersten Hahnenschrei und nachdem ein Pfund

Salz als Lohn zurückgeblieben war, ging es weiter. Pitter machte sich auf den Rückweg nach Leichlingen, Gerard wurde vom Krummen Friedrich auf Overath gebracht.
Der Wind hatte aufgefrischt, es regnete nicht mehr. Wolkenfetzen zogen über die Berge und verdunkelten die Täler. Der Krumme war ein schweigsamer Geselle, der stets, tief auf seinen Stecken gestützt, vorneweg lief und keine Acht auf den Burschen gab, ob er ihm mit seiner Last überhaupt noch folgte. Die wurde Gerard immer schwerer, aber der Krumme wollte keine Rast erlauben.
Es war schon heller Morgen, und sie waren auf dem Weg durch ein Tal, als der Krumme plötzlich ein Zeichen mit der Hand gab und Gerard seinen Schritt verhielt. Zu sehen gab es nichts auf dem Weg, doch dann vernahm auch Gerard das Pferdegetrappel, dumpfe stoßende Laute, die aus dem Untergrund der Erde zu kommen schienen.
Da machte der Krumme einen Satz ins Dickicht, so schnell, wie man es nie hätte vermuten können bei seiner verbogenen Gestalt. Gerard setzte ihm auf der Stelle nach, den Blick auf die lichte Höhe gerichtet, von wo der Weg ins Tal fiel, sich in einem Bachrinnsal auflöste und erst eine Strecke weiter wieder sichtbar wurde.
Es war eine berittene Brigade Gendarmen, und Gerard kam der voranreitende Brigadier irgendwie bekannt vor. Die Pferde schnaubten, als sie das Wasser witterten, das Zaum- und Sattelzeug knarrte, und die Armierung der Gendarmen gab hellklingende Geräusche von sich. So rasselte der Zug an ihnen vorüber, stob den Anstieg hinauf und verschwand im rückwärtigen Wald. Gerard wartete, bis sich der Krumme rührte und wieder zum Vorschein kam. Dann kletterte auch er auf den Weg zurück und beeilte sich, zu ihm zu kommen. »Die reiten auf Bensberg«, sagte der Krumme,

»da ist sicher bald ein Geldtransport fällig.« Er kicherte in sich hinein. »Das waren noch herrliche Zeiten!« rief er. »Gottsendammich noch mal! Da haben wir so manchen Transport hochgenommen. Kannst du mir glauben, Milchbart. Nun ist's zu gefährlich geworden, hast es ja gesehen. Und unsereins ist zu alt für solche Späße.« Er stieß den Stock auf den Erdboden und wandte sich zum Gehen.

Am Nachmittag waren sie vor Overath, an das sich Gerard vom Marsch der Waldbröler Konskribierten erinnerte. Der Krumme hieß ihn, bis zur Dämmerung im Wald auszuharren und dann zur Schänke von Falks Muttchen zu gehen. »Die liegt abseits der Straße bei der Strecke, wo's auf Spich geht«, erklärte er. »Dort kannst du am Morgen dann auch die Agger überqueren und auf Much marschieren.« Damit verabschiedete er sich von Gerard, jedoch nicht ohne sich vorher noch schnell mit Tabak aus dem Handelssack versorgt zu haben.

Gerard dagegen hockte sich nieder und ließ die Zeit vorüberstreichen. Die Aussicht, in einer Schänke zu übernachten, stimmte ihn heiter. Mutter Rohn hatte ihm ein Stück Speck mit auf den Weg gegeben; das war zwar längst verzehrt, aber der Knursch, die Schwarte, war übriggeblieben, und die wälzte er als Speckersatz im Mund, schluckte den mit Salz- und Rauchgeschmack angereicherten Speichel und hielt es für eine Mahlzeit. Denn beim Krummen war außer Brot und Brei nichts zu haben gewesen. Gerard hatte mal wieder »Holl«.

Er stieg deshalb frühzeitig ins Dorf hinab, grau hing der Abend zwischen den Häusern. Hier und da waren noch Leute auf den Beinen. Aber an ihnen störte sich Gerard nicht. Bisher war alles gutgegangen, warum sollte es ausgerechnet hier schieflaufen?

Im übrigen mußte er sich nach Falks Muttchens Schänke erkundigen. Er tat es gleich, nachdem er das Dorf betreten hatte.
Es war ein alter spindeldürrer Mann, den er ansprach und der ihm auch den Weg beschreiben konnte. »Dort runter geht's zur Spichern Furt«, sagte er und beäugte ihn neugierig. Besonders der Handelssack interessierte ihn; Gerard hatte sein Kamisol darübergedeckt, aber das half wohl nichts, denn der Alte fragte: »Was trägst du Schönes unter deinem Kamisol? Handelst du etwa mit Ware?«
Gerard wußte keine rechte Ausrede darauf und zuckte nur mit den Schultern; er wollte schon seines Weges gehn, da hielt ihn der Alte am Ärmel seines Hemdes fest. »Wenn's kein englisches Tuch ist!« rief er. »Das könntest du gleich bei mir lassen und nicht erst zum Muttchen tragen. Ich bin nämlich der Schneider im Dorf und hab für so was meine Verwendung.« Der Alte lachte kichernd und ließ seinen Ärmel los. »Oder ob's nicht doch eher fremdes Salz ist?« forschte er weiter.
An den Fenstern und unter den Türen zeigten sich Gesichter und Gestalten. Gerard wurde es unbehaglich, und er lief weiter.
Es kam ihm vor, als habe er einen Fehler gemacht, als er so früh ins Dorf hinabgestiegen war und ausgerechnet diesem neugierigen Schneider begegnete. Doch dann war er bei der niedrigen Hütte angelangt, die ihm der Krumme Friedrich als Falks Muttchens Schänke beschrieben hatte: ein Haus aus Balken und Lehm, aus dem Lärm und Gesang schallte. Gerard betrat die Hütte und sah sich in dem Qualm um.
Es waren ihrer fünf, die einen Lärm für zehn machten. Sie saßen auf rohen Bänken um einen Tisch und hielten Branntweingläser in den Händen. Zwei Wachslichter spendeten

trübes, flackerndes Licht, in dem die Schatten der fünf Männer tanzten. Dazu sangen die Männer ihre rauhen Lieder oder riefen laut den Namen »Zöffchen!« Ein altes, zottelmähniges Weib hockte auf einem niedrigen Stuhl in einer Ecke am Herd, hielt die Hände unter der Schürze und schien sich an dem Geschrei der übrigen nicht zu stören.
Als jedoch Gerard den Raum betrat, da öffnete sie ein Auge und blinzelte ihn an. »Was gibt's, Wandersmann?« rief sie mit krächzender Stimme. »Wenn du Quartier suchst, hier wirst du keines finden.« Bei diesen Worten wandten sich auch die Männer nach ihm um und verstummten.
»Wenn du Falks Muttchen bist«, antwortete Gerard und bemühte sich, seiner brüchigen Stimme ein wenig Festigkeit zu geben, »dann schickt mich der Deutzer Michel zu dir. Ich bin der Rörichs Gerard vom Overdall.« Das war das Sprüchlein, das ihm der Pitter aufgetragen hatte, wenn er ein kochemer Haus beträte; es sollte Wunder wirken.
Und tatsächlich: Die glotzenden Branntweinfratzen bekamen gleich einen anderen Ausdruck; stumm staunten sie den Fremden an. Muttchen Falk riß rasch auch das andere Auge auf. »Dann komm rein, mein Söhnchen«, sagte sie und erhob sich umständlich von ihrem Stuhl, »einer, den der Deutzer Michel schickt, ist bei Falks Muttchen stets willkommen.«
Ihr zahnloser Mund lächelte jetzt sogar, und eine knochige Hand tätschelte Gerards Rücken. »Kommst sicher von weit her und hast tüchtigen Hunger«, sagte sie dazu und rief danach zur Stiege hinauf: »Zöffchen, wir haben einen lieben Gast hier! Komm runter, schlag Eier in die Pann und tu Speck dabei!« Gerard aber winkte sie mit einem Finger, ihr zu folgen, und er stolperte eilig hinter der Alten her aus dem Haus und in die Dunkelheit des Hinterhofs.

»So«, sagte sie draußen im Flüsterton, wobei sie ihren Mund ganz nah an Gerards Ohr brachte, »jetzt verstecken wir erst mal Salz und Tobak, ehe davon die anderen Halunken was merken. Dann bist du's nämlich gleich los.«

Sie führte ihn in einen Schuppen und bedeutete ihm, den gefüllten Handelssack unters geschichtete Hauholz zu schieben. »Es gibt heutzutage ja keine ehrlichen Menschen mehr«, kicherte sie. Danach gingen sie ins Haus zurück.

In der Ecke, wo Muttchen bei Gerards Eintritt gesessen hatte, stand ein Herd aus gefugten Backsteinen. Davor hantierte ein schlankes, wohlgebautes Mädchen mit Pfanne und Kessel. Sie hatte das Feuer mit einem Strohwisch angefacht und briet nun Speck und Eier. »Das ist mein Zöffchen«, sagte die Alte mit hörbarem Stolz, aber Gerard war der Duft von gebratenem Speck in die Nase geraten, so daß er zu schlucken anfing.

»Soll das alles für mich sein?« fragte er und deutete zum Herd hinüber. Darüber begannen die fünf Gesellen am Tisch laut zu lachen, und einer von ihnen rief herüber: »Das Zöffchen? Da laß lieber die Finger von, Bruder! Das ist ja nicht mal was für uns.«

Gerard, der solche Reden nicht gewöhnt war, errötete und wollte sich verteidigen: »Aber ich hab doch nur den Speck und die Eier gemeint«, was die Gesellen noch mehr erheiterte und zu losen Sprüchen ermunterte.

Da wandte sich das Zöffchen um und lächelte ihn an, und Gerard schaute in ein Mädchengesicht, wie er ein hübscheres noch nie gesehen hatte. Das machte ihn erst recht verlegen. Doch das Zöffchen half ihm und sagte: »Kümmere dich nicht drum, was diese groben Kerle sagen. Nimm dir 'nen Schemel und setz dich her zu mir! Die Eier sind gleich gebraten.«

Nun schrien die Grobiane wieder auf, einer von ihnen verlangte nach weiterem Branntwein, und ein anderer, den sie Ballot nannten, stimmte sogleich ein freches Lied an, in das sie schließlich sämtlich einfielen:

»Wir wollen uns am Wein berauschen,
wir wollen unsre Weiber tauschen,
wir wollen's Gesicht mit Kot beschmieren
und überhaupt ein freies Leben führen!«

Nun mußte auch Gerard lachen. Das war ja eine lustige Gesellschaft, die wußte zu feiern, ihr Leben zu genießen. Wenn das Leben eines Schleichhändlers von solcher Art war, dann wollte Gerard gern dabei mitmachen.

Eier und Speck waren nun fertig, Zöffchen drückte Gerard einen Löffel in die Hand, und er durfte sich endlich über die Pfanne hermachen. Denn mehr noch als das Mädchen interessierte ihn das Mahl. Sofort verbrannte er sich Lippen und Gaumen, aber das hinderte ihn nicht am Weiterschlingen. Die Burschen am Tisch sparten nicht mit passenden Bemerkungen. Die Alte hatte sich wieder in ihren Winkel zurückgezogen, das Zöffchen schaute Gerard beim Essen zu.

In diesem Augenblick hörte Gerard draußen schwere Schritte sich dem Haus nähern.

»Da ist wer!« rief er und hob den Löffel, um die anderen aufmerksam zu machen. Sie begriffen es bald, schwiegen und lauschten.

»Douaniers!« flüsterte Falks Muttchen. »Der Teufel soll das Pack holen.« Zöffchen sprang geschwind die Stiege hinauf, da polterten sie auch schon die Hüttentür herein. An ihrer Spitze der spindeldürre Dorfschneider, der auch sogleich auf Gerard deutete und ausrief: »Da hockt er!«

Die Zöllner drängten herein. Sie hatten französische Hüte auf und Gewehre mit aufgepflanzten Bajonetten.

»Wer soll das sein?« rief ihnen Falks Muttchen entgegen. »Es ist mein Schwestersohn aus Gladbach. Was wollt ihr von ihm?«
Auch die fünf Gesellen am Tisch waren aufgesprungen und scharten sich um die Zöllner und den Schneider, während Gerard immer noch auf seinem Schemel vor dem Herd saß und versuchte, die letzten Eier- und Speckbrocken aus der Pfanne zu kratzen und in den Mund zu stopfen.
»Un contrebandier«, sagte einer der Douaniers, »en avant!« Ein wildes Getümmel entstand unter der Tür.
»Zum Fenster!« flüsterte Ballot Gerard zu, während er die beiden Windlichter ausblies. Plötzlich war es stockfinster in dem engen Raum, die Alte kreischte auf, die Soldaten brüllten französische Flüche, die Männer stimmten einen Gesang an. Da hatte Gerard endlich die Pfanne losgelassen und stürzte auf das sich hell abzeichnende Geviert des offenstehenden Fensters zu. Ein Satz, und er war draußen, landete irgendwo in der Dunkelheit auf allen vieren, sah die Silhouetten naher Bäume und rannte darauf zu. Er fiel in ein Dorngestrüpp, zerkratzte sich Hände und Beine, tauchte auf, fiel erneut hin, kroch wie gehetzt im Dickicht umher, atemlos und voller Angst, und spürte doch irgendwann auch wieder Waldboden weich unter seinen Schuhen.
Er hielt inne und sah sich nach der Schänke um. Ohrenbetäubender Lärm scholl zum Fenster heraus, französisches Geschrei, deutsche Rufe, Tongefäße gingen zu Bruch, etwas zerschlug auf den Dielen, flackernde und rasch wieder verlöschende Lichter, huschende Schatten und die krächzende Stimme von Falks Muttchen.
Himmel, das Salz! dachte Gerard. Er konnte also nicht fort, er mußte ausharren, bis der Spuk vorüber war.
»Gibt's eigentlich keine bessere Arbeit für euch, als ehrliche

Leut zu schikanieren!« hörte er Falks Muttchen fauchen. »Schneider, das werdet Ihr mir büßen!« Dann wurde es allmählich ruhiger, Licht flammte auf, Wachslicht oder Kienspan. Ein Douanier schrie: »Est-ce que Madame n'a rien à dire? Allez, à la salle de police!«
Schließlich traten die Zöllner aus dem Haus, in ihrer Mitte die fünf Saufkumpane. »Marchez!« kommandierte ein Zöllner. Die Gruppe setzte sich in Bewegung, umtanzt vom spindeldürren Schneider. »Gefangen, gehangen!« jauchzte er.
»Es war einmal ein Schneider«, sang dennoch laut eine Männerstimme in die Nacht.
»Silence!« brüllte ein Douanier dagegen. Dann waren sie fort, eine Weile hörte man noch ihre Schritte, dann wurde es wieder still.
Im Dorf war währenddem alles dunkel geblieben, nichts rührte sich. Da würde so bald auch keiner erscheinen und zu Hilfe eilen wollen, würde nicht mal einer den Kopf zum Fenster herausstrecken. Der brave Bürgersmann hielt sich gern zurück.
Inzwischen hatte Gerard sich so weit an die Dunkelheit gewöhnt, daß er das Dickicht erkennen konnte, das zwischen ihm und der Schänke lag. Als er sich auf den Weg machte, umging er es geschickt und kam ungehindert bis zur Hüttentür. Unter ihr erkannte er eine helle Gestalt, die bei seinem Herannahen einen spitzen Schrei ausstieß; es war das Zöffchen.
»Tante!« rief das Mädchen. »Hier ist noch einer.«
»Nein, nein, ich bin's nur!« wollte Gerard schreien, da aber war die Alte schon mit einem Stecken zur Stelle und hieb ihn auf seinen Schädel. Mit einem Schmerzensschrei sprang Gerard davon.

»Ich glaub, es war der Junge«, sagte das Zöffchen verdattert.
»Komm her, du Tropf!« rief Falks Muttchen. »Einfaltspinsel, Dummerjan!« schimpfte sie wie ein Rohrspatz weiter.
Gerard hielt sich den Kopf und trat einen Schritt auf sie zu.
»Was holst du mir die Zöllner auf den Hals!« Wild fuchtelte sie mit dem Stecken vor seinem Gesicht herum. »Und du trollst dich!« sagte sie zu ihrer Nichte. »Du hast nur dein Hemde an.«
»Ach, Tante«, sagte das Mädchen kichernd, »laß doch, wo's nur mein Cousin ist.«
Gerard wurde es ein wenig warm ums Herz, als er diese Worte vernahm, es fing heftig an zu schlagen, auch spürte er den Schädelschmerz weniger als vorhin noch. Doch da herrschte ihn die Alte bereits wieder an: »Was stehst du herum wie ein Ölgötze und wartest, bis sie zurückkommen und mir meinen Anteil stehlen. Du gehst und holst sofort den Handelssack aus dem Schuppen, und dann nichts wie rein in die Hütte. Hast du verstanden!« Sie hob drohend den Stock.
Gerard eilte in den Schuppen, kramte den Sack hervor und lief zum Haus zurück. Die Alte verriegelte hinter ihm die Tür. Im Haus war alles dunkel, und Gerard war mit den beiden Frauen allein. Er wußte mit einem Mal nicht, was unangenehmer für ihn war: den französischen Zöllnern in die Hände zu fallen oder diesen beiden Weibern, von denen eines ihn stets lieb anlächelte, das andere ihm aber einen Knüppel über den Kopf schlug. Was Frauen, und dabei ganz besonders fremde Frauen betraf, hatte er nicht die geringste Ahnung, wie er sich ihnen gegenüber überhaupt verhalten

sollte. Seltsamerweise fürchtete er nun von diesen beiden eher jenes liebliche Wesen, das Zöffchen genannt wurde. Denn vor ihren Augen, dem Mund und den Grübchen in den Wangen fühlte er sich weich und immer weicher werden. Hätte er doch bloß einen seiner Lazarettkameraden bei sich, sie hatten sich mit Mädchen ausgekannt. Den lieben langen Tag hatten sie nichts anderes im Sinn gehabt und im Mund geführt.

In dem Zimmer hörte er die beiden Weiber miteinander wispern. Das machte ihn aufmerksam. Dennoch stieß er gegen einen umgekippten Stuhl, als er sich vorwärts bewegte. Endlich erreichte er den Tisch und stellte den Handelssack darauf. »Nehmt euch, was euch zusteht«, sagte er. So schnell wie möglich wollte er den ungastlichen Ort verlassen.

Aber die beiden Frauen keiften weiter miteinander. Gerard verstand sie jetzt besser; denn es war zwischen ihnen lauter geworden. Und da hörte er, daß es um ihn ging. Vorsichtshalber äugte er nach dem Fenster, das er schon einmal zur Flucht benutzt hatte. Es stand immer noch offen, und langsam bewegte er sich darauf zu, den Handelssack schob er über die Tischplatte.

Anscheinend stritten Tante und Nichte darum, was ihm abzufordern sei. Von Geld war die Rede bei der Alten, von Salz bei der Jungen. »Nehmt das Salz«, sagte das Zöffchen, »und laßt ihn seines Weges ziehn, Tante. Er scheint doch ein ehrlicher Kerl zu sein.«

»Aber ein Schleichhändler obendrein«, widersprach die Alte, »da gibt's für uns mehr zu holen als nur ein Pfund Salz.«

Gerard hatte genug gehört. Eigentlich hatte er sich auf ein gutes Nachtlager gefreut, müde, wie er war. Aber wenigstens war er hier satt geworden. »Wenn's euch nicht ums Salz zu

tun ist«, rief er laut und war schon auf dem Weg zum Fenster, »einen andern Lohn hab ich nicht für euch«, schnappte den Sack und sprang durchs Fenster hinaus.
»Wart, Gerard«, hörte er das Zöffchen rufen, »nimm mich mit!« Er schaute sich um und sah ihre lichte Gestalt im weißen Hemd im Fensterrahmen stehen und versuchen, das Hindernis zu überwinden. Aber rasch verschwand sie wieder, von der Alten ins Zimmer gezogen, so daß nun sie dort keifend auftauchte und ein wüstes Gebrüll anstimmte: »Meinen Lohn, du Schelm! Hab ich dich dafür vor den Zöllnern gerettet!«
Voller Angst floh Gerard vom Hinterhof, jedoch nicht wieder ins Dornengestrüpp, dort würde er sich nur verfangen; sondern er wandte sich dorfeinwärts. Dort würde ihn die Vettel nicht vermuten. Und das arme Zöffchen? Um das Mädchen tat's ihm herzlich leid. Nur zu gern hätte er sie mitgenommen. Aber wohin? Ins heimische Dall, in die Hüttenarmut, ins Tagelöhnerwerk? Oder vielleicht auf Schleichhändlerwege? Nein, sagte er sich auf all diese Fragen, die ihm durch den Kopf schossen, während er schon durchs nächtliche Dorf eilte. Aber es blieb in ihm die unbestimmte Vorstellung von einem fremden, schönen Kind, das nach ihm gerufen hatte.
Schließlich vernahm er das Rauschen des Agger-Flusses, und er folgte dem steten Geräusch. Bald war er unten im Tal, band die Schuhe los, warf sie sich über die Schulter und stieg ins flache Wasser. Vorsichtig tastete er sich mit den bloßen Füßen von Stein zu Stein und hatte bald das andere Ufer erreicht. Im Nachtlicht sah er eine große freie Fläche vor sich, weiter hinten stieg das Gelände wieder an, zeigten sich Baumwipfel als Silhouetten gegen den helleren Nachthimmel. Die Wiese, die er betrat, war sumpfig, und so ließ

er die Schuhe, wo sie waren. Ohnehin schmerzten ihn seine wunden Füße.
Ein Käuzchen rief, ein Nachtvogel flatterte auf. Links sah er die verschwommenen Umrisse zweier Gebäude, und er hielt darauf zu, weil er dort einen Weg vermuten konnte. Tatsächlich spürte er bald Karrenspuren unter seinen Füßen. Das würde vermutlich die Landstraße sein, die er als Rekrut entlanggelaufen war. Sie würde ihn also auch wieder in seine Heimatgegend führen. Zwar war es gefährlich, nachts zu wandern: Er kannte die Geschichten von Geistern und Ungeheuern, die man sich zu Hause erzählte. Aber er hatte in dieser Nacht keine andere Wahl, wenn er vorwärtskommen und die Gegend verlassen wollte. Also schritt er tüchtig aus, soweit das fahle Licht und der ausgefahrene Weg es zuließen.
Als der Morgen graute, entdeckte er auf einer Anhöhe ein Heiligenhäuschen. Dort wollte er ausruhen und warten, bis jemand des Weges käme, den er nach dem Ort Nümbrecht fragen konnte, wo der Händler Bär-Herz wohnte. Er ließ sich nieder und betete das »Gegrüßet seist du, Maria« fünfmal hintereinander. Dabei fiel ihm wieder das Zöffchen ein, und während er betete, stellte er sich vor, wie er sie dereinst wiedersähe. Denn irgendwann würde er nach Overath zurückkehren. Den Namen des Ortes wollte er sich merken. Dann würde er in die Schänke von Falks Muttchen treten, einen Taler aufs Tischbrett werfen und nach dem Zöffchen rufen. Und was dann passierte, dafür reichte seine Phantasie noch nicht aus.
Im Augenblick lag er hinter einem Heiligenhäuschen in einer fremden Gegend und beobachtete die Straße unter sich. Dort begann allmählich ein reger Verkehr. Einen Express-Reiter sah er vorbeigaloppieren, dann einen Fuhr-

mann mit seiner Fuhre, auch einen einsamen Wandersmann mit einem Sack auf dem Rücken sah er. Sie ließ er ziehen. Erst als er einen alten Bauern mit einer Kuh am Strick auf der Straße sah, rappelte er sich auf. Seinen Handelssack aber ließ er beim Heiligenhäuschen; Vorsicht war immer geboten, wenn man einem Menschen in fremder Gegend begegnete.

Der Bauer schaute ihm erschreckt entgegen, als er auf ihn zugesprungen kam, hob den Stecken zur Abwehr. Doch Gerard rief: »Gut Freund, Alter. Ich bin fremd und such den Weg auf Nümbrecht.«

Der Bauer ließ den Stecken sinken. »Das ist nicht mehr gar so weit. Es liegt im Homburgischen. Hab davon gehört.« Seine Miene hatte sich aufgehellt.

»Und wie heißt der nächste Hof auf dieser Straße?« fragte Gerard.

»Es ist die Drabenderhöh. Gleich hinterm Buschwerk da vorn wirst du ihren Kirchturm sehn«, gab ihm der Bauer Bescheid.

Jetzt war Gerard sicher, daß er sich auskennen würde. Denn den Namen hatte er auf seinem Rekrutenmarsch von den Gendarmen aufgeschnappt. Bis Nümbrecht würde es nun nicht mehr weit sein.

»Dank dir, Bauer«, sagte Gerard und lupfte seinen dreieckigen Hut.

»Halt dich auf Marienberghausen zu«, meinte der noch, ehe sie sich zunickten und auseinandergingen.

Gerard holte seinen Handelssack und machte sich davon, und es war früher Abend, als er den Nümbrechter Kirchturm sah und bald auch Bär-Herzens Haus gefunden hatte. Dort wurden er, das Salz und der Tabak freudig in die Arme geschlossen.

»Ein Glück, daß du kommst«, sagte Bär-Herz, der ein alter Jude war, »denn eben kam die Nachricht, daß sie den Wilhelm zu Holpe geschnappt haben. Das ist nun schon der zweite aus meinem Handel, Bruder, den's erwischt hat. Den einen griffen die Douaniers zu Denklingen, und jetzt auch den Schalthöfers Wilhelm. Das sind große Verluste fürs Geschäft, und ich wollte schon das Herzchen losschicken, meinen Sohn. Es schickt dich der Himmel, Gerard, Gott der Gerechte!«

Dazwischen wog sein Sohn, der etwa ebenso alt wie Gerard war, Salz und Tabak ab und trug die Gewichte säuberlich in ein Buch ein. Für Gerard gab's derweil eine Wärmb aus Milch und Haferbrot. Daran erkannte er, daß er wieder zu Hause war.

»Du mußt dich noch in der Nacht auf die Füße machen«, sagte der alte Jude. »Zehn Franken, das soll fürs erste dein Lohn sein.«

Das war immerhin etwas, und Gerard ließ die Geldstücke gleich in seinem Hosensack verschwinden.

»Mit dem Salz ziehst du alsdann über die Höfe und bietest es für vier Stüber das Pfund an. Im Debit ist's im Moment für fünf zu haben. Im äußersten Fall verlangst du drei Stüber. Hast du das verstanden, Beuert?«

Gerard nickte überm Schmatzen.

»Den Tobak laß ich dir nicht. Den kannst du auf den Höfen nicht absetzen. Das macht das Herzchen in Waldbröl und hier in Nümmert bei den Wirten. Wenn du das Salz ausverkauft hast, kommst du her und rechnest mit mir ab. So, nun iß endlich zu Ende und zieh deines Wegs.« Er schob ihm einen neuen Handelssack hin; er war merklich leichter als der erste. »Zwanzig Pfund sind drin. Was also hast du mir an Geld abzuliefern?«

Gerard wußte es nicht. Er wußte nur, daß er müde war, daß Rücken und Füße schmerzten und daß er gern über Nacht ausgeruht hätte. Er sagte indessen nichts, schüttelte nur den Kopf. Ein Taglöhner hat zu schweigen, wenn sein Herr zu ihm spricht. Und Bär-Herz war jetzt sein Herr.

»Achtzig Stüber oder ein Taler zwanzig«, mischte sich das Herzchen ein.

»Richtig, mein Sohn«, sagte darauf der alte Jude.

Gerard bedeutete das nichts. Er griff nach dem Handelssack, warf sich die Schnur über die Schulter und verließ wortlos das nicht eben gastliche Haus. Der Sohn begleitete ihn noch ein Stück durch den Garten bis vors Dorf und zeigte ihm den Weg bergab ins Tal. »Wenn du diesen Weg nimmst«, sagte der Junge, »kommst du ins untere Bröltal. Von dort wirst du ja wissen, wie du weiterkommst.«

Kaum aber war das Herzchen außer Sichtweite, verzog Gerard sich ins Gestrüpp, zog sich das Kamisol über den Kopf, deckte den Salzsack über sich und war bald eingeschlafen. Als ihn die Morgenkälte weckte, lief er weiter und brauchte nicht lang bis ins Bröltal. Hier kannte er sich aus. Schon beim Lohmüller im Ölerother Tal verkaufte er die beiden ersten Pfunde Salz, in Velken die nächsten, so daß ihm der Weg ins Nutscheid hinein nicht mehr allzu schwer wurde.

Gegen Mittag war er bereits auf der anderen Seite des Höhenzugs, erreichte später Rossel und Wilberhofen, verkaufte auch hier ein paar Pfund Salz aus seinem Felleisen und war, als sich der Tag neigte, auf der Bitze, die ihn stracks aufs Dall zuführte.

Wie lange war er eigentlich fortgewesen? Er hatte nicht die Sonntage gezählt, die dazwischenlagen; aber es mußte schon lange her sein, seit er zuletzt diese drei Däller Höfe gesehen hatte. Vorm Engelssiefen machte er halt und wartete die Dunkelheit ab. Zu leicht hätte er dem Förster Clouth oder seinen Helfershelfern in die Arme laufen können. Dann wäre es aus und vorbei mit ihm gewesen. Drüben über der Burgwies sah er die Lichter im Clouthschen Haus angehen. Dort würde es jetzt ein feines Mahl für die Herrschaften geben. Wie aber sähe es in seiner Hütte aus?

Wenn er daran dachte, was ihn zu Hause erwartete, wäre er gern umgekehrt und davongerannt. Aber der Mutter ein paar von den Franken abgeben, das wollte er schon. Danach aber nichts wie wieder weg! Auf seinen Wegen hatte er andere Hütten und Häuser kennengelernt, hatte dort Speck und Eier vorgesetzt bekommen. Überall war's besser als hier. So schlich er endlich den Pfad durchs Unter- und Mitteldall hinauf wie damals, als er aus dem Eitorfer Arresthaus geflohen war. Damals war gerade sein Vater begraben worden, und er hatte seiner Mutter Geld geben und sie froh stimmen können. Was würde passieren, wenn er gleich die Hütte beträte?

Voll banger Erwartung näherte er sich ihr. Finster und drohend lag sie rechts des Wegs, wie ohne Inhalt, ohne einen Funken Leben. Vor der Tür zögerte er, stand da wie gelähmt, tastete nach dem Feuerzeug in der Tasche, das ihm Rohns Pitter geschenkt hatte, dann drückte er gegen das Türholz. Quietschend gab es nach, und gleich schlug ihm der altvertraute Hüttengestank entgegen, ein Geruch aus Ruß, verfaulendem Stroh, Kochdünsten und Kleinviehmist, ein Geruch, den er kannte, dessen Teil er gewesen war. Jetzt, nachdem er andere Hausgerüche gerochen hatte, kam er ihm wie etwas Fremdes vor.

»Wer da?« fragte die Stimme der Mutter aus einer Hüttenecke.

»Gerard«, meldete er sich und drückte die Tür hinter sich zu.

»Du Luderjan!« schrie sie da. »Herumtreiber!« Er hörte das Stroh rascheln, hörte, wie sie aufstand vom Lager. »Hast uns in Not gebracht, verpfändet ist aller Besitz!« Ihre Stimme traf ihn schrill aus der Ecke der Feuerstelle. Gerard überfiel ein Zittern.

»Ich bring aber Geld mit«, sagte er in die Dunkelheit. »Wieviel?« fragte sie, nun lauernd und schon halb besänftigt.

»Zehn Franken hab ich im Sack.«

»Nicht genug!« fauchte sie und schlurfte heran. »Seit zwei Tag' hab ich nichts mehr gegessen.«

»Hab auch Salz für dich dabei. Ist denn Anna nicht mehr da?«

»Anna hütet im Busch die Küh' vom Dattenfelder Bauern. Ich kann das Blag nicht mehr nähren, muß selbst für sich sorgen. Salz, hast du gesagt?«

»Ja.« Er tastete sich zum Tisch, legte den Handelssack ab und packte das Salz aus. »Hier, Mutter«, sagte er. Es war alles Salz, was er noch besaß und was er eigentlich hätte verkaufen müssen. Die zehn Franken legte er gleich mit dazu. Die Münzen klirrten auf der Tischplatte. Nur das eingenommene Salzgeld behielt er für sich. Den leeren Handelssack warf er sich über die Schulter. Gleichzeitig drückte er seinen Körper gegen die Wand. Durch die beiden winzigen Fenster fiel ein wenig Dämmerlicht in die Stube, so daß er nun die Mutter erkennen konnte, wie sie sich mit staksigen Schritten zum Tisch herantastete. Er schob sich an der Wand entlang zur Tür.

»Bist du noch da, Undocht?« fragte sie, als er bereits an der Tür angelangt war.

»Ich komme zurück«, antwortete er, riß das Türholz auf und lief davon, als werde er von Gendarmen gehetzt.

1813

Januar bis Mai
und später

Wie Gerard ein zweites Mal
für die Franzosen
in den Krieg ziehen sollte
und dennoch davonkam,
was später aus ihm wurde und
wohin er für immer verschwand

Die Burschen waren schneller bei ihm, als er gedacht hatte, umzingelten ihn, lachten und lärmten. Mit den Holzpantinen an den Füßen und dem Felleisen auf dem Rücken hatte er in dem Schnee nicht so schnell davonrennen können. Doch er erkannte rasch, daß sie ihm nichts Böses wollten.

Es waren Leute aus der Gegend, einer von ihnen trug eine Vogelflinte an einer Schnur über der Schulter, alle anderen hielten Knüppel in den Fäusten. Sie hatten Branntwein getrunken, roch Gerard, und sie waren fröhlich. Trotzdem hatte er ein flaues Gefühl im Magen, immerhin hatte er fremdes Salz bei sich, und da wußte man nie, was passierte.

In diesem Augenblick kam jemand auf einem Schimmel durch den Schnee auf sie zu geritten. Der Mann rauchte eine dicke, eben angezündete Zigarre und hatte einen Säbel an der weißen Bandoulière umgehängt über dem blauen Kittel. Um den Hals trug er ein verknotetes Tuch, auf dem Kopf einen französischen Hut; nur die rotweiße Kokarde fehlte. Statt dessen flatterte dort eine Hahnenfeder.

»Prinz Karl«, rief einer aus dem Haufen, »wir haben ihn gefangen. Er ist scheint's ein Schleichhändler und kein Franzos'.«

Der Mann in der seltsamen Aufmachung auf dem Pferd, den man nun mit »Prinz Karl« angeredet hatte, sah Gerard durchdringend an; irgendwie kam er ihm bekannt vor.

»Wenn das nicht einer von Bär-Herz' Leuten ist«, sagte Prinz Karl. »Ist's so, Beuert?« Gerard nickte; in seinem dünnen Wams schlotterte er vor Kälte. Es war der kälteste Winter seit Jahren. »Dann laß dir von mir gesagt sein: Deine Arbeit ist getan, Bürger.« Prinz Karl redete in einer geschwollenen Sprache, die er seiner Bedeutung wohl für angemessen hielt. »Ab heute gibt's Salz und Tobak im Überfluß. Komm mit uns auf Waldbröl und schau dir's an, wenn wir dem Schmeiß das Debit ausräumen.«

»Was ist denn bloß geschehen?« fragte Gerard und klapperte mit den Zähnen.

»Seht ihr nicht, daß er friert, der Schelm?« rief Prinz Karl.

»Gebt ihm also aus der Bouteille zu saufen, damit das Zahngeklapper endlich aufhört.«

Jemand kam mit einer Branntweinflasche und drückte sie Gerard in die blaugefrorenen Hände.

»Vivat Alexander!« rief der Anführer. Die Burschen hoben ihre Knüppel und schrien: »Vivat!«

Gerard stand wie betäubt mit der Flasche in der Hand dabei und wußte nicht, wie ihm geschah.

»Los, Händler«, sagte Prinz Karl, »bring auch du ein Vivat auf den Kaiser Alexander aus.«

»Vivat Kaiser Alexander!« rief Gerard folgsam und hob die Flasche, dann trank er hastig ein paar Schlucke, ehe sie ihm von einem der Burschen abgenommen wurde. »Aber wer ist das?« fragte er schließlich.

»Das ist der russische Kaiser«, belehrte ihn vom Pferd herab der Anführer. »Das soll unser neuer Souverän sein. Napoleon ist geschlagen. Und wir ziehen auf Waldbröl, um das Franzosennest auszunehmen. Komm mit!«

Schon wieder ein neuer Kaiser, dachte Gerard, wie viele hatte er in seinem jungen Leben nun schon erlebt: erst einen deutschen, dann einen französischen und nun einen russischen. Und sie alle wollten nur, daß er ihr Soldat würde, für sie in den Krieg zöge und sein Leben opferte. Aber als sich der Haufe Männer in Bewegung setzte, Prinz Karl vorneweg, schloß er sich ihnen an.

Gerard war, wie jeden Tag seit den Maitagen des vergangenen Jahres, mit Salz und Tabak im Sack unterwegs über die verschneiten Höfe gewesen. Seine Füße in den Holzklotschen waren vom Frost geschwollen, da half auch das Stroh nicht, das er um sie gewunden hatte. Unter seinem Leinenkittel trug er nichts weiter als ein langes Hemd aus dem gleichen Material. Die Kniehose war mehrfach geflickt, seine Waden waren von den Resten der Strümpfe bedeckt, die ihm vor langer Zeit Pitter Rohns Mutter geschenkt hatte, und auf seinem Kopf steckte der alte, grau gewordene Dreieckshut.

Ein lausiger Winter war das. Tagelöhner wie Bauern verkrochen sich in Hütten und Ställe, deckten sich mit Heu oder altem Laub zu und suchten den Hunger zu vergessen, der sie plagte. Für Gerard gab es bei ihnen kaum etwas zu verdienen. Das Pökelsalz war gekauft und verbraucht, und Geld war nicht vorhanden, um Speisesalz zu kaufen. Zu tauschen gab's auch nichts mehr. Es war daher eigentlich sinnlos, weiterhin mit dem Handelssack herumzuziehen. Wo aber sollte er hin?

Als Deserteur wurde er gesucht, zu Haus im Dall durfte er sich nicht blicken lassen; auch wenn er hin und wieder heimlich der Mutter einen Besuch abstattete und ihr ein wenig von seinem Geld ließ, als er noch welches hatte. Ein paar Garne hatte er auch wieder ausliegen, in ihnen fingen sich schon mal ein paar Hasen. Das gab dann immer einen herrlichen Braten. Aber dauernd schlich der Clouth ums Haus, und wäre Onkel Wilhelm nicht gewesen, der ihn einmal unter seinem Holz versteckte, als ihn der Förster greifen wollte, säße er längst im Kaschott. Dafür hatte die Mutter dem Onkel die Hälfte des Hasenbratens abtreten müssen; das war ihr schwer genug angekommen.

Die Höfe, durch die Gerard auf seinen Wegen kam, lagen wie tot unter dem Schnee begraben. Keine Menschenseele zeigte sich, kaum war eine Rauchfahne zu sehen. Wenn man Feuer machte, verstopfte man alle Ritzen, um den Rauch in der Hütte zu halten. Kamine gab es nicht. In den Hütten hatte deshalb das Husten kein Ende, der Rauch legte sich beizend auf die Lungen, bis er sie ganz zerfressen hatte und die Leute Blut spuckten.
Daß eine neue Konskription ausgeschrieben war, hatte Gerard unterwegs wohl erfahren und sich im stillen darüber gewundert, daß sie so früh im Jahr erfolgte. Aber die französische Obrigkeit würde schon ihre Gründe dafür haben, so daß er sich keine weiteren Gedanken darum machte. Ihn quälte statt dessen eine ganz andere Frage: ob er sich nicht doch endlich stellen und diesem erbärmlichen Leben ein Ende setzen sollte. Es war sogar ein Generalpardon ausgerufen worden vom Düsseldorfer Minister Nesselrode. Das hatte der Dattenfelder Huissier seiner Mutter hinterbracht, damit sie es an ihn weitergäbe, sobald er sich zu Hause blikken ließe. Ihm geschähe also nichts, wenn er sich meldete bei der Waldbröler Gendarmeriebrigade. Er wäre die Kälte los, erhielte eine Montur und Lederstiefel, vielleicht gar einen Mantel. Diese Vorstellungen erschienen ihm wie das reinste Paradies verglichen mit dem Leben, das er jetzt führte.
Wenn er zum Bär-Herz nach Nümbrecht kam, um frische Ware zu holen, war er meist schneller draußen, als er hereingekommen war. Dem Juden guckten die Douaniers zu sehr auf die Finger, sogar verhaftet hatten sie den Alten, aber dann hatten sie ihm doch nichts Verbotenes nachweisen können. Seine Handelsware hielt er auch nicht im Haus versteckt; Bär-Herz war schon ein schlauer Fuchs, der sich stets zu helfen wußte.

Die Douanenbüros waren inzwischen verstärkt worden. Immer und überall tauchten die Zöllner auf, durchwühlten Hütten, Häuser und Läden, beschlagnahmten alles, was auch nur entfernt nach englischem Tuch, Tabak, Salz, Zukker und Kaffee aussah, und schleppten die Leute aufs Sondertribunal nach Düsseldorf. Es setzte schlimme Strafen. Wenn ein Schleichhändler auf frischer Tat ertappt wurde, mußte er froh sein, wenn er lediglich verhaftet und nicht gleich an Ort und Stelle erschossen wurde.

Neulich waren in Denklingen neun Schmuggler aufgegriffen worden, sieben davon kamen aus Düsseldorf, und einer von ihnen war kurz zuvor noch beim Bär-Herz in Nümbrecht gewesen und hatte neues Salz geliefert.

Aber die meisten Schleichhändler wurden nie ergriffen. Gerard war noch allen Nachstellungen und Fallen entgangen. Der Jude hatte zudem gute Verbindungen zum Homburger Amt, mußte dafür zwar manchen Franken zahlen, wurde dafür aber auch meistens in Ruh gelassen.

Gerards Schwester Anna hatte endlich eine Stellung beim Rosbacher Metzger gefunden und der Mutter ihr Jahresentgelt abgegeben, fünfzehn Taler auf einmal. Damit konnte sie eine Weile auskommen. Für die Mutter brauchte Gerard im Augenblick nicht zu sorgen. Also könnte er getrost zur Armee gehen, sich ein Dach überm Kopf verschaffen. Wo aber war die Armee überhaupt; man hörte gar nichts von ihr.

Sie war mit Napoleon nach Rußland gezogen, und eine Weile lang hatten die Glocken oft geläutet, um die Siege der Grande Armée zu feiern, wie es befohlen war. Seit einiger Zeit jedoch schwiegen sie, und die Leute begannen sich zu fragen, was wohl geschehen war im fernen Rußland, daß keine Siege mehr gefeiert wurden. Ob der Krieg gar zu Ende

war, ob der Frankenkaiser Frieden gemacht hatte? Oder ob es der harte Winter war, der dem Krieg Einhalt gebot?
Aber da kamen nun diese Burschen mit einem Prinzen Karl als Anführer und berichteten, daß der große Kaiser Napoleon in Rußland geschlagen worden war. War das zu glauben? War so etwas überhaupt möglich bei einer solchen Armee und einem solchen Manne, die beide zusammengenommen als unbesiegbar galten? Die Siege auf Siege an ihre ruhmreichen Fahnen geheftet hatten? Gerard hatte seine Zweifel.
Doch die Burschen um ihn herum führten eine ganz neue Sprache im Mund. Sie machte Kälte und Angst vergessen, sie belebte wie der Branntwein, den er getrunken hatte. Das alles ließ Gerard fröhlicher ausschreiten und Mut gewinnen. Und was die Kerle alles zu erzählen wußten!
Sie waren Wiehler Konskribierte auf dem Marsch nach Nümbrecht zur Homburger Losung gewesen, als sie unterwegs erfuhren, daß man dem Unterpräfekten aus Siegen bei der Losung zu Waldbröl den schönen französischen Hut vom Kopf geholt, die Gendarmen entwaffnet, in die Flucht geschlagen und dem Lieutenant Crepon gar das Pferd genommen hatte. Crepon war aus dem Fenster gesprungen und hatte zu Fuß das Weite suchen müssen. Nachdem sie das gehört hatten, waren die Wiehler Konskribierten übers Nümbrechter Salzdebit hergefallen, hatten das Salz unter die Leute und den Tabak an sich selbst verteilt. Einem Douanier hatten sie Hut, Pferd und Säbel genommen und alles ihrem Anführer überlassen. Der hieß Karl Schmitt und stammte aus Kehlinghausen. Seitdem nannten sie ihn den Prinzen Karl. So erzählten sie es Gerard, der schwer an seinem mit Salz gefüllten Felleisen schleppte und bei dem sich längst der Magen wieder gemeldet hatte. Das dauernde Ge-

rede der anderen über den frischen Speck, den ihnen der Maire in Nümbrecht spendiert hatte, machte es nur noch schlimmer für ihn.
Als sie durch einen Hof mit ein paar Hütten kamen, warf er kurzentschlossen den Handelssack mit dem Salz unter eine Schar stumm glotzender, barfuß im Schnee stehender Kinder.
»Tragt's nach Haus!« rief er ihnen zu. »Es ist Feiertag heut.« Von nun an lief's sich leichter. Die Kinder aber trugen den Sack davon wie eine Reliquie.

Waldbröl machte auf Gerard einen gespenstischen Eindruck. Das lag nicht nur an der Dämmerung, mit der sie den Ort erreichten. Wie ausgestorben lag das Dorf vor ihnen, und für einen kurzen Augenblick wurden sie alle stumm, als sie, auf der Höhe des Alsbergs anhaltend, hinunterblickten auf das Dorf mit den beiden Kirchen. Rechts dehnte sich ein Wiesengrund, den ein Bachlauf durchzog; links des Wegs sammelte sich der Bach in einem Weiher. Die Fachwerkhäuser, die sich um die Kirchen sammelten, boten einen gediegenen Anblick, schoben sich mählich die kahlen Hänge entlang, ohne indes die Talsohle zu verlassen. Es gab Gärten zwischen den Häusern, Baumreihen, und alles war überpudert vom Schnee.
Der Hauch aus den Mündern der Burschen stand wie Fahnen in der Luft. Prinz Karls Pferd scharrte mit den Hufen, schnaubte laut. Vom Dorf herauf drang der helle Wechselschlag eines Amboßhammers. »Eine Schmitte«, sagte Prinz

Karl, »also lebt doch jemand hier.« Er drückte dem Gaul die Absätze seiner Holzpantinen in die Seiten. Der Zug setzte sich steil abwärts in Bewegung, die Burschen rutschten und schlitterten auf ihren mit Stroh umwickelten Füßen. Prinz Karl bewegte sein Pferd vorsichtig im Zickzackkurs hinunter.

Der Bach war überfroren, den Weiher bedeckte eine dicke Eisschicht. Aus dem Kamin des ersten Gehöfts kräuselte Rauch. »Es sollte mich nicht wundern, wenn dort eine Mahlzeit für uns auf dem Herd steht«, sagte Prinz Karl lachend. Er beorderte den Mann mit der Vogelflinte und dem Pulverhorn zur Tür des Gehöfts, das einen soliden Eindruck machte, und bedeutete ihm anzuklopfen. Aber es öffnete niemand auf sein Gepolter.

»Wenn wir einen Rennbaum hätten, schafften wir's schneller«, sagte jemand aus dem Haufen. Sie waren insgesamt fünfzehn, Rörichs Gerard eingeschlossen.

»Das schaffen wir auch so«, rief Prinz Karl. »Los, gib Pulver auf die Pfanne und eine Patrone in den Lauf. Dann drück ab!«

Der Mann nahm die Flinte von der Schulter und begann sie umständlich zu laden. Das dauerte eine Weile, ehe er den Schießprügel endlich anlegen und abfeuern konnte. Dann aber loderte eine Flamme von der Pfanne auf, und ein Knall zerriß die Stille, so daß sich die Männer erschreckt die Ohren zuhielten.

Lachen und Lamento folgten darauf, das Pferd des Anführers war hochgestiegen und wieherte, und der Reiter hatte Mühe, auf dem Rücken des Gauls zu bleiben. Gleichzeitig aber erschienen verschreckte Gesichter an den Fensterscheiben. »Wollt ihr endlich das Tor öffnen?« rief Prinz Karl und hob drohend die Fäuste. »Sonst laß ich Blei laden.«

Nun kam man seinem Befehl nach, und unter dem Türbalken tauchten zwei verängstigte, die Hände ringende Gestalten auf, ein Bauer und sein Weib. »Wir haben den Franzosen bereits abgeschworen«, beteuerte der Bauer, »glaubt's uns, Herr.«
»Und dem russischen Kaiser den heiligen Eid geleistet?« fragte Prinz Karl.
»So ist es, Herr.«
»Dann ist's recht, und wir wollen uns mit einer einfachen Beköstigung zufriedengeben. Holt also Schinken und Speck aus dem Rauch, und verteilt's an meine Leute. Wir haben einen langen Marsch hinter uns. Du«, rief er der Frau zu, die sich eben hatte abwenden und ins Haus gehen wollen, »du bleibst fein da und zeigst uns das Haus des Maire und des Debitanten Schmeiß. Mir will's scheinen, als hätt ich noch ein Wort mit ihnen zu reden.« Die Männer lachten laut, während der Bauer ins Haus ging, um das Gewünschte herbeizuholen.
»Der Maire ist ein guter und gottesfürchtiger Mann«, zeterte die Frau, »hat Weib und Kind und ist nie ein rechter Franzosenfreund gewesen.«
»Gleichviel«, bestimmte Prinz Karl, »wir wollen ihn uns anschaun.«
Nun kam der Bauer zurück und hielt eine Speckseite unterm Arm. »Es ist alles, was ich noch habe«, sagte er. »Und mit dem Paul vom Bettenhahn werdet ihr noch drum streiten müssen, was es sonst im Dorf zu holen gibt. Der ist mit seiner Streitmacht heut über Tag beim Maire zu Besuch gewesen und hat auch das Debit ausgeräumt. In der Nacht ist er auf Rosbach, um dem Dattenfelder Maire und dem Förster Clouth von Thalwindeck heimzuleuchten.«
Da horchte Gerard auf: Dem Clouth, dem würde auch er gar

zu gern eins auf den Pelz brennen. Der hatte ihm den Lohn für vier Tage einbehalten, weil er einen Hasen im Garn hatte; der hatte ihn für ein paar wertlose Silbergroschen arbeiten und hungern lassen, und er drangsalierte mit seinen beiden Handlangern, Piller und Lenz, die Leute im Dall. Nicht mal Schanzenholz durften sie aus dem Busch holen, nicht mal die Hippe in die Sträucher schicken, kein Heidekraut rupfen, keine Waldbeere pflücken, keine Bucheckern sammeln: Gleich erschien einer von den Dreien oder gar alle zusammen und vertrieben den armen Mann aus dem Busch. Die Ströpper und Fallensteller schleppten sie gleich nach Waldbröl zum Friedensrichter. Gerard konnte von Glück sagen, daß er seinerzeit mit vier Taglöhnen davongekommen war. Doch wenn dem Clouth das Handwerk gelegt wurde, dann wollte er gern mit dabeisein.

Unterdessen war der Speck mit einem Messer zerstückelt und an die Männer verteilt worden. Auch Gerard hatte ein Stück abbekommen und lutschte nun genüßlich an dem knorpeligen Speckstückchen herum, kaute, saugte den Saft, wollte es gar nicht hinunterschlucken. Von solchem Speck hatte man für Stunden etwas, und wenn's nur der Geschmack war.

»Dann ist wohl auch das Stempelbüro schon besucht?« fragte Prinz Karl von seinem Pferd herab. Der Bauer bestätigte das. »Und der Lieutenant Crepon«, fragte ein weiterer, »hat man ihn gar über die Klinge springen lassen?«

»Der Schuft!« rief nun auch Gerard aufgebracht. »Hat er mich doch gebunden auf Düsseldorf führen lassen.«

»Dem hat der Bettenhähner Paul die Kleider genommen und sie an seine Leute verteilt«, erzählte der Bauer. »Er selbst hat den Leutnantshut behalten, einen ähnlichen wie Euren«, er deutete auf Prinz Karls Kopfbedeckung.

»Der Paul, der Paul«, ereiferte der sich, als ertrage er neben sich keine Konkurrenz, »wer soll das eigentlich sein? Ist er vielleicht ein General?«
»Nein, Herr«, antwortete der Bauer, »aber am Losungstag hat er hier den Aufruhr angezettelt beim Schmitz Ignatz, hat ein Branntweinglas zerbrochen und ist auf den Unterpräfekten losgegangen. Da haben die anderen von draußen angefangen, Eisbrocken durchs Fenster zu werfen. Und schon sind die hohen Herren gesprungen wie die Hasen.« Der Bauer lachte auf, wurde aber rasch wieder ernst, als er fortfuhr: »Danach aber haben die Rebellen im Dorf ein schlimmes Regiment geübt.«
»Was heißt: schlimmes Regiment?« rief einer der Männer. »Hat er wem was zuleide getan? Hat er einer Menschenseele ein Haar gekrümmt? Ich war am Losungstag hier dabei, hab alles mit eigenen Augen gesehn. Das Stempelpapier haben sie verbrannt und das Salz unter die Leute gegeben.«
Da zupfte die Bäuerin ihren Mann am Ärmel. »Das ist wahr«, sagte der Bauer schnell.
»Dann red auch nicht solchen Unsinn!« rief Prinz Karl. »Zeigt mir lieber einen franzosenfreundlichen Gastwirt, wenn's im Debit und beim Maire schon nichts mehr zu holen gibt. Wenigstens einen Humpen voll Wein wollen meine Leute haben.«
»Die Leute im Dorf sind alle brav und anständig«, sagte die Bäuerin, »gehen allsonntags zur Kirche und tun gute Werke, weil sie so fromm sind.«
»Aber einen werdet ihr mir doch nennen können«, sagte Prinz Karl und griff nach seinem Säbel, »sonst werd ich ihn aus euch rausprügeln müssen.«
»Dem Norrenberg wird's nicht schaden, wenn ich ihn

nenn«, antwortete der Bauer. »Der ist Schöffe und katholisch noch dazu.«
»Kommt mit und zeigt ihn uns«, kommandierte der Anführer und wendete sein Pferd auf der Hinterhand. »Laßt mich davon aus, Herr«, bettelte der Bauer, doch da holten ihn zwei Leute unter der Tür fort und zwangen ihn voran auf den verschneiten Weg. Lärmend setzte der Zug seinen Marsch fort, das zeternde Weib blieb unterm Türbalken zurück.
So geriet der Rebellenhaufen des Prinzen Karl vors verschlossene Wirtshaus des Schöffen Norrenberg; man trommelte ihn heraus und befahl ihm, das Wirtshaus für die fünfzehn Männer zu öffnen, Futter für den Gaul und Wein für die Leute herbeizuschaffen. Den jammernden Bauern ließ man laufen. Es ging ein kräftiges Zechen an, das bis in die tiefe Nacht hinein andauerte, ehe die Männer betrunken waren und mit ihren Köpfen auf den Tischen lagen.
Gerard aber hatte nur wenig Branntwein getrunken. Er wollte nicht, daß er dümmlig davon wurde, nur die Kälte sollte aus seinem ausgemergelten Körper heraus, damit er sich auf den Weg ins Nutscheid und heim ins Dall machen konnte. Schließlich wollte er dort sein, wenn die Streitmacht des Bettenhähner Paul anrückte und das Försterhaus in der Burgwies plünderte.
Er nahm den Weg zum Büscherhof hinauf und nach Spurkenbach wieder hinunter, wo der alte Leichenweg über die Hamich nach dem Dall und weiter auch auf Dattenfeld führte. Durch die Streifzüge der letzten Zeit kannte sich Gerard hier wie im Schlaf aus, so daß er die Pfade auch bei Dunkelheit nicht fürchtete. Auf diesem Weg würde er jedenfalls früher als der Bettenhähner Paul im Dall sein, der ja

noch einen Umweg über Rosbach zum Maire Panthel machen wollte.
Es war mitten in der Nacht, als er gegen die Hüttentür im Overdall schlug. Die Mutter kannte das Zeichen von seinen früheren Besuchen her und rührte sich nicht. Er drückte das Türholz auf und warf sich in die Strohschütte bei der Feuerstelle. Die Geiß meckerte, ein Huhn auf dem Firstbalken bewegte einen Flügel. Bald kam die Hütte aber wieder zur Ruhe; draußen strich der Wind vorbei und wirbelte lokkeren Schnee auf. Wenigstens davon war Gerard in der Hütte geschützt. Kalt blieb es dennoch.
Im vergangenen Jahr hatte der Maire Gerards Mutter einmal verhaften und ins Polizeihaus sperren lassen, nur weil sie die Mutter eines steckbrieflich gesuchten Deserteurs war und den Aufenthalt ihres Sohnes nicht preisgeben mochte. Vier Tage hatte sie zusammen mit anderen Vätern und Müttern, alten Leuten zumeist, in der engen Wachstube zu Waldbröl gesessen und dem Polizeidiener Kremer die Ohren vollgejammert. Bär-Herz hatte sie schließlich gegen Geld ausgelöst und Gerard den Betrag in Rechnung gesetzt.
Es war die Kälte, die Gerard am Morgen aus dem Stroh scheuchte. Er sah, daß die Mutter eine alte Pferdedecke über sich liegen hatte; sie rührte sich immer noch nicht. Also zündete er mit seinem Feuerzeug Schanzenholz und Stroh auf der Feuerstelle an. Beißender Qualm waberte gleich durch den Raum, so daß die Mutter erwachte und zu husten anfing.
»Mir ist so heiß«, flüsterte sie. »Es fiebert mich wohl.« Gerard achtete nicht darauf, diese Rede war er gewöhnt. »Ob die Hipp' was hergibt heut morgen?« fragte er statt dessen; aber darauf bekam er von der Mutter keine Antwort.

Die Geiß stand auf ihren vier staksigen Beinen und fraß trockenes Laub von einem Strauch, den die Mutter ihr wohl hingeworfen hatte; die Hühner waren vom Sims geflogen, pickten im herumliegenden Stroh und scharrten den getrockneten Lehmboden auf.
Gerard holte eine Kump vom Gestell, stellte sie unter die Geiß, klemmte sich im Stehen ihr Hinterteil zwischen die Beine und massierte die beiden Euterzitzen. Nach einiger Zeit gab die Geiß tatsächlich einen Milchstrahl ab, später dann noch einen, dann endlich mehr. Nun war wenigstens der Boden der Kump halbwegs mit Milch bedeckt.
»Ist noch Brot übrig?« fragte Gerard ins Dämmerlicht hinein.
»Mich fiebert«, sagte die Mutter statt einer Antwort.
Gerard suchte nach Brot, fand aber keines. Er ging zur Mutter und reichte ihr die Kump mit der Ziegenmilch; sie nahm sie mit zitternder Hand, setzte sich auf und trank schlürfend.
»Hol Wasser aus der Baach«, sagte sie. »Ich komme um vor Durst.«
»Nimm das«, sagte er und gab ihr ein Stück Speckschwarte. Da sah er ihre Augen aufleuchten; ihre dünnen Finger grapschten nach der Schwarte, steckten sie in den fast zahnlosen Mund.
»Es wird mir gleich bessergehn«, stammelte sie und legte sich zurück auf die Strohschütte.
Mit einem Holzeimer zog Gerard hinunter zum Bach, schöpfte Wasser aus einem Eisloch und kehrte zur Hütte zurück. Unterwegs hatte er seinen Onkel Wilhelm gesehen, der wie versteinert vor seiner Hüttentür stand und ihn wortlos anstarrte. Gerard aber machte es nichts, daß er heute im Hof gesehen wurde. Mochten sie ihn doch melden. Die

Franzosen hatten ihr Recht verloren, die Gendarmen waren geflohen, die Maires schworen ab.
»Es liegen drei fertige Besen hier«, sagte die Mutter, als er wieder zur Hüttentür hereinkam. »Die kriegt der Clouth für zehn Silbergroschen. Bring sie ihm, und hol im Dattenfeld beim Lütz ein Brot.«
»Für zehn Silbergroschen gibt's kein Brot zu kaufen«, antwortete er.
»Dann soll er's aufschreiben«, sagte die Mutter. »Ich mach mir derweil ein heißes Gebräu.« Sie erhob sich ächzend von ihrem Lager.
Gerard nahm die fertigen Reisigbesen. Die kamen ihm eben recht. Damit zum Clouth gehen und sich ihm zeigen, aufrecht wie ein Mann und mit frechem Blick, die Pfeife im Mund, wäre sie auch kalt. Er wollte auftreten wie die Rebellen gestern in Waldbröl. Die hatten ihm imponiert, wie sie dem Schöffen Norrenberg entgegengetreten waren, daß er sprang und Wein aus dem Faß schöpfte und Branntwein herbeischleppte. So würde nun auch bald der Clouth vor ihm springen. Und er würde gleich zehn Stüber statt Silbergroschen für die Besen verlangen. Damit würde er zum Debitanten Lütz im Dattenfeld gehen und ihm drei Stüber für ein Brot geben. Für den Rest könnte er einen Humpen Wein verlangen. So würde es sein. Er brauchte nur das richtige Wort zu finden, dann wär's ein Kinderspiel.
Wie aber sollte das geschehen? Der Clouth würde ihn bloß mit seinen harten Augen ansehen und fragen: »Was? Was erdreistet Er sich, der Tagelöhner und Deserteur? Daß ich gleich den Gendarm rufen laß vom Piller und vom Lenz. Wart nur, du Tropf!« Und das Gewehr würde er von der Wand nehmen und ihn, Rörichs Gerard, tanzen lassen, daß ihm Hören und Sehen verginge.

Er warf die drei Besen in die Ecke zurück. »Nein«, sagte er, während die Mutter am Hehlhakenkessel hantierte, »ich geh nicht. Wart bis heut abend, dann bring ich dir Brot und Speck, soviel du willst, und es wird keine Bezahlung kosten.«

»Heut abend?« fragte die Mutter und hob sich aus der Hocke, strich sich das verfilzte Haar aus dem Gesicht. »Was ist denn heut abend?«

»Wart's ab«, antwortete Gerard.

Die Trommel des Rebellenhaufens klang Gerard viel fröhlicher im Ohr als die der Franzosen. Als er sie von Schladern her den Hang heraufkommen hörte, fing sein Herz vor freudiger Erwartung laut zu pochen an. Alle Not hätte nun bald ein Ende. Er konnte es kaum abwarten, den Trupp im Overdall auftauchen zu sehen, und lief ihm übers Scheuerfeld entgegen, so schnell es der tiefe Schnee zuließ. Auch vor die übrigen Hütten waren die Leute getreten, die Buschs standen dort, Onkel Wilhelm mit Tante Maria und Onkel Matthias mit Tante Anna und all ihren Blagen, die man im Winter kaum einmal auf den Wegen traf. Dafür war einfach die vorhandene Kleidung nicht geschaffen; man hätte sich den Tod in die Hütte geholt.

Jetzt aber waren sie draußen versammelt, mit Strohwickeln unter den Füßen und Leinenlaken um die Schultern, manch eines der Kinder aber auch barfuß. Denn es hatte sich herumgesprochen im Laufe des Tages, daß die Rebellen kämen, um dem Clouth das Handwerk zu legen.

Die Rebellen wären überall im Land unterwegs, hatte der alte Buschs Willem herumerzählt, nun zögen sie die Maires und Gendarmen, die Huissiers und Feldschützen zur Rechenschaft für die Schandtaten, die sie an den Leuten begangen hatten.

Der Hundhausen aus dem Unterdall wollte denn auch beobachtet haben, wie der Förster Clouth bereits am Tag zuvor mitsamt seiner Familie das Weite gesucht habe. Jetzt standen sie herum, die »Hollbälge«, die Tagelöhner und Viehhirten, die es in ihrem Leben nicht einmal zum Bauern oder Handwerker gebracht hatten, standen in gehörigem Abstand vor Clouths Haus in der Burgwies und warteten auf die Rebellen. Halb in Furcht vor der Unordnung, die sie stifteten, halb auch in Hoffnung auf den eigenen Gewinn bei der Sache. Ihnen selbst wäre nicht einmal im Traum eingefallen, in das verlassene Haus des Försters einzudringen; da wartete man lieber, bis es andere taten.

Endlich sah Gerard sie herankommen. Vorneweg ein Trommelknabe, der auf das Kalbfell einer schönen rotweiß gemusterten Trommel schlug, dahinter ein Mann, der herausgeputzt war wie Prinz Karl, nur daß er keinen Schimmel unter sich hatte. Dafür trug er aber einen gewaltigen französischen Hut mit einem imposanten Federbusch auf dem Kopf, hatte einen Mantel umgeschlagen und Stiefel an den Füßen. Das war also der Paul vom Bettenhahn, dessen Vater man den »Räuberpaul« nannte. Ehrfurchteinflößend sah er aus.

Eine Hand war mit einem Verband umwickelt, die trug er in der Mantelknöpfung; das gab ihm ein verwegenes Aussehen. In der anderen hielt er einen blinkenden Säbel. »Reih dich in meine Armee, Bruder!« rief er Gerard am Wegrand zu, »wenn du den Franzosen ein Ende machen willst. Ihnen und ihren Freunden geht es an den Kragen.«

»Bist du der Paul vom Bettenhahn?« fragte Gerard. Der andere nickte und hielt an. Da zog Gerard seinen dreieckigen Hut vor dem Mann, obwohl er gerade so alt wie er zu sein schien. Das aber hatte nichts zu bedeuten; einen Anführer erkannte man auf den ersten Blick und hatte ihm seine Reverenz zu erweisen.
»Kennst du dich hier aus?« fragte Paul, Gerard bestätigte es. »Dann bleib an meiner Seite, und zeig mir das Haus vom Förster Clouth.«
»Das will ich gern tun«, erwiderte Gerard.
Hinter Paul trottete nun seine »Armee« heran, ein wilder Haufe stoppelbärtiger Gestalten in seltsamer Kostümierung: in Uniformteilen, Kitteln, mit runden und eckigen Hüten, Knüppel, Heugabeln und Dreschflegel oder auch Gewehre geschultert, annähernd dreißig zumeist junge Männer, zitternd vor Kälte, aber entschlossen, sich ihr Recht zu holen. So stapften sie schwer durch den aufstäubenden Schnee, und Gerard lief an Pauls Seite vor ihnen her, dem Trommelschlag nach.
Sie kamen ins Overdall und sahen die Leute dort stehen, stumm und scheu und ohne jede Regung, die Rörichs und die Buschs. Paul winkte ihnen mit dem Säbel, aber die schwarzen Gestalten in der Dämmerung rührten sich nicht vom Fleck, bewegten weder Köpfe noch Hände. Auch Gerards Mutter stand da wie alle anderen. Sie gab kein Zeichen, das Gerard von Pauls Seite weggeholt hätte.
»Heute haben wir bereits dem Maire Panthel zu Rosbach unsere Aufwartung gemacht«, erzählte Paul beim Ausschreiten, »der hat uns dafür auch fein bewirtet. Was, meine Brüder?« rief er hinter sich.
»Hoho!« scholl es wie ein Echo zurück.
»Unsere Bäuche sind dick vom Speck und unsere Köpfe heiß

vom Wein. Auch die reichen Waldbröler haben verstanden, wo von nun an die Gesetze gemacht werden. Was, ihr Leute?«

»Hoho!« kam die Antwort zurück.

»Du hast also schon von mir gehört«, wandte er sich an Gerard, »ja, die Welt wird von mir sprechen. Wenn wir's dem Frankenkaiser besorgt haben.« Er fuchtelte mit dem Säbel in der Luft herum.

»Aber erst ist der Hund von Clouth an der Reihe!« rief einer aus dem Haufen.

»Sie kriegen alle den Lohn, den sie verdient haben«, antwortete der Anführer. »Ob's der Unterpräfekt in Siegen ist oder der Dillenburger Präfekt, General oder Marschall. Wir geben's ihnen.«

Sie zogen durchs Mitteldall hinunter zur Kapelle, wo vom Dattenfelder Weg der Pfad durch die Bitze abgeht und gleich dahinter die Burgwies mit dem Clouthschen Haus liegt.

Dunkel lag das Clouthsche Haus vor dem kahl bewaldeten Burgberg, so als versuche es, sich vor den Angreifern zu ducken und sich klein zu machen, wie es sich vorher stets den Anschein von Macht und Reichtum hatte geben wollen, da es den mächtigsten Mann im Dall bei sich wußte: den Oberförster und Forstinspektor Clouth, der wie ein König die Gegend regiert hatte. Anders als der alte, zittrige Maire Panthel aus Rosbach, der keiner Fliege etwas zuleide tun mochte. Der Clouth kannte weniger Skrupel.

Kaum war der Trupp des Hauses ansichtig geworden, wurden die Schritte schneller; Rufe wurden laut, steigerten sich zu Geschrei.

Paul hatte seinen Säbel gehoben und rannte nun vor der breit ausschwärmenden Front der Rebellen über die ver-

schneite Fläche, neben sich den Trommelknaben, der wie wild den Generalmarsch schlug.
Gerard beeilte sich nicht, bald hatte ihn der übrige Haufe geschluckt, und er kam mit ihm zusammen vor dem Hause an. Dort sammelte sich alles wirr gestikulierend vor der verschlossenen Tür.
»Eine Axt!« rief Paul. »Her mit einer Axt!« Einer der Männer drängte sich vor, schwang eine große Waldaxt über seinem Kopf und stieß einen wilden Schrei aus.
»Nieder mit dem Franzosenpack!« schrie Paul in die Nacht. »Vivat Kaiser Alexander!«
»Nieder!« rief es und: »Vivat!«
Dann führte der Mann den ersten Streich mit der Axt gegen die Tür. Holz splitterte. Bei jedem Schlag schrie der Haufe fröhlich auf, bis die Tür endlich zerbarst. Eisklumpen wurden gegen die Fenster geschleudert, Glas klirrte, Riegel brachen, die Menge stürmte ins Haus, in die Räume, die Treppe hinauf.
»Licht!« rief Paul. Jemand kam mit Wachslichtern, ein Feuerzeug war zur Hand und wurde angerieben, schon brannte ein Docht, Wachs tropfte gegen die Wand. Der Mann klebte seine Lichter auf das weiche Wachs; das Haus erhellte sich zusehends. Die Männer liefen hierhin und dorthin, brachen Möbel auf, zerrissen Papiere, die Axt wütete. Dann flog das erste Möbelstück durch die Fensteröffnung hinaus in den Schnee, ein nächstes folgte, Tische, Stühle, Truhen, alles flog hinaus, krachend ging Holz zu Bruch, begleitet vom Geheul der Meute.
Gerard wußte gar nicht, woran er war, so inmitten des Aufruhrs, geschoben, geschubst; zum ersten Mal im Clouthschen Haus zu sein und gleich seine Zerstörung mitanzusehen, dabei mitzuwirken, indem auch er Schubfächer und

Kästen hervorzog und zu Boden schleuderte, als sei er auf der Suche nach etwas Besonderem. Aber da war nichts, dessen er sich hätte annehmen mögen.
Da fiel ihm der Keller ein. Denn er hatte Hunger, und alles, was er hätte suchen müssen, würde sich im Keller befinden: Speck, Schinken, Wein!
Er löste sich aus dem Menschengewimmel und stapfte in den Keller hinunter. Aber dort waren andere auch schon, hatten die Kellertür aufgebrochen und die Vorratskammer gefunden. Die Axt zertrümmerte eben unter dem Gejohle der Männer ein Weinfaß, bald ertrank der Keller im Wein. Jemand trug einen Schinken vorbei, ein anderer eine Speckseite. Jauchzend fielen sie über die Schätze der Vorratskammer her, stopften sich die Mäuler mit Speck und Brot voll, schöpften Wein mit den Hüten oder den bloßen Händen.
Gerard war berauscht von dem Gefühl, endlich einmal auch zu den Siegern zu gehören und sich wie ein Sieger aufführen zu dürfen. Er soff und fraß wie die anderen, wild und ungezügelt, einzig von dem Gedanken beseelt, sich beeilen zu müssen, soviel wie eben möglich in sich hineinzustopfen. Denn das alles konnte ja nur ein Traum sein. Morgen schon wäre vielleicht alles vorbei, morgen wäre er wieder der Törichs Gerard, der Tagelöhner aus dem Overdall, ein Opfer der Reichen und Mächtigen.
Plötzlich fühlte er sich heftig angestoßen. »He!« rief einer mit bärtigem Gesicht. »Wenn das nicht der Gerard vom Windecker Dall ist!« Der junge Mann kam auch ihm bekannt vor. »Der Willem bin ich«, erklärte ihm der Bursche, »der Willem von Oberbröl. Wir waren zusammen im Zug der Konskribierten letztes Jahr. Erinnerst du dich jetzt?«
»Der Willem«, sagte Gerard entgeistert, »von dem es hieß, er sei als Schleichhändler arretiert.«

»Entsprungen!« rief der Mann. »Mich halten sie nicht. Hast du's nicht gesehn damals in Marialinden?« Gerard nickte. »Und nun bist auch du wieder dabei. Das freut mich. Gehn wir zusammen auf Siegen, um den Unterpräfekten zu fangen?«

Gerard zuckte mit den Schultern. Das alles kam ihm zu plötzlich, darüber wollte er lieber in Ruhe nachdenken. Aber der andere drängte weiter: »Das Bär-Herzchen geht auch mit. Er hat's zugesagt. Wo du doch auch für seinen Alten geschafft hast. Das hab ich jedenfalls von ihm gehört. Morgen treffen wir uns auf der Stippe ober Waldbröl. Das wird ein fröhlicher Feldzug, Bruder. Überleg dir's. Aber mach nur zu beim Plündern. Es bleibt uns wenig Zeit.« Mit diesen Worten verschwand der Willem wieder im Gewühl.

Doch das Umherhasten der Leute hatte schon nachgelassen, das Geschrei war abgeebbt. Hier fiel einer nieder, dort war jemand bereits eingeschlafen, der Haufe hatte sich ausgetobt, war satt und berauscht. Gerard trug einen eroberten Schinken unter seinem Kittel. Mit ihm machte er sich davon und hinauf ins Overdall.

Er schlich sich vorbei an den ängstlich vor dem Haus herumstehenden Dällern, die sich nicht ins Clouthsche Haus hineintrauten, sich lieber in der Nacht herumdrückten und doch nur auf eine günstige Gelegenheit warteten, bis die anderen gegangen sein würden und man selbst nicht gesehen wurde, wie man etwas davontrug: ein Möbelstück aus dem sich türmenden Haufen vor dem Haus oder auch nur eine Speckschwarte im Mund.

Jetzt schlich Gerard auf geheimen Wegen durch den Burgwald, um mit dem Schinken ins Overdall zu kommen.

Als er endlich oben war, klopfte er so lange gegen das rückwärtige Fenster, bis die Mutter kam, den Riegel vom Nagel

hob und das Fenster öffnete. Da schob er den Schinken durch die Fensteröffnung und machte sich gleich wieder auf den Weg zurück in die Burgwies. Man sollte ihn nicht bei der Hütte sehen.
Beim Försterhaus war inzwischen Ruhe eingekehrt, die Wachslichter waren verlöscht. In der vom Schneelicht erhellten Nacht sah Gerard dunkle Gestalten mit wehenden Kleidern und heruntergezogenen Hüten herumspuken. Er beobachtete, wie sie sich ans Haus heranpirschten, darin eintauchten, wieder bepackt hervortraten und davonhuschten. Nun waren die Däller bei der Arbeit. Gerard ließ die Leute in Ruhe gewähren.
Im Haus lagen schnarchend die Rebellen. Sie hatten lange Märsche hinter sich und waren nach der anstrengenden Arbeit erschöpft. Nur den Paul vom Bettenhahn traf Gerard wach an. Er saß, in seinen weiten Mantel gehüllt, den Hut mit dem Federbusch auf dem Kopf, den Säbel in der gesunden Faust, neben der Trommel und hatte den verwundeten Arm aufs Kalbfell gestützt. Der Trommelknabe lag zusammengerollt davor und schlief. Als Gerard auf Paul zutrat, hob der die Augen. »Du bist ein Deserteur«, sagte Paul, »ich seh's dir an. Du bist aus diesem Jahrgang.«
»Aus dem vorigen«, antwortete Gerard.
»Was tust du? Wie hältst du dich versteckt?«
»Ich treibe ein wenig Schleichhandel beim Bär-Herz zu Nümmert«, antwortete Gerard.
»Das ist vorbei«, sagte Paul, »nun müssen wir zuschlagen, bevor die Franzosen ihr Militär hergebracht haben. Sonst hacken sie uns allen den Kopf ab mit ihrer neumodischen Maschine. Du hast davon gehört?«
Gerard nickte; er mochte nicht, daß davon gesprochen wurde, das brachte Unglück.

»Rasch müssen wir deshalb auf Siegen los«, fuhr Paul in seiner Rede fort, »da hockt der Unterpräfekt Herrmann. Den müssen wir uns schnappen und als Faustpfand behalten, wenn's uns ans Fell geht. Es war ein Fehler, ihn in Waldbröl bei der Losung laufenzulassen. Wir ließen ihn und den Leutnant Crepon aus dem Fenster springen. Das rächt sich jetzt.«

»Ich hab gehört, du hättest einen Schnapsstempel bei der Losung zerschlagen. Rührt deine Verletzung davon?« fragte Gerard.

»Tatsächlich«, antwortete Paul und lachte kurz und trokken auf, »damit ging alles los. Ich hab's gar nicht gewollt. Aber es schnurrte ab wie am Schnürchen. Hei, war das ein Tag! An den muß ich mein Lebtag denken. Wo bist du denn desertiert, Bruder?«

»Von Düsseldorf«, entgegnete Gerard. »Gestern war ich mit Prinz Karl und seinen Leuten zusammen in Waldbröl. Die haben den Schöffen Norrenberg heimgesucht.«

»Recht so«, sagte Paul. »Aber der Karl ist bloß ein Großmann, sitzt auf seinem Pferd, raucht dicke Zigarren und heißt sich Prinz. Damit ist nichts getan. Aber solch ein Pferd«, sinnierte er weiter, »das tät ich schon brauchen, wenn wir nach Siegen rücken. Gibt's denn nicht ein Pferd hier im Hof?«

Gerard lachte auf. »Hier gibt's kein Pferd, hier sind die Weiber die Zugtiere für den Hooch.«

»Dann muß ich mir woanders eins suchen«, sagte Paul. »In Erblingen soll's einen Pferdebauern geben, den werd ich mir mal ansehn, wenn wir vorbeimarschieren. Aber«, seufzte er auf, »einige der Leute wollen unbedingt auf Eitorf und dem Maire Comp heimleuchten. Eine arge Krämerseele, dem sie den Reichtum neiden. Sollen sie. Ich muß nach Sie-

gen. Wenn wir Siegen nehmen, haben wir halb gewonnen. Ziehst du mit, Bruder?«
Siegen, dachte Gerard, wo soll das nur sein? Er schüttelte den Kopf, des Herumwanderns war er nun müde. »Ich hab meine Mutter hier«, sagte er, »die muß ich versorgen. Ohne mich käme sie um. Wir sind arme Leute.«
»Dann nicht!« Paul wandte sich schroff von ihm ab und sprang auf die Beine. »Auf, auf, ihr Leute!« rief er und hieb mit der Faust auf das Kalbfell, daß es dröhnte. Der Trommelknabe rieb sich die Augen, überall in den Ecken erhoben sich torkelnde Gestalten. »Es geht weiter!«
»Wohin?« fragte jemand schlaftrunken.
»Ich bin müde«, sagte ein anderer.
»Wollt ihr, daß die Franzosenfreunde wieder Macht über uns gewinnen?« rief Paul erregt. »Die Russen sind näher, als ihr glaubt. Wir müssen ihnen entgegenmarschieren. Der Frankenkaiser ist geschlagen. Was zögert ihr noch?«
Es kam Bewegung unter die Leute.
»Wie weit ist es denn bis Siegen?« wurde gefragt.
»Zwei Tagesmärsche«, antwortete Paul. »Der Rau Hannes kennt den Weg, er wird uns führen. Wo ist er?«
»Hier«, antwortete ein alter Mann mit eisgrauem Bart und langen Haaren unter seinem runden Hut. »Ich war Schuster im Siegerland, habe alle Monate den Weg von Hermesdorf hinunter gemacht. Da ist eine gute Straße über Friesenhagen und Freudenberg mit ein paar hübschen Wirtshäusern.« Der Alte lachte; er hatte keinen Zahn mehr im Mund.
»Gut, Bruder«, rief Paul, »los geht's. Wer mir folgen will, der komme hinaus und mache sich auf den Weg. Es ist besser, in der Wüste zu leben, als den Ägyptern zu dienen, sagt die Heilige Schrift. Trommler, rühr die Trommel!«
Der Junge hängte sich die Trommel vor den Leib und ließ

die Stöcke wirbeln. Das Haus hallte von den Schlägen wider, die Leute folgten dem Ruf; einer nach dem anderen verließ das Haus, trat in den Schnee, schulterte Knüppel oder Mistgabel, die Axt oder die Vogelflinte und setzte Schritt vor Schritt.

»Nur noch eins, zwei, drei!« rief Paul mit gezogenem Säbel.

»Dann ist's mit den Franzosen vorbei«, antworteten die Männer.

»Eins, zwei, drei und vier!« rief Paul.

»Dann sind die Russen hier«, gaben die anderen dazu.

Trommelschlag und Rufe brachen sich im engen Tal und zerschlugen die Stille der Nacht. So zogen die Rebellen den Weg zurück, den sie gekommen waren, einer ungewissen Zukunft entgegen. Gerard folgte ihnen bis ins Overdall hinauf. Dort blieb er zurück. Er horchte der Trommel nach, bis sie verstummt war.

Am Sonntag darauf hörte Gerard jemand vor der Laurentius-Kirche im Dattenfeld erzählen, daß die Rebellen vor Siegen geschlagen worden seien. Der Mann hatte das von einem Schleichhändler aus Holpe gehört, der ganz in der Nähe gewesen sei, als das Gemetzel losging. Ein anderer wußte, daß französische Truppen in Nümbrecht stünden. Überall im Land sei wieder Ruhe eingekehrt, die Rebellen auch in Eitorf seien verhaftet und abgeführt.

Von Eitorf war schon während der Woche im Dall die Rede gewesen; Siegburger Gendarmen seien dort eingetroffen, hieß es, und hätten der Rebellion ein rasches Ende bereitet. Jemand anderer wollte den Förster Clouth in Rosbach beim Maire Panthel gesehen haben. Ins Haus an der Burgwies war er aber noch nicht zurückgekehrt, aber das würde nur noch eine Frage von Stunden sein. Bald wäre wieder alles beim alten, von den Russen gab es keine Spur im Land, das Geschwätz von Napoleons Niederlage war wohl nur eine Mär gewesen.

In der Kirche hatte Pastor Otten ein Vivat auf den Frankenkaiser ausgerufen, und die Gemeinde hatte darin eingestimmt, wenn auch mit fast geschlossenen Mäulern. Draußen vor der Kirche aber spürte Gerard die Blicke der Leute. Er wußte, was man sich auch im Dattenfeld über ihn erzählte: daß er beim Sturm aufs Clouthsche Haus am Samstag vor acht Tagen mit dabeigewesen sei. Er konnte sich vorstellen, was in einigen Köpfen jetzt vorging, wo allenthalben die Franzosenfreunde zurückkamen und die Rebellion für sie wie ein böser Spuk vorübergegangen war. Denunzianten gab es für sechs Reichstaler genug unter diesen Hollbälgen.

Also mußte er so schnell wie möglich aus dem Dall verschwinden. Während er sich schon langsam auf den Heimweg machte, überlegte er angestrengt. Bär-Herz, der Schleichhändler aus Nümbrecht, fiel ihm ein. Aber der Schleichhandel war in den Wintermonaten ganz zum Erliegen gekommen. Bei ihm gäbe es nichts mehr zu verdienen. Und sein unverkauftes Salz hatte Gerard unvernünftigerweise Kindern am Wegrand geschenkt, nachdem er sich Prinz Karl und seiner Horde angeschlossen hatte. Zum Bär-Herz konnte er also nicht gehen, der hätte ihm die Tür gewiesen.

Da tauchte in seinem Kopf das Bild eines Mädchens auf: das

Zöffchen aus Overath! Am liebsten wäre er gleich zu ihr marschiert. Doch dann war plötzlich das zerfurchte Gesicht ihrer habgierigen Tante neben ihr. Bei der hatte er noch genug im Salz liegen, die hätte ihn sofort den Gendarmen übergeben. Wohin aber dann? Der Rohn aus Leichlingen wohnte noch weiter entfernt. Man hätte Gerard eher aufgegriffen, als daß er die Hälfte des Wegs geschafft hätte.
Eitorf: Das war sein nächster Gedanke. Er könnte zum Schneidermeister Klein, seinem Onkel, gehen und fragen, ob er ihn das Schneiderhandwerk erlernen lasse. Aber das Lehrgeld, wer würde es für ihn bezahlen? Er besaß nichts anderes als das, was er am Leib trug. Aber erst einmal fort von hier, wo überall die alten Gefahren lauerten. Wenn er erst in Eitorf wäre, würde er weitersehen.
So hatte er sich entschieden, lenkte seine Schritte durch die Dattenfelder Gassen, vorbei an der Wirtschaft Lütz, wo der Debitant seine Schätze hütete, dann aufs Haus Broich und die dahinter liegende Bleiche zu. Es hatte getaut in der letzten Woche, nach dem Schnee kam nun das Wasser. Der Siegfluß war bereits angeschwollen und trieb ungehemmt durch die Wiesen. Die Furten wären daher kaum passierbar. Es blieb Gerard wohl nichts anderes übrig, als einen Umweg in Kauf zu nehmen und die Eitorfer Brücke zu benutzen.
Bald standen seine Füße im Schmelzwasser; es sammelte sich in seinen löchrigen Schuhen. Das kannte er. Es gab im Dall sogar Leute, die stopften sich Schnee in die Holzklotschen, um die Füße warm zu halten. Wenn dann der Schnee Wasser zog, mußte er erneuert werden. Die Leute besaßen weder Strümpfe noch ledernes Schuhwerk noch Stroh.
Gerard lief in die Berge hinein, das hielt ihn warm; er kam durch kleine Höfe, durchschritt kahles Buschwerk, zerfressen und abgenagt, mehr vom herumstreunenden Vieh als

vom Frost. Er lief fast den ganzen Tag, denn der Weg nach Eitorf war beschwerlich, wenn man die Furten des sich schlängelnden Siegflusses nicht benutzen konnte. Endlich sah er das Dorf auf der anderen Flußseite auftauchen. Aber die Brücke lag sehr weit ab, und es war beinahe Abend, als er sie erreichte.

Der Fluß schoß strudelnd und wellenschlagend durchs flache Tal, umspülte die Holzpfeiler der Bohlenbrücke, die Rampen lagen schon im Wasser. Wolken flogen am Himmel und kündeten neuen Regen an, die Luft hatte sich erwärmt. Bald würde die Brücke unpassierbar sein, vielleicht würde sie sogar von den heranbrausenden Wassermassen fortgespült, wie es schon geschehen war. Dann, dachte Gerard voller Furcht, säße er drüben in Eitorf in der Falle, am anderen Siegufer, wo er sich nicht auskannte. Dort drüben war alles anders als hier auf seiner Seite, drüben war fremdes Land; der Fluß bedeutete für die Menschen eine ähnlich abweisende Grenze wie die Nutscheidhöhen zur anderen Seite.

Der Abend brach allmählich herein, und Gerard stand immer noch am Bergrand, unschlüssig, ob er zur Brücke gehen sollte. Die Kälte kroch von den Füßen herauf und machte seine Zähne klappern. Er mußte weg, er mußte hinüber zu den Verwandten. Hier stehenzubleiben würde ihm den Tod an den Hals holen.

In diesem Augenblick hörte er den Hufschlag hinter sich. Das bedeutete nichts Gutes. Beritten waren hierzulande nur die Herren, und das waren jetzt wieder die Franzosen und ihre Freunde. Und die hatte Gerard zu fürchten. Also sprang er mit einem Satz ins Holz, versank bis zu den Knien im Schnee und duckte sich noch tiefer hinunter, damit er vom Weg aus nicht zu sehen wäre.

Da kamen sie auch schon im Schritt heran, eine Kavalkade von Gendarmen, ein Brigadier zu Pferd vorneweg, dahinter zwei Mann, deren Pferde einen barhäuptigen jungen Mann in Mantel und Stiefeln hinter sich herzogen, der sich nur mühsam noch auf den Beinen hielt. Seine Hände waren auf dem Rücken gebunden.
Und dann erkannte Gerard ihn. Ihm stockte der Atem, und sein Herzschlag schien für Sekunden auszusetzen, als er sah, daß es Rohns Pitter war, den man gefesselt auf Eitorf führte, den Händlersohn aus Leichlingen. Pitter, dachte Gerard, wie kommt denn der hierher und noch dazu verhaftet, gebunden und abgeführt von einer ganzen Meute von Gendarmen? Vierzehn hatte er insgesamt gezählt; hinter dem Gefesselten folgte noch eine ziemliche Streitmacht. Er sah sie unterhalb des Bergfußes verschwinden.
Jetzt hatte Gerard hautnah erfahren, wer das Sagen im Vaterland hatte. Vaterland, davon hatte Pfarrer Otten am Morgen auch gesprochen. Es müsse geschützt werden vor den Pöbelhaufen, hatte er ausgerufen, vor den Insurgenten, dem Geschmeiß auf dem Misthaufen der Geschichte, jenem feigen, fliehenden Pack. So hatte der Pfarrer sich ausgedrückt. Was aber hatte er damit gemeint?
Gerard kannte kein Vaterland. Er kannte nur seine Heimat, das Windecker Dall. Und die Rebellen, das waren Leute wie er gewesen, zwischen ihnen und ihm selbst hatte es nichts Trennendes gegeben, sie besaßen die gleichen Absichten, Hoffnungen und Ängste wie er. Dem Windecker Dall und seinen Menschen hatten sie nichts zuleide getan, nur dem Förster Clouth und dem Maire, dem Revierförster Engelhardt und dem Zolleinnehmer Winkels. Die gehörten auch nach Gerards Meinung bestraft; sie waren eine Plage für die armen Leute der Gegend.

Wo also war das Vaterland? Und wenn es denn die Heimat war, vor wem sollte sie geschützt werden, wenn nicht vor den Franzosen, die in einer fremden Sprache redeten und ihnen die Feste verboten hatten, die kirchlichen Feiertage ebenso wie die Gebräuche, zum Beispiel das Eiersingen im Mai, selbst Hochzeiten litten sie nicht. Sie litten nur Soldaten, hatten nichts anderes im Sinn, als Kriege zu führen und Menschen zu opfern.

Was aber hatte Rohns Pitter mit alldem zu schaffen? War auch er ein Rebell gewesen und in die Fänge der Gendarmen geraten? Die Neugier trieb Gerard auf den Weg zurück. Da sah er im letzten Abendlicht den Trupp Gendarmen zu Pferd mit dem gebundenen Gefangenen die Brücke überqueren und aufs Dorf zureiten. Sonst war niemand an der Brücke.

Nun hielt es Gerard nicht länger an seinem frostigen Platz; er beeilte sich, zur Brücke hinabzukommen und das andere Ufer zu erreichen. Die Kavalkade war bereits in den Dorfgassen verschwunden, aber Gerard kannte ja den Weg. Man würde den Pitter ebenso ins Arresthaus stecken wie ihn damals, als er zu den Kaiserlichen sollte. Wie lange das schon her war! Damals war er ein Junge von dreizehn Jahren gewesen, jetzt war er ein Mann von bald einundzwanzig. Wie war die Zeit vergangen, wie wenig hatte sich trotzdem seither verändert!

In den Eitorfer Gassen hatte der Gendarmenzug für Aufsehen gesorgt, die Menschen waren trotz der späten Stunde und der schlimmen Witterung aus den Häusern getreten und hatten Lichter aufgesteckt. Gerard fiel zwischen ihnen gar nicht weiter auf, als er sich auf dem Kirchplatz zu ihnen gesellte und einem wichtigtuerischen Mann zuhörte, der seine Meinung unters Volk brachte.

»Gott sei gelobt«, hörte er ihn reden, »daß wieder einer jener Tumultanten gefaßt ist. So wird man sie noch alle fangen, diese Speckfresser und Habenichtse, diese Knüppelrussen! Das feige Wegrennen wird ihnen wenig nützen. Sahen in ihrem Wahn die Russen anrücken und wollten den Meister spielen. So ein unvernünftiger Pöbel, Plage und Schrekken fürs einfache Volk. Ist's nicht so, wie ich sage, Bürger?«
Man gab ihm zustimmenden Bescheid, und Gerard drückte sich beiseite. Die Stimmung war für ihn nicht die beste, und wenn man ihn erst als einen Fremden erkannte, würde man nicht lange fackeln und ihn den Gendarmen bringen. Ihn interessierte auch mehr, was mit Rohns Pitter los war. Er mußte zum Arresthaus und nachsehen, vielleicht durchs Fenster mit ihm sprechen, wenn es ihm gelänge, die Rückfront des Hauses zu erreichen.
Gerard ging die schmale Gasse hinunter, die mit jedem seiner Schritte dunkler wurde. Der Durchlaß zur Rückseite des Arresthauses lag in tiefster Finsternis. Dennoch zwängte Gerard sich hinein und tastete sich voran. Da war plötzlich auch das Fenster, das Gerard noch aus jener Nacht vor acht Jahren kannte. Aber jetzt war es vergittert.
Mit den Fingerknöcheln schlug er gegen das Eisen und rief im Flüsterton: »Pitter! Pitter Rohn, bist du da drin?«
Eine Weile blieb es still im Gemäuer, dann aber vernahm Gerard das klirrende Gerassel einer schweren Kette. »Wer da?« rief's von drinnen.
»Der Gerard vom Windecker Dall«, antwortete Gerard. »Ich hab dich gesehn. Bist du's wirklich? Und was ist passiert?«
»Schlimmes ist geschehen«, sagte die Stimme, und Gerard konnte ein Schluchzen hören, das ihm eine Gänsehaut auf

den Rücken trieb. »Die Franzosen glauben, ich sei ein Rebell.«
»Und«, fragte Gerard, »bist du einer?«
»Nein, ach nein«, schluchzte der Pitter, »war nur auf dem Weg, ausstehendes Geld für den Vater einzutreiben. Oben im Nutscheid fielen die Gendarmen über mich her. Jetzt lieg ich in Ketten und werde wohl erschossen.«
»Erschossen?« Gerard schreckte zusammen. »Sogleich wird man erschossen?«
»So hat man's mir angedroht.«
»Oh, Gott«, rief Gerard, »was können wir denn tun, damit es nicht geschieht?«
»Nichts, Gerard. Geh und sag meinen alten Eltern, was mir zugestoßen ist. Grüße sie recht lieb von mir. Ich war ein getreuer Sohn. Sag's ihnen, Gerard, versprich es mir.« Wieder war Pitters Rede von Schluchzern begleitet.
»Ja, Pitter«, antwortete Gerard flüsternd, »wenn es denn alles ist, was ich für dich tun kann. Lebewohl, adieu.«
Er wartete nicht ab, ob der Pitter darauf noch etwas entgegnete. Nässe, Kälte und Angst nagten an ihm. Er fühlte sich hundeelend. Denn auch sein Magen, in der letzten Woche an den Schinken aus dem Clouthschen Haus gewöhnt, meldete sich nachdrücklich. Er schlich zum Dorfrand hinunter und zum Haus des Schneidermeisters Klein. Dort klopfte er gegen den Schlagladen, und als sich nichts tat, klopfte er erneut und stärker. Da endlich rührte sich hinter den Läden etwas, leise Schritte näherten sich; Gerard sprang zur Tür. »Tante!« flüsterte er. »Gerard?« fragte es hinter der Tür. »Ja«, antwortete er. Ein Schlüssel bewegte sich im Schloß, die Tür öffnete sich einen Spalt, und eine Hand mit einer brennenden Kerze erschien; darüber das Gesicht der Tante.

»Was willst du von uns?« fragte sie.
»Hilfe«, sagte er.
Da löschte sie die Kerze, machte die Tür auf und ließ ihn ein.
»Vorsicht«, sagte sie, »der Onkel schläft in seinem Sessel.«
Sie standen in der Vorküche; die Tante nahm ihn an der Hand und führte ihn weiter. Es ging eine kurze Stiege hoch, und sie kamen in einen Raum, dessen Tür die Tante hinter sich schloß.
»Augenblick«, flüsterte sie, ging zum Fenster und schloß auch die Läden. Erst danach zündete sie die Kerze wieder an. Nun sah Gerard, daß sie in der Schneiderwerkstatt standen.
»Wo kommst du her?« fragte die Tante leise.
»Darf ich die Schuhe ausziehn und mir die Füße trocknen?« fragte er zurück. »Ich bin kliddernaß.«
Die Tante nickte, und er band die Schuhe los, nahm die Lappen von den Füßen, zog sein Kamisol aus und rieb sich Beine und Füße ab. Die Tante nahm Schuhzeug und Fußlappen und ging damit fort. »Warte hier«, sagte sie im Hinausgehen.
Es dauerte einige Zeit, bis sie zurückkehrte und ihm ein Paar Hausschuhe hinstellte. Auch hatte sie einen Krug Branntwein und einen Stempel mit. »Hier, trink«, sagte sie, »das wärmt.«
Gerard schlüpfte in die Hausschuhe, trank den Schnaps und fühlte sich gleich besser.
»So, nun erzähle«, forderte die Tante ihn auf.
Erst druckste er herum, dann aber gestand er: »Ich bin in Düsseldorf von der Armee entsprungen.« Unterwegs schon hatte er sich eine Geschichte zurechtgelegt, die er den Verwandten erzählen würde, wenn sie ihm Fragen nach dem

Wohin und Woher stellten. In dieser Geschichte wäre natürlich nichts von Schleichhandel und Rebellion enthalten. Nun erzählte er sie der Tante: Er sei auf dem Weg nach Hause gewesen, immer in Sorge um Mutter und Schwester, habe hier eine Arbeit angenommen und dort eine andere; auch habe er den Gedanken gehabt, sich zu stellen, aber dann sei diese Aufregung im Land gewesen, und er habe sich versteckt halten müssen, um nicht gleich erschossen zu werden. Ja, und so sei er schließlich hier in Eitorf gelandet.

Die Tante nickte. »Hast sicher Holl, Gerard?« fragte sie.

Da nickte er und war schon glücklich über die Frage.

Sie stellte ihm Brot und kalten Eierschmier hin, nahm aber den Branntweinkrug wieder mit fort.

»Dem Onkel geht's nicht gut«, sagte sie, während er das Brot brach, es sich in den Mund schob und den Eierschmier hinterher. »Die Rebellen haben auch ihm Angst gemacht, wo er doch den Gendarmen Uniformstücke genäht hat. Denk dir, fast hätte der Pöbel das Haus vom Maire Comp angezündet.« Sie wandte sich zum Gehen. »Wenn du mit dem Essen fertig bist, lösch das Licht. Leg dich zum Schlafen in die Lumpen dort hinten in der Ecke. Da wirst du's aushalten können. Morgen stellst du dich dann den Gendarmen.«

Gerard wollte bereits heftig protestieren, denn so hatte er sich den Aufenthalt in Eitorf nicht vorgestellt; doch dann ließ er es, weil er gerade einen großen Brotbissen im Munde wälzte und weil überhaupt noch viel Zeit bis zum anderen Morgen blieb. Daran hatte er gut getan. Denn schon in der Nacht spürte er die Hitze in sich, und am Morgen lag er in Schweiß gebadet und fiebernd auf seinem Lumpenlager in der Schneiderwerkstatt.

Als die Tante mit den getrockneten Schuhen und Fußlappen kam, konnte er sich kaum noch aufrichten.

»Was ist dir?« fragte sie bestürzt.

»Ich weiß nicht«, antwortete er und sank zurück. »Mir ist so schwach und heiß.«

Sie kam und fühlte nach Wangen, Stirn und Ohren, wie es auch seine Mutter stets getan hatte, wenn ihm elend war, dann ließ sie Schuhe und Fußlappen bei ihm stehen und erhob sich wieder. »Bleib liegen«, sagte sie und ging hinaus.

Nebenan hörte er sie flüsternd auf jemanden einreden, bis plötzlich der Onkel laut »Nein und nochmals nein!« rief und sie ebenso laut antwortete: »Du willst dich an meinem Schwestersohn versündigen und dich zum Verräter an ihm machen?«

»Er hat gegen unseren Souverän gehandelt«, rief nun wieder der Onkel, »hat sich gegen sein Vaterland gestellt. Da will ich nicht mitschuldig sein.«

»Große Worte«, sagte die Tante bitter.

»Das Vaterland steht im harten Ringen gegen äußere und innere Feinde«, erwiderte der Onkel, »und diesen Feinden leihe ich nicht die Hand.«

»Es ist der Kaiser der Franken und nicht der unsere«, widersprach die Tante, »und sein Vaterland ist nicht das unsere. Hat er denn wirklich Sorgen um uns arme Leute oder doch mehr um sich selbst und seine Macht? Seit er regiert, gibt es nur noch Krieg in der Welt. Nun trägt er ihn sogar bis in unser eigenes Haus. Das leide ich nicht, Johann.«

»Gertrud, Gertrud!« jammerte der Onkel. »Ich kann doch nicht...«

»Doch!« unterbrach ihn die Tante. »Gerard ist krank bis auf den Tod. Das wird auskuriert. Und du wirst derweil an den Maire um Pardon für ihn schreiben.«

»An den Comp, den Franzosenfreund? Das ist zu nichts gut«, lamentierte der Onkel.

»Dann schreib an den Maire Panthel zu Rosbach, das ist ein gut katholischer Mann«, sagte die Tante. »Der ist auch zuständig für den Gerard.«
Eine Weile herrschte Schweigen; Gerard hörte den Onkel im Zimmer umherlaufen, bis er seine Schritte endlich anhielt und sagte: »Gut, Trautchen, in Christi Namen.«

Einmal kam der Onkel ins Haus gestürmt und rief: »Erschossen, alle erschossen!«
Gerard, der nun in der Bodenkammer untergebracht war, immer noch krank und schwach, war bei den Worten des Onkels hochgeschreckt und spürte sein Herz rasen. Gleich bekam er einen Hustenanfall und legte sich zurück. Ohnehin mußte er auf die Nachrichten warten, bis die Tante mit der mittäglichen Knochenbrühe kam. Also schloß er die Augen und versuchte ruhiger zu atmen.
Seit man dem Onkel die beiden Gesellen genommen und sie zu Soldaten des Kaisers gemacht hatte, war auch er nicht mehr gut auf die Franzosen zu sprechen. Die Zeiten waren schlecht, und Arbeit gab es für ihn auch nicht. An seinem Verhalten dem Neffen gegenüber hatte das allerdings wenig geändert. Nie setzte er einen Fuß in die Bodenkammer, und von Gerards Bitte, bei ihm das Schneiderhandwerk zu erlernen, wollte er schon gar nichts wissen.
»Wer ist erschossen?« fragte Gerard, als die Tante endlich bei ihm eintrat.
»Sei du nur froh, daß du hier liegst und daß der Onkel um Pardon für dich eingekommen ist, sonst wär's dir vielleicht

ebenso ergangen wie all diesen Strauchdieben«, wetterte die Tante.
»Wer, Tante, wer?« rief er, hielt die Schale mit der Brühe in beiden Händen und wartete gespannt auf eine Antwort.
»Zu Waldbröl der Paul vom Bettenhahn«, sagte die Tante, »und zu Düsseldorf die beiden hiesigen Rebellen Steinhauer und Hilger. Jetzt trink aber die Brühe, damit du wieder zu Kräften kommst.«
»Der Paul zu Waldbröl erschossen?« fragte Gerard, als wolle er es nicht wahrhaben.
»Er hat seinen verdienten Lohn bekommen wie die anderen Speckkosaken auch«, erklärte die Tante kategorisch und verließ ihn.
Gerard genas zusehends, aber der Onkel hatte ihm durch die Tante ausrichten lassen, er dürfe die Bodenkammer dennoch nicht verlassen. Überall und immer noch wurde nach versteckten Rebellen gesucht, nach tatsächlichen und vermeintlichen, und manch alte Rechnung ließ sich zwischen verfeindeten Nachbarn auf diese Art begleichen.
Deshalb war des Onkels Sorge, man werde ihm das Haus demolieren, falls Gerards Aufenthalt im Dorf bekannt würde, nicht einmal so unbegründet. Auch Gerard fürchtete um sein Leben, nachdem er von Pauls und seiner Leute Schicksal erfahren hatte. Er hielt sich daher an des Onkels Befehl, so schwer es ihm mitunter auch fiel, in dem dunklen, zugigen Loch unter den Strohschauben auszuharren.
An jedem neuen Tag hoffte er auf Erlösung von seiner Qual, wenn aus Düsseldorf endlich der beantragte Pardon bewilligt und die Nachricht durch den Maire Panthel nach Eitorf überstellt wäre. Das dauerte nun schon bis spät in den März hinein. Über einen Monat lang war Gerard Gast im Haus seiner Verwandten, für die er auch nur mehr Last und Kost-

gänger war. Und Gerard wälzte von einer Nacht zur nächsten neue Fluchtpläne. Aber die Zeiten waren zu ungewiß, da wollte er sich auf kein weiteres Abenteuer einlassen.
Das Frühjahr versprach gut zu werden, was das Wetter anging. Dem kalten Winter, in dem es auch wieder Wölfe in der Gegend gegeben hatte, war ein warmer März gefolgt, so daß, als die Tante schließlich mit der ersehnten Nachricht bei ihm in der Dachkammer erschien, Gerard sofort bereit war aufzubrechen. Nach Rußland würde es ja nicht gleich wieder gehen, also stellte er sich das Soldatenleben nicht mehr gar so schlimm vor.
Er wartete noch einen Tag, ehe er sich von der Tante verabschiedete – der Onkel ließ sich wie immer nicht blicken – und zum Haus des Eitorfer Maire Comp ging, um sich wieder in Dienst stellen zu lassen. Der Bürgermeister rief sofort den Brigadier, der den zurückgekehrten Deserteur auf der Stelle arretierte. Da saß Gerard wieder im Loch und dachte über die Gerechtigkeit in der Welt nach, bis man ihn herausholte, ihm die Hände auf dem Rücken band wie einem Sträfling und ihn zusammen mit einem mißgelaunten Gendarmen auf den Weg nach Düsseldorf schickte.
Diesmal ging der Marsch über Siegburg und die Frankfurter Straße und währte nur drei Tage, weil die Strecke flach und die Straße in gutem Zustand war. Die Gendarmen, die Gerard abwechselnd von Station zu Station begleiteten, waren mitunter auch gesprächig; sie erzählten von der niedergeworfenen Rebellion der Knüppelrussen und von den Heldentaten, die sie selbst dabei vollbracht hatten. Zumeist bestanden diese aus dem Transport der armen Teufel ins Depot nach Düsseldorf. Als Gerard, über die Benrather Brücke den innerstädtischen Kanal in Düsseldorf passierend, das riesenhafte, langgestreckte Gebäude der Kaserne

wie eine dunkle Wand wieder vor sich auftauchen sah, befiel ihn doch Beklemmung. Zumal auf der weiten ebenen Fläche vor der Kasernenrückfront die Rekruten von den Exerziermeistern herumgejagt wurden.

Der weite Platz, fast so lang wie auch der Wassergraben, hallte wider von den französischen Kommandos, den Stiefelschritten der marschierenden Rekruten und dem Klirren und Rasseln der Waffen und Geräte, die sie mitschleppten. Gerard bekam eine Ahnung davon, was ihm hier bevorstand. Bald würde auch er ins Karree einrücken, das Gewehr halten, laufen, links und rechts um sich wenden, den schweren, schaukelnden Tschako auf dem Kopf, Gamaschen an den Beinen, um den Leib die Patronentasche und den kurzen Säbel gebunden, auf dem Rücken den Tornister. Denn diesmal schützte ihn keine Krankheit davor, diesmal gab es keinen gemütlichen Feldscher Kessler, der ihn mochte und vor dem Drill bewahrte.

So war es in der Tat. Erst jetzt lernte Gerard das Rekrutendasein wirklich kennen, Drill und Schläge auch, schimmliges Kommißbrot, Wassersuppe und den Schlafsaal, in dem sie zu Hunderten zusammengepfercht wurden. Das Depot durften die Rekruten nicht verlassen, außer zum Exerzieren auf der großen Freifläche zwischen Kasernenrückfront und Wassergraben. Abends wurden die vor Schmutz starrenden Monturen geputzt, das Lederzeug gewienert. Es gab Revuen und Paraden fast in jeder Woche durch den ganzen April, und die französischen Exerziermeister wurden strenger und ungnädiger, je länger sich die Ungewißheit über den Krieg hinzog.

In Düsseldorf waren erste Flüchtlinge mit ihren Bagagewagen aus Westfalen eingetroffen, in Mülheim, erzählte man sich, sei ein Zollvisitator erschlagen worden. Die rasch ausgehobene neue französische Armee hatte überdies nicht für möglich gehaltene Niederlagen gegen die vereinigten Armeen der Russen und Preußen hinnehmen müssen. Das aus einem Infanterie-Regiment und einer Lancierschwadron bestehende neue bergische Corps wurde von den Franzosen zunehmend als unzuverlässig angesehen. Die Armeeführung beschloß daher, das gesamte bergische Kontingent nach Frankreich zu verlegen.

Im Depot kursierten die Gerüchte. Hier sprang ein Rekrut weg, dort desertierten ganze Trupps. Rörichs Gerard gehörte als Füsilier zur 4. Compagnie des 1. Bataillons des 1. Regiments der Infanterie-Brigade; seinen Namen schrieb der Regimentsschreiber nunmehr ein wenig kunstvoller als sonst: Johann Gerhard Röhrig. Aber da Gerard des Schreibens und Lesens immer noch nicht kundig war, wußte er selbst nichts davon, denn an der Aussprache seines Namens änderte sich dadurch ja nichts.

Anfang Mai erhielt plötzlich die 1. Compagnie den Marschbefehl. Eine Woche später war die 2. Compagnie an der Reihe. Die beiden anderen Compagnien sollten wiederum eine Woche darauf abmarschieren. Marschziel, so erfuhren die Soldaten, sei Cherbourg an der französischen Atlantikküste. Die bergische Infanteriebrigade sollte die Garnison stellen und dort gebundene französische Truppen freimachen.

Im Düsseldorfer Depot herrschten hektische Betriebsamkeit, Nervosität. Schon als die 1. Compagnie zum Rhein hinunter ausgerückt war, um mit der »Brücke«, die eigentlich nur eine Fähre war, auf die andere Rheinseite übergesetzt zu werden, hatten die Düsseldorfer Bürger nicht mehr nur stumm am Straßenrand gestanden und dem Schauspiel zugeschaut wie früher. Es waren Rufe laut geworden wie: »Auf Nimmerwiedersehn, ihr Armen!« oder auch: »Springt, Jungens, springt!« Während weiterhin die Trommel dröhnend rollte und sich ihr schauriger Klang in den engen Straßen brach.

Beim Abmarsch der 2. Compagnie war die Stimmung unter der Bevölkerung noch gereizter. Inzwischen wußte der Depot-Commandant, daß dreißig Leute der 1. Compagnie auf dem Marsch desertiert waren, einige noch in Düsseldorf, andere unterwegs nach Jülich. Der Name Cherbourg war wie ein Signal unter die ausrückenden Soldaten gefahren. Sie wußten, was sie erwartete, einer erklärte es dem anderen. Auf diese Weise erreichte das Signal letztlich auch Rörichs Gerard. Seine dumpfe Niedergeschlagenheit, die ihn seit dem Einrücken ins Depot gelähmt hatte, wich von ihm, als ihm klar wurde, wohin die Reise gehen sollte.

An dem Tag, als die 4. Compagnie losmarschieren sollte und die Kameraden ihre Mäntel auf die Tornister schnallten, fragte jeder den nächsten: »Wie steht's mit dir, Kamerad?« Dann nickte der oder schlug die Augen nieder. Gerard verhielt sich still, aber auch er hatte sich entschieden. Nur wollte er nicht erst über den Rheinfluß setzen. Wenn er von der Fahne ginge, mußte es hier in der Stadt geschehen. Denn drüben, auf der linken Rheinseite, würde alles nur noch schwieriger werden.

Die Trommeln riefen sie hinaus. Sie schulterten die Tornister, griffen nach den Gewehren, rückten die Tschakos zurecht, unter denen sie ihre persönliche Habe bargen, steckten die Tabakspfeifen ein und traten aus den Sälen. Sie liefen die Flure entlang, die Treppen hinunter und formierten sich unter den lauten Kommandos der Sergeanten und Corporale zur Compagnie. Die Trommeln setzten sich an die Spitze, noch schwiegen sie. Doch nach dem Rechts-um-

Kommando und dem »Marchez!« des berittenen Capitains begannen sie den Marschtakt zum Gleichschritt der Compagnie zu schlagen.
Düsseldorf war für Gerard immer noch eine fremde, geheimnisvolle Stadt. Einige Male waren sie zum Schießplatz hinter dem neuen Hafen hinausmarschiert, und er hatte auf dem Weg Häuser und Menschen an den Straßenrändern bestaunt, das bunte Gewimmel der Fuhrwerke und Kutschen. Das war aber auch schon alles gewesen, was er von Düsseldorf gesehen hatte. Auch flößte ihm das pulsierende Treiben Angst ein; nur im Karree fühlte er sich sicher.
So wie jetzt, als sie am alten Exerzierplatz vorüberzogen und ihnen die Leute entgegenliefen, angelockt vom Klang der Trommeln. Kinder hüpften neben der Marschkolonne her, spielten mit Reifen und Peitschen, Frauen schwenkten ihre Röcke. Ein gut gekleideter Herr zog seinen Zylinder und rief: »Vivat Napoleon!«
Da wurden andere Mützen geschwenkt, und andere Rufe wurden laut: »Vivat Berg!« und sogar: »Bleibt zu Haus, bergische Jungens!« Der kurze, hackende Marschschritt knallte dazu aufs Pflaster. Über den ehemaligen, jetzt baumbestandenen Exerzierplatz flanierten die Herrschaften, schauten zur Kolonne hin, wie sie zur Flingerstraße abzog, um ans Rheinufer zu gelangen. Die Brücke lag festgemacht am Zolltor, ein paar Knechte hielten die Stricke. Eine Menschenansammlung umlagerte die Anlegestelle. Die Compagnie hielt darauf zu und löste sich nach einem Kommando des Capitains auf. Der rief dem Brückenmeister etwas zu, worauf der ein Zeichen an die Knechte gab. Die Soldaten hielten die Gewehre bei Fuß, ihre Blicke wanderten zur Uferpromenade, zum Turm der Lambertikirche, zum alten Schloßturm, der sich über den Dächern zeigte.

Hier und dort gab es auch ein paar blaue Uniformen. Das waren die Gendarmen, zur Aufsicht abkommandiert. Dazu ein wildes Gedränge vollbeladener Fuhrwerke, Chaisen und anderer Fahrzeuge. Vieh drängte sich an der Rampe. Auch waren wieder etliche Flüchtlinge unter dem Volk. Man erkannte sie an ihrer Aufmachung und an der Art der Beladung ihrer Fuhrwerke: Stühle, Schränke und Truhen, die sich bis weit über die Bracken stapelten. Die Offiziere saßen auf ihren Pferden und besprachen sich. Eine ziemliche Unordnung war durch den Aufmarsch der Soldaten entstanden. Es wurde gerufen und geflucht in vielen Sprachen. Die Offiziere beorderten die Gendarmen an die festliegende Brücke, um Volk, Vieh und Fuhrwerke zurückzudrängen und Platz zu schaffen für die Soldaten. Der Brückenmeister rang die Hände; hochgestellte Herren hatten ihm Geld für eine bevorzugte Abfertigung in die Hand gedrückt. Ein Wagen geriet ins seichte Uferwasser, die Pferde scheuten, wieherten.
Während alldem saßen und standen die Soldaten gleichmütig da, der eine oder andere hatte seine Pfeife vorgeholt und rauchte vom Marketendertabak. Untereinander kommentierten sie das Durcheinander und lachten. Die Brücke war ein riesiges Floß mit einem hohen torähnlichen und von starken Trossen gestrafften Aufbau, woran das Führungsseil befestigt war. Am Seil hingen mehrere Kähne zur Absicherung, falls die Strömung die Brücke zu stark abtreiben sollte. Die Brückenknechte hielten Ruder und Stangen bei der Hand, um das Floß voranzutreiben über den Fluß; wenn es denn endlich soweit wäre. Aber jetzt lief es weder vor noch zurück. Die Rampe quoll über von Menschen; es waren Zuschauer darunter, Händler auch und Fischer, Marktfrauen, die ein letztes Geschäft mit den Flüchtlingen und Soldaten witterten, Backwaren und Äpfel feilboten.

Die Corporale und Sergeanten raunzten und schnauzten herum und zwirbelten nervös ihre Schnurrbartenden. Man rief nach Fischern und ihren Booten, um die Soldaten ans andere Ufer zu transportieren. Die Brücke allein reichte ohnehin für das versammelte Volk nicht aus.

Gerard hatte sich längst auf die Seite geschlagen, saß gemächlich auf der Rampe und ließ seine Augen wandern. Er hielt seine Pfeife kalt im Mund; sein Gewehr lehnte neben ihm an der Rampenmauer. Er erkannte, daß sich manch einer der Soldaten gleich ihm randwärts bewegte und dem Durcheinander auf seine Art zu entkommen suchte. Ihm war die Rede des Deutzer Michel aus dem vergangenen Jahr eingefallen, als er ihm ein paar kochemer Häuser in der Residenzstadt beschrieben hatte. Davon war ihm das der Marianne an der Ratinger Mauer im Gedächtnis geblieben. Doch ob es das Haus überhaupt noch gab?

In den letzten Jahren war so viel in Düsseldorf an altem Gemäuer niedergerissen und abgetragen worden, die Stadtmauer und die Bastionen, die Zitadelle und der alte Hafen. Die Stadt hatte sich nach Osten hin geöffnet. Aber die Häuser würde es vielleicht doch noch geben.

Mit den Händen stemmte er sich in die Hocke, und so blieb er für eine Weile, die Augen wach unterm Tschakoschirm. Allmählich schienen Offiziere und Gendarmen ein wenig Ordnung in das Verwirrspiel zu bringen. Gerard beobachtete, wie der Capitain den Säbel zog und ihn über seinem Kopf schwenkte. Mit diesem Zeichen holte er wahrscheinlich die Lieutenants und Corporale zu sich. Es wurde Zeit für ihn. Gleich würden die Tambours loslegen und die Soldaten zusammentrommeln. Wenn erst das Terram-tam-tam der Trommeln einsetzte, wäre es zu spät.

Gerard erhob sich, nahm das Gewehr zur Hand und

zwängte sich ins Gewühl der hinter ihm stehenden Gaffer. Er nahm den Tschako ab, als wolle er sich den Schweiß vom Mützenrand wischen; tatsächlich aber wollte er kein sichtbares Zeichen für den Capitain auf seinem Pferd abgeben, der ihn am Tschako gleich als Soldaten erkennen würde.
Er war ganz ruhig, setzte Fuß vor Fuß, behielt die Menge im Auge, schob hier ein Kind beiseite, umging dort eine Marktkarre und war doch stets von Menschentrauben umringt, bewegte sich durch sie hindurch, immer das Gewehr in der Hand und nicht beachtet in seiner Uniform. Die Leute hatten anderes im Sinn. So kam er zum Marktplatz vorm Rathaus; für einen kurzen Moment bestaunte er das Reiterstandbild des alten Herzogs, das er noch nicht gesehen hatte, und spürte Patronentasche und Seitengewehr gegen seinen Körper schlagen. Er bewegte sich rascher, wollte von der Straße kommen und sein Versteck erreichen. Der Tschako baumelte an seinem Arm. Nun setzte er ihn wieder auf. Er kam hinter den Marktplatz und tauchte in eine enge Gasse, lief sie zielstrebig entlang, obwohl er nicht wußte, wohin sie ihn führen würde. Ein Handwerksbursche mit einer Leiter auf der Schulter ging vor ihm her. Die Leute machten ihm und seiner sperrigen Last bereitwillig Platz. Er hängte sich an den Handwerksburschen an, und es konnte für Uneingeweihte so aussehen, als begleite er ihn auf seinem Weg.
Bald legte Gerard noch einen Schritt zu und hatte den Handwerksburschen eingeholt, lief neben ihm her. Der stutzte nicht schlecht, als er plötzlich den Soldaten in voller Montur und Armierung bei sich auftauchen sah. »Geh weiter, Bruder«, flüsterte Gerard ihm zu, »sag mir nur, wo ich die Ratinger Mauer finde.«
»Die ist gleich am Mühlenplätzchen, braucht Euch nur links

zu halten«, erwiderte der Bursche. »Was sucht Ihr denn dort? Das ist keine gute Gegend für einen Soldaten.«

»Befehl ist Befehl«, sagte Gerard darauf und machte ein wichtiges Gesicht.

Da waren sie auch schon am Mühlenplätzchen mit der großen Öffnung zum neuen Hofgarten und dem Boulevard Napoléon, der an der Stelle der alten Befestigungen entstanden war, eine alleeähnliche Flanierstraße mit Baumreihen.

Hier hörte der Menschenstrom auf, wurde es ruhig um Gerard, der sich plötzlich in seiner Uniform wie auf einem Präsentierteller vorkam.

»Dort drüben, Herr General«, wies ihm der Handwerksbursch den Weg und deutete über den Bach, der dort verlief; es führte eine kurze Brücke hinüber. Gerard tippte mit dem Zeigefinger an den Tschakoschirm, wie er es von Kameraden abgeguckt hatte, und wandte sich in die angegebene Richtung.

Von der Stadtmauer waren lediglich ein paar Reste übriggeblieben. Die winzigen, schmalbrüstigen Häuser mit ihren zerbröckelnden Fassaden auf der anderen Seite wirkten jetzt in ihrer Armseligkeit wie bloßgestellt und der Ansicht Unberufener preisgegeben.

Das mußte in der Tat früher einmal der ideale Ort für ein Räubernest gewesen sein, wenn man sich die Stadtmauer hinzudachte. Nun jedoch wirkte alles wie am falschen Platz. Es gab immer noch eine Anzahl Wirtshäuser hier in der Häuserzeile, aber nur in einem stand eine dickbusige Wirtin beim Faß am Tresen. Gerard trat ein und fragte: »Seid Ihr die Marianne?«

»Sieh an, ein bergischer Soldat«, rief sie fröhlich zurück, »wie bereit zum Abmarsch nach Cherbourg. Hat er sich's anders überlegt, der Herr Soldat?«

»Wenn Ihr die Marianne von der Ratinger Mauer seid, von der mir der Deutzer Michel einst erzählte, dann sag ich ja auf Eure Frage«, antwortete Gerard mit seinem einstudierten Verslein.

Bei der Erwähnung des alten Räubernamens war ein freudiger Schimmer über das grobe, aufgedunsene Gesicht der Frau gehuscht: »Lebt der alte Spitzbube etwa immer noch?« rief sie aus, und nachdem Gerard eilfertig genickt hatte, fuhr sie fort: »So ist's richtig: Einer, dem die Guillotine bestimmt ist, ersäuft nun mal nicht. Das ist ein gutes Wort, Bruderherz. Tritt ein und sei willkommen bei der Marianne an der Ratinger Mauer.«

Damit zog sie Gerard an ihren üppigen Busen und drückte ihm mehrere Schmatzer ins Gesicht.

Eine Zeitlang blieb Gerard als Knecht in Mariannes Haus, bediente die Gäste und fegte den Hof. Montur und Armierung hatte er gleich am ersten Tag gegen gutes Geld einem Händler verkauft und billig ein paar zivile Sachen erstanden.

Bei der Marianne verkehrten neben finsterem Diebsgesindel und Hehlern auch Gendarmen, die einen guten Tropfen liebten. Die Schänke machte auf Gerard den Eindruck, als sei dies genau der rechte Ort im schönen Düsseldorf, wo eine Hand die andere wusch und wo man sich den Pelz nicht naß dabei machte. Wurde der alten Marianne jemand lästig, genügte ein Wink zur Gendarmerie; stand dagegen einer der Gäste auf der Suchliste der Polizei, so kam der Wink von

dieser Seite. In beiden Fällen verschwand der jeweils Gemeinte, der eine ins Kaschott, der andere über alle Berge.
Den Rörichs Gerard kannten bald alle Stammgäste als einen scheuen, meist stummen Menschen, der in einem der hintersten Winkel der Kaschemme kauerte, aber stets zur Stelle war, wenn man ihn rief. Niemand fragte, wer er wäre und woher er komme. Das verboten die ungeschriebenen Gesetze kochemer Häuser. Wer dort war, gehörte auch dazu. Selbst die trinkfesten Gendarmen hielten sich daran. Auch sie riefen Gerard beim Namen, ließen sich von ihm Wein und Branntwein bringen, trieben ihre Scherze mit ihm und ließen ihn im übrigen in Ruhe. Der Krieg schien ohnehin bald am Ende.
Man redete viel vom russischen Kaiser Alexander und den anrückenden Kosaken. Im fernen Sachsen hatte Napoleon wiederum eine schlimme Niederlage gegen die Alliierten erlitten. Auf den Frankenkaiser wurden in der Schänke mitunter Spottverse angestimmt. Das Volk begann sich einiges herauszunehmen gegen die herrschende Obrigkeit.
Es zog der Sommer ins Land, und Gerard war bereits seit zwei Monaten in Mariannes Wirtshaus, als eines Tages zur ungewohnten nachmittäglichen Zeit der Brigadier Müller die Schankstube betrat, seine neumodische Schirmmütze vom Kopf nahm und sich umständlich den Schweiß von der Stirn wischte. Aus einer Tasche seiner blauen Uniform zog er ein Stück Papier, faltete es auseinander und strich es auf dem Schanktisch glatt.
Die alte Marianne war aus ihrer Schlafnische hervorgetreten und beguckte sich neugierig das Stück Papier, nahm es zur Hand und hielt es weit von sich weg, um die Schrift besser entziffern zu können mit ihren weitsichtigen Augen. »Signalement eines Deserteurs«, las sie laut vor, damit es

auch Gerard verstände, der auf der Stiegenstufe hockte und auf den Gendarmen starrte. Dann, nach einer Weile, winkte sie ihm und bedeutete ihm, dem Gast einen Humpen Wein vorzusetzen.

Während sich Gerard am Faß zu schaffen machte, las die Wirtin weiter: »Entsprungen ist der Füsilier Johannes Gerhard Röhrig von Thalwindeck, Kanton und Mairie Waldbröl, auf dem Marsch seines Regiments nach Cherbourg. Alle Maires sind hiermit angewiesen, nach ihm zu suchen. Röhrig ist fünf Fuß, vier Zoll groß, hat blondes Haar, ein rundes Gesicht und Kinn, blaue Augen.«

Die alte Marianne ließ das Papier sinken und schaute den Brigadier Müller an, der eben aus dem Humpen den ersten Zug tat. »Mit den Deserteuren ist es ja eine richtige Plage heutzutage«, sagte sie.

Gerard stand daneben und glotzte beide verständnislos an. Wahrscheinlich befürchtete er, gleich vom Fleck weg verhaftet zu werden. Aber die beiden begannen ein Allerweltsgespräch über das Deserteur-Unwesen und die schlimmen Zeiten, bis der Brigadier den Humpen geleert, seine Mütze aufgesetzt und sich den Schnäuzer gezwirbelt hatte.

»Tja, dann nichts für ungut, Mariann'«, sagte er, tippte mit der Hand gegen die Kopfbedeckung und verließ den Schankraum. Den Zettel hatte er auf dem Schanktisch zurückgelassen. »Dann mußt du also fort, Gerard«, sagte die Wirtin mit leisem Bedauern in der Stimme. »Dein Signalement ist draußen, und die Leute kennen dich. Vielleicht will sich ein ganz Schlauer die sechs Taler verdienen. Man weiß ja nie, was in den Köpfen der Menschen so vorgeht. Wenn's dunkel ist, bringt dich der Männ aus der Stadt. Wohin wirst du dich wenden?« Gerard hatte schon darüber nachgedacht und antwortete deshalb rasch: »Zum

Rohn nach Leichlingen. Dem hab ich noch was auszurichten.«

Als sich der Abend auf die Stadt niedersenkte und Gerard das Haus der alten Marianne hinter Männ, dem Schleichhändler aus der Bolkerstraße, verließ, trug er nicht nur ein Bündel mit Brot und Speck an der Schulter, sondern im Hosensack auch ein Zehrgeld von zehn blanken Silbertalern, die ihm die Marianne als Lohn ausbezahlt hatte.

Männ brachte ihn über den Boulevard Napoléon hinüber in die Anlagen des neuen Hofgartens, schließlich über Schleichpfade hinunter nach Bilk und weiter bis zur Kölner Straße. Dort machte Männ kehrt, nicht jedoch ohne Gerard den Weg nach Leichlingen beschrieben zu haben. Wenn er sich beeile, könne er gegen Mitternacht am Langen Feld sein, von da sei es nicht mehr weit bis Reusrath; dort gebe es eine Straße, die gehe direkt auf Leichlingen.

Als der Morgen graute, hatte Gerard das Wuppertal vor sich, und er erinnerte sich an das rote Dach des Rohnschen Hauses, das ihm vor einem Jahr der Deutzer Michel gezeigt hatte. Jetzt sah er es abermals vor sich in der Morgensonne schimmern.

»Guten Tag, Vater Rohn«, sagte er, als er dem Alten in der Stube gegenüberstand. Der saß in einem Sessel und schaute kaum von dem Buch auf, das auf seinen Knien lag. »Ich bin's, der Rörichs Gerard aus dem Windecker Dall. Ich hab Euch Grüße von Eurem Sohn Pitter zu bestellen.«

Da endlich richtete der Alte seine Augen auf ihn. »Ein Unrecht«, sagte der alte Mann, »ein großes Unrecht hat uns getroffen«, und sofort wandte er sich wieder dem Buch zu, in dem Gerard eine Bibel zu erkennen glaubte.

»Ja, Gerard«, sagte nun auch seine bei ihm stehende Frau, »denn jetzt ist der arme Pitter unter den Soldaten und marschiert auf Cherbourg, wie man uns erzählt hat. Wir werden ihn nicht mehr wiedersehn.«

»Auf Cherbourg?« rief Gerard. »Aber ich traf ihn vor Monaten im Kaschott zu Eitorf. Da gab er mir die Grüße an Euch auf. Wie kam er denn nur unter die Weißfräcke?«

»Sie haben ihn nach Dillenburg geschleppt, die Schergen des Frankenkaisers, und wollten ihm den Rebellenprozeß machen«, antwortete Mutter Rohn. »Dabei hatte er mit jenen gar nichts im Sinn. Aber sie arretierten jeden, der ihnen dort unten am Siegfluß über den Weg lief. Schließlich aber mußten sie ihm doch den Laufpaß geben und ihn heimkehren lassen, weil nichts gegen ihn vorlag. Vor gut zwei Monaten kam er hier an, aber sie haben ihn sogleich in den weißen Rock gesteckt und mitgenommen nach Düsseldorf. Nun ist das Regiment nach Cherbourg marschiert.« Die Mutter schlug ihre Hände vors Gesicht und weinte.

»Auch ich hab zu jenem Regiment gehört«, sagte Gerard, »aber den Pitter hab ich nicht entdeckt. Vielleicht hat er bei einer anderen Compagnie gedient. Im Mai bin ich davongesprungen und bin jetzt auf dem Heimweg ins Dall. Die ganze Nacht bin ich gelaufen.«

»Komm her und ruh dich aus«, sagte die Frau, trocknete mit der Schürze die Tränen und schob ihm einen Schemel hin.

Später setzte sie ihm eine Kanne Milch auf den Tisch und legte ein Brot dazu. Gerard bediente sich. Hernach durfte er sich auf die Ofenbank legen und den Nachtschlaf nachholen. Er blieb bis zum nächsten Morgen; dann machte er sich auf den Weg nach Overath, wo er das Zöffchen besuchen wollte. Mit ihrer Tante, dem Muttchen Falk, würde er wohl fertigwerden können. Unterwegs stellte er sich vor, wie er das Mädchen fragte, ob es denn immer noch ihm folgen wolle. Das würde für ihn ein großer Augenblick sein, und ihm schlug das Herz heftig, wenn er nur daran dachte.

Er war jetzt in seinem einundzwanzigsten Jahr, und es wurde allmählich Zeit, sich eine Frau zu nehmen. Allein wollte er nicht auf der Welt bleiben, wenn ihn seine Mutter einst verließe. Dafür war kein Mensch gemacht. Er würde sich eine feste Arbeit suchen, vielleicht als Leineweber in Obernau. Da gab's einen Taler die Woche. Und wenn die Mutter und sein Weib noch ein wenig Flachs hechelten und Garn spannen, dann hätten sie auch im Overdall genug zum Leben.

So wanderte er in den Tag hinein und kam bei dem schönen Sommerwetter gut voran. Gegen Abend war er bereits vor Overath, und er beeilte sich, zur Spichernfurt zu kommen, wo er das Gasthaus wußte. Doch als er an dem Platz ankam, sah er im Abendlicht nichts als einen Haufen verkohlter Balken und eingestürzter Mauern anstelle der alten Schänke. Da setzte er sich enttäuscht auf einen der Steine und begrub sein Gesicht in den Händen.

Dahin seine Hoffnung auf eine Hochzeit mit dem schönen Zöffchen, dahin seine feingeschmiedeten Pläne. Was sollte er jetzt noch im Dall, in seiner armseligen Hütte voll Hunger und Not? Dort träfe er nur seine alte Mutter, die darauf wartete, ihn wieder herumzukommandieren wie früher.

Als sich ihm jemand mit einem Windlicht näherte, sprach er ihn an und fragte nach den Geschehnissen in diesem Haus. Von dem Mann erfuhr er sodann, daß der Dorfschneider das Feuer gelegt habe; dafür sei er verhaftet und auf Köln gebracht worden. Muttchen Falk aber sei an all der Aufregung gestorben.

»Und das Zöffchen?« fragte Gerard, als habe er wieder Hoffnung geschöpft.
»Ei, das Zöffchen«, lachte der Mann und schnalzte mit der Zunge, »das hat sich nicht lang mit Trauern aufgehalten. Durchziehende Flüchtlinge aus Westfalen, hochmögende Herrschaften, haben's aufgeladen und mitgenommen ins Frankenreich. Dort wird's nun schon eine Mamsell sein und französisch speisen.« Der Mann lachte noch einmal auf und ging davon, um die Furt zu erreichen. Sein Windlicht war noch eine Weile zu sehen, dann war nur noch die dunkle Nacht rings um Rörichs Gerard.
Ihm taten die Füße weh vom langen Marsch, weiterlaufen mochte er nun nicht mehr. Er suchte sich daher einen Platz in den Trümmern, rollte sich zusammen und schlief bald ein.
Anderntags, nach einem guten Frühstück mit Brot und Speck aus dem Ranzen und Wasser aus dem Aggerfluß, sprang er wieder auf die Füße und war beizeiten auf der Straße nach Drabenderhöhe. Bald war er auch in einer Gegend, die er von seiner Schleichhändlerzeit her kannte und die ihm deshalb vertraut war.
Als neues Ziel hatte er sich nunmehr Bär-Herzens Haus in Nümbrecht ausgesucht, doch als er es am Nachmittag erreichte, fand er es verschlossen und unbewohnt. Ein Nachbar erzählte Gerard, daß man die beiden alten Juden verhaftet habe; denn ihr Sohn, das Herzchen, sei aus dem Gefängnis in Dillenburg entwichen, zusammen mit zwei weiteren verhafteten Rebellen, dem Schalthöfers Wilhelm und dem Heinz Gottlieb aus dem Oberbröl. Und auch deren Eltern seien verhaftet und abgeführt worden. »So müssen nun die Alten für die Schandtaten der Jungen büßen«, sagte der Nachbar und verschloß seine Tür vor Gerards Nase.

Einen Schlafplatz fand er dennoch in einem Tannendickicht unten beim Bach. Der nächste Tag sah ihn auf dem Weg hinunter ins Bröltal, wo ihm die Öhlerother Lohmühle ein neues Ziel bot. Der Müller hatte ihm schon einmal geholfen, vielleicht tat er es ein weiteres Mal.

Tatsächlich brauchte der Lohmüller einen erfahrenen Knecht, und da er den Gerard als einen anstelligen Burschen kannte, der keiner noch so schweren Arbeit aus dem Wege ging, nahm er ihn auf. Bei ihm blieb er unbehelligt bis in den Winter, trug die gelieferten Lohschanzen zur Mühle, säuberte die Tierfelle in den Bottichen, schabte sie blank und gerbte sie zu Leder. Nun, da er sich auf all seinen Wegen auch zu waschen gelernt hatte, trieb ihm die Arbeit an dem fauligen Abfall nicht mehr so viele Schwären wie einst auf den Leib. Dafür nahm er allmählich wieder den sauren Geruch der Lohe an. Aber das tat ihm nichts.

Als es auf Weihnachten zuging, es schon lange keine Arbeit mehr für Gerard gab und ihn der Lohmüller nur aus Gnade und christlicher Barmherzigkeit bei sich behielt, da kam die Kunde ins Öhlerother Mühltal, daß es keine Franzosen mehr im Land gebe, jetzt seien russische Kosaken da. Der eine wollte sie an der Sieg, der andere sogar in Ruppichteroth gesehen haben, wie sie auf ihren kleinen struppigen Pferdchen daherritten und mit lachenden fremden Gesichtern Essen, Branntwein und Futter verlangten und sehr ärgerlich wurden, wenn man's ihnen nicht sofort gab.

Da meinte der Lohmüller, nun sei es für Gerard wohl an der Zeit, wieder ins Dall zurückzukehren und nach seiner Mutter zu sehen. Im Frühjahr, wenn es wieder etwas zu tun gebe in der Mühle, dürfe er zurückkommen. Damit war Gerard einverstanden. Als er ging, besaß er insgesamt zwanzig

Reichstaler. Damit würde er seiner Mutter eine Weihnachtsfreude bereiten können. Überhaupt sah das Leben für Gerard besser aus. Seine Kleidung war in Ordnung, sein Schuhwerk nicht minder, er war satt und kräftig. Überdies waren die Franzosen weg, und er brauchte nicht mehr Soldat zu werden. Das steigerte seine gute Laune, und frohgemut lief er dem heimatlichen Dall entgegen.

An einem grauverhangenen Dezembertag kam er wieder nach Haus. Aber zu seinem großen Erstaunen sah er sich in der alten Hütte am Burgberg nicht der Mutter gegenüber, sondern dem Onkel Matthias und der Tante Anna. Verständnislos starrten sie ihm entgegen, als er den engen Raum betrat und ausrief: »Aber was macht ihr denn hier?«

»O Gott, der Gerard«, rief sein Onkel, und beide Alten bekreuzigten sich. »Aber die Leute im Hof erzählten, du wärst tot. Da ist deine Mutter zur Anna nach Dreisel gezogen. Die ist dort verheiratet.«

Gerard brauchte eine Weile, um die Rede des Onkels zu verstehen. »Aber«, sagte er schließlich, »was treibt ihr in meiner Hütte? Gehört euch nicht das Hexenhäuschen auf der anderen Seite? Wer hat euch vertrieben?«

Wortlos erhob sich der Onkel, nickte der Tante an seiner Seite kurz zu, und beide schleppten sich mit hängenden Köpfen zur Hüttentür. »Wo sollten wir denn noch hin?« fragte der Onkel im Hinausgehen. »Wo unser Minchen mit Mann und Kindern im Hexenhäuschen wohnt. Aber du mußt auch aufpassen. Gerard!« Der Alte hob warnend einen Zeigefinger. »Jetzt sind die Preußen hier und machen jeden zum Soldaten, der ein Gewehr tragen kann.«

»Warte!« rief Gerard, dem der Schreck in den Magen gefahren war. »Vielleicht solltet ihr hierbleiben und mir das Haus

in Ordnung halten, bis ich mit einer Frau zurückkomme. Dann aber müßt ihr fort.«
Der Onkel überlegte kurz, ehe er antwortete: »Soll so sein, Gerard.« Sie gingen aufeinander zu und gaben sich die Hand.

Onkel und Tante blieben bis zu ihrem Tod in der Rörichshütte, denn Gerard verdingte sich in den nächsten Jahren mal hier, mal dort als Knecht, immer auf der Flucht vor den neuen Herren, die wieder einen Soldaten aus ihm machen wollten, wie er glaubte. Tatsächlich aber galt er für die Preußen als verschollen; sie suchten gar nicht nach ihm. Und da seine Mutter nie mehr ins Overdall zurückkehrte, erfuhr auch sie nichts von seiner Heimkehr.
Nachdem Gerard bei einem seiner Besuche im Overdall vom Tod der Verwandten erfahren, er selbst aber immer noch keine Frau für sich gefunden hatte, ging er zum Handelskrämer Plicht nach Dattenfeld und vertraute sich ihm an. Denn der Plicht war auch ein gern bemühter Hochzeitsbitter. Der hörte sich um und konnte ihm bald die frohe Kundschaft bringen, daß in Rossel die Anna Elisabeth Stechenstein auf seinen Besuch warte. Sie war vierundzwanzig Jahre alt und Waise; Gerard war inzwischen dreißig geworden.
Man schrieb das Jahr 1822, als Rörichs Gerard für die Behörden wieder auftauchte. Da bestellte er das Aufgebot für sich und die Anna. Doch soviel er in seinen dreißig Jahren auch herumgekommen war, Lesen und Schreiben hatte er

dabei nicht erlernt. Deshalb nannte er dem Bürgermeister von Dattenfeld, als der den Heiratseintrag im Standesamtsregister vornehmen wollte, seinen Namen so, wie er es gewohnt war. Und der von den Preußen eingesetzte Bürgermeister Mertens schieb ihn auf, wie er ihn hörte: »Johannes Gerhard Rörichs.« So steht er im Dattenfelder Register und fügt den vielen Schreibweisen des Namens eine neue hinzu.

Noch ein letztes Mal wird der Name Gerhard Rörich dort erwähnt, fünf Jahre später, 1827, als den Eheleuten in Thalwindeck ein Sohn geboren wurde. Er erhielt den Namen Gerhard. Doch gleichzeitig mit der Geburt wurde auch der Tod des Kindes registriert. Rörich war immer noch Tagelöhner. Er hatte es zu nichts gebracht in seinem bisherigen Leben.

Im Jahr 1830 machte sich eine Anzahl Leute aus Thalwindeck auf den Weg nach Amerika. Es gab keine Arbeit für sie; Armut und Hunger herrschten weiterhin im Land. Zum Abschied und zur Erinnerung an ihre Tat hinterließen sie oben im Overdall, gleich unterhalb der Windecker Burg, ein großes Holzkreuz, das im Volk später »Auswandererkreuz« genannt wurde. Gerard und Anna Rörich halfen mit, es aufzurichten, ehe sie auszogen, um im fernen, verheißungsvollen Amerika das Glück zu suchen, das ihnen die Heimat verwehrte. Und wär's nur Arbeit gewesen.

Worterklärungen

adieu	(franz.) wörtl. »mit Gott« – auf Wiedersehen
Allez, à la salle de police!	(franz.) Los, zur Polizeiwache!
Armierung	Ausrüstung
arretieren	(franz.) verhaften
ausschnaken	(Dialekt) einen gefällten Baum vom Geäst befreien
(die) Baach	(Dialekt) (der) Bach
Backes	(Dialekt) Backhaus
Bajonett	(franz.) aufs Gewehr aufgesetzte Stichwaffe
Bandoulière	(franz.) Schulterriemen
betuppen	(Dialekt) betrügen
Beuert	(Dialekt) junger Mann, eig. junger Stier
Blaffert	alte Geldmünze
Bouteille	(franz.) Flasche
Bracke	geschlossene Seitenwand eines Fuhrwerks
Brigade	militär. Einheit (bei der Gendarmerie kleinste Einheit = fünf Mann), sonst meist zwei Regimenter
Brüchte	Strafen
Capitain	(franz.) Hauptmann
Chaderdür	(Dialekt) mit Schnitzwerk verzierte zweiflügelige Haustür
Centime	französische Münze (100 Centimes = 1 Franc)
Chaise	(franz.) leichte Kutsche, eig. Stuhl
Chevaux légers	(franz.) leichte Kavallerie
Collet	(franz.) Kragen
Compagnie	(franz.) militärische Einheit
Corporal	(franz.) Unteroffizier

Debit	(franz.-lat.) Ausgabestelle
Debitant	(franz.) Leiter der Ausgabestelle
Depot	(franz.) hier: Kaserne
Deserteur	(franz.) Fahnenflüchtiger
Dorf	(hier immer) Kirchdorf
Douane	(franz.) Zollstation
Douanier	(franz.) Zöllner
dümmlig	(Dialekt) schwindlig
en avant!	(franz.) vorwärts!
en bataille	(franz.) wörtl.: in der Schlacht, hier: schief, schräg, wie in der Schlacht
Effekten	auffällige Handelsware, z. B. billiger Schmuck, Hals- und Kopftücher
Epauletten	(franz./dt.) Schulterstücke
Est-ce que Madame n'a rien à dire?	(franz.) Haben Madame nichts zu sagen?
Feldscher	Sanitäter
Felleisen	Rucksack
Fensterruten	Fensterkreuz
fermentieren	bearbeiten, veredeln
Flachsbreche	Gerät zur Flachsbearbeitung
Fourier	(franz.) Verpflegungsmeister
französischer Hut	Zweispitz
Frucht	Getreide
Fuß (Längenmaß)	1 Fuß = ca. 0,31 m
Garn	a) aus Flachs hergestelltes Garn zum Leinenweben b) Jagdfalle (= Netz) für Kleintiere
Gänsekiel	Schreibwerkzeug aus einer Gänsefeder
Gendarmerie	bewaffnetes Polizeikorps
Greffier	(franz.) Gerichtsschreiber
Großmann	(Dialekt) Angeber
großmännisch	(Dialekt) angeberisch

häckseln	zerhacken, zerkleinern
Handweiser	Wegweiser
Hehlhaken	verstellbarer Topfhaken über der Feuerstelle
Hechelholz	Gerät zur Flachsbearbeitung
Hippelimmchen	(Dialekt) Ziegenlamm
Hof	(Dialekt) Ansammlung von Hütten (im Sinne von Dorf)
Hooch (mit offenem O gesprochen wie bei »offen«)	(Dialekt) Pflug
Holl	(Dialekt) Hunger
Hollbalg	(Dialekt) Hungerleider
Hosensack	alter Ausdruck für Hosentasche
Huissier	(franz.) Polizeidiener
Kamisol	(franz./Dialekt) Jacke
Karree	(franz./dt.) militärische Formation
Kaschott	(franz./Dialekt) Gefängnis
Katzenköppe	Knallfrösche
Klanken	gesponnener Flachs
kochem	(Rotwelsch) sauber, unbedenklich
Konskription	Musterung
Konskribierter	zur Musterung Ausgeschriebener
Konterbande	Schmuggelware
Kump	(Dialekt) Schüssel
Lancier-Schwadron	mit Lanzen bewaffnete berittene Abteilung (später »Ulanen« genannt)
Laufpaß	provisorischer Ausweis für Ausgewiesene, damit sie an ihre Heimatorte zurückkehren können
Lehrgeld	vom Lehrling an den Lehrherrn zu zahlendes Entgelt für Kost und Unterkunft
Lieutenant	(franz.) Leutnant
Lieutenance	(franz.) von einem Leutnant geleiteter Polizeibezirk
Lohe (Loh-)	geschälte Eichenrinde, wird zum Gerben verwendet
Losung	Auslosung der Soldaten

Maire	(franz.) Bürgermeister
Mairie	(franz.) Bürgermeisteramt
marchez!	(franz.) marsch!
Marketenderin	mit den Soldaten ziehende Händlerin
Medicus	(lat.) Arzt
mon ami	(franz.) mein Freund
mon camarade	(franz.) mein Kamerad
mon Dieu!	(franz.) Ausruf: mein Gott!
Montur	Uniform
Münsterländer	lange Peitsche
nom de guerre	(franz.) Kriegsname, Spitzname
Nümmert	(Dialekt) Nümbrecht (Ortsname)
Pardon	(franz.) Begnadigung
Pannendach	(Dialekt) Dach mit Dachpfannen
Parade	(franz.) Vorbeimarsch in bester Uniform
Ranken	(Dialekt) Brotende
Refraktäre	Konskribierte, die sich nicht stellen
Remise	Schuppen f. Wagen, Geräte, Holz
Rennbaum	Baumstamm zum Einrennen verschlossener Tore
Residenz	Hauptstadt
Reuter	alter Ausdruck für Reiter
Revue	(franz.) Besichtigung
Retirade	(franz.) Rückzug
Schabracke	verzierte Satteldecke
Schanze	Bündel (Holz oder Lohe)
Schleichhändler	alter Ausdruck für Schmuggler
Schmicke	(Dialekt) Peitsche
Schmitte	(Dialekt) Schmiede
Schock (Zählmaß)	1 Schock = 60 Stück
Schwadron	berittene milit. Einheit
Schwären	Geschwüre
Sergeant	(franz.) Feldwebel
Signalement	(franz.) Personenbeschreibung
Silence!	(franz.) Ruhe!

Spencer	(engl.) verkürzte Uniformjacke
Sprunggeld	Deckgeld
Stempel	Schnapsglas
Stolgebühren	Kirchengebühren
Strafdiener	nicht wehrpflichtige Soldaten, die zur Strafe eingezogen wurden
Strich (Längenmaß)	1 Strich = ca. 1 mm
ströppen	(Dialekt) wildern
Strohschauben	Strohbündel zum Dachdecken
Stüber	alte Münze (60 Stüber = 1 Taler)
Tambour	(franz.) Trommler
Tschako	(ung.) hohe Militärschirmmütze
Undocht	(Dialekt) Nichtsnutz, Bengel
Vorgeschäft	alter Ausdruck für Weissagung
Wärmb	(Dialekt) warme Milch mit Brot
Zoll (Längenmaß)	1 Zoll = ca. 0,026 m

Zeittafel

20.4.1792	Beginn des 1. Koalitionskrieges zwischen dem Deutschen Reich und Frankreich
6.9.1795	Französische Truppen überschreiten den Rhein bei Düsseldorf und dringen ins Bergische Land ein
21.12.1795	Waffenstillstand zwischen dem deutschen Kaiserreich und Frankreich
21.5.1796	Beginn des französischen Niederrhein-Feldzugs; es sind abwechselnd Kaiserliche und Franzosen im Bergischen Land
17.10.1797	Frieden von Campo Formio: das gesamte linksrheinische Gebiet fällt an Frankreich
18.5.1803	England erklärt Frankreich den Krieg
30.11.1803	Kurfürst Maximilian Joseph von Bayern und Herzog von Berg überträgt die Regentschaft über das Herzogtum seinem Vetter und Schwager Prinz Wilhelm von Birkenfeld
8.5.1804	Napoleon Bonaparte zum Kaiser der Franzosen proklamiert
2.12.1804	Napoleon in Paris zum Kaiser gekrönt
8.9.1805	Österreich erklärt Frankreich und Bayern den Krieg
11.9.1805	Napoleon in Köln
15.12.1805	Vertrag von Schönbrunn: Preußen verzichtet auf Kleve und Wesel zugunsten Frankreichs, erhält dafür Hannover
26.12.1805	Frieden von Preßburg: Maximilian Joseph wird König von Bayern und tritt das Herzogtum Berg an Napoleon ab
15.3.1806	Marschall Joachim Murat per Dekret zum Herzog von Kleve und Berg ernannt
19.3.1806	General Dupont wird kaiserlicher Kommissar in Berg
25.3.1806	Murat zieht in Düsseldorf ein
17.7.1806	Gründung des Rheinbundes

26.7.1806	Siegen und Dillenburg werden bergisch
1.8.1806	Reichstag zu Regensburg: Rheinbundfürsten sagen sich vom Deutschen Reich los
3.8.1806	Berg wird nach französischem Muster organisiert; Einteilung des Landes in Arrondissements
6.8.1806	Kaiser Franz II. legt die Deutsche Kaiserkrone nieder, Ende des Deutschen Reiches
26.8.1806	Berg wird Großherzogtum; Steinfurt und Bentheim werden bergisch
	In Braunau wird der Buchhändler Palm aus Augsburg erschossen, mutmaßlicher Verfasser der Schrift »Deutschland in seiner tiefsten Erniedrigung«
9.10.1806	Beginn des Koalitionskrieges Rußland, Preußen und Sachsen gegen Frankreich
10.10.1806	Einführung des französischen Rekrutierungssystems (Konskription) in Berg
24.10.1806	Franzosen besetzen Berlin
19.11.1806	Franzosen besetzen Hamburg
21.11.1806	Kontinentalsperre gegen England verhängt – Verbot englischer Waren
20.12.1806	Aufstand der hessischen Garnisonen gegen ihre Einstellung in die französische Armee
20.2.1807	Rädelsführer des hessischen Aufstandes erschossen
16.6.1807	Franzosen besetzen Königsberg
7.7.1807	Frieden von Tilsit: Preußen verliert an Berg die Städte Essen und Werden und die Fürstentümer Münster, Tecklenburg und Lingen; Dortmund und Hadamar werden bergisch
13.10.1807	Einführung der französischen Munizipalverwaltung in Berg
7.12.1807	Jérôme Bonaparte als König von Westfalen in Kassel
19.1.1808	Bittgang der bergischen Deputierten nach Paris: Ersuchen um Eingliederung Bergs nach Frankreich
Febr. 1808	Bergische Kavallerie nach Spanien in Marsch gesetzt
16.4.1808	Gründung des »Tugendbundes« in Preußen gegen die Franzosenherrschaft
15.7.1808	Staatsvertrag von Bayonne: Murat wird König von Neapel
31.7.1808	Kaiser Napoleon übernimmt Herrschaft in Berg; Graf Beugnot wird kaiserlicher Kommissar in Düsseldorf

14. 11. 1808	Abermalige Neugliederung des Großherzogtums Berg, in die Departements: Ems, Ruhr, Rhein und Sieg
11. 1. 1809	Abschaffung der Lehen in Berg
3. 3. 1809	Einsetzung des vierjährigen Napoleon Louis, Sohn des Königs von Holland Louis Bonaparte, als bergischer Großherzog; Kaiser Napoleon bleibt Regent
8. 4. 1809	Einführung der Maire-Verwaltung in Berg
9. 4. 1809	Beginn des Krieges zwischen Österreich und Frankreich
13. 4. 1809	Andreas Hofer erobert Innsbruck
21. 4. 1809	Militäraufstand in Hessen
28. 4. 1809	Niederwerfung des Aufstandes in Hessen Major Schill verläßt mit seinem Husarenregiment Berlin
5. 5. 1809	Bergische Infanterie belagert in Spanien die Festung Gerona
25. 5. 1809	Major Schill erobert Stralsund
31. 5. 1809	Holländische und dänische Regimenter stürmen für die Franzosen Stralsund; Schill fällt
12. 7. 1809	Waffenstillstand von Znaim: Österreich verzichtet auf Tirol zugunsten Bayerns
29. 7. 1809	Herzog von Braunschweig erhebt sich mit seinen Truppen, den »Schwarzen Jägern«, gegen die Franzosen und erobert Halberstadt
8. 8. 1809	Herzog von Braunschweig schifft sich in Brake/Weser mit seinen Truppen nach England ein
13. 8. 1809	Andreas Hofer erobert mit seinen Tiroler Landesschützen ein zweites Mal Innsbruck
31. 8. 1809	Vernichtung des 3. bergischen Infanterieregiments vor Gerona/Spanien
14. 10. 1809	Frieden von Schönbrunn: Österreich verzichtet endgültig auf Tirol zugunsten Bayerns; Beginn des Tiroler Kleinkriegs gegen Franzosen und Bayern
5. 12. 1809	Einführung des Dezimal- und französischen Münzsystems in Berg
31. 12. 1809	Auflösung des preußischen »Tugendbundes«
1. 1. 1810	Einführung des Code civil (Code Napoléon) in Berg: Trennung von Staatswesen und Justiz, Aufhebung der Zünfte, der Stadt- und Hofgerichte, Einführung der Standesämter, der Gewerbefreiheit, der Freizügigkeit

28. 1. 1810	Andreas Hofer gefangengenommen
19. 2. 1810	Andreas Hofer in Mantua erschossen
3. 3. 1810	Errichtung von Staatsgefängnissen, Einführung von Schutzhaft für politisch Unzuverlässige durch einen französischen »Sicherheitsausschuß«
19. 7. 1810	Königin Luise von Preußen gestorben
24. 9. 1810	Graf Roederer wird Minister-Staatssekretär von Berg mit Sitz in Paris
8. 10. 1810	Edikt von Trianon: Verbot von Kolonialwaren
10. 12. 1810	Staatskonsult: Berg tritt Münster, Tecklenburg, Bentheim und Lingen an Frankreich ab
13. 12. 1810	Hamburg, Bremen und Lübeck werden französisch
20. 3. 1811	Sohn Napoleons (»König von Rom«) geboren
2. 11. 1811	Napoleon und die Kaiserin in Düsseldorf
11. 12. 1811	Rheinbundstaaten werden aufgefordert, Truppen für einen Krieg gegen Rußland bereitzuhalten
17. 12. 1811	Verbot von Tabakspinnereien in Berg; Salz- und Tabakmonopol
	Reste der bergischen Regimenter kehren aus Spanien zurück (200 Mann)
6. 1. 1812	Eröffnung des Appellationshofes in Düsseldorf
26. 2. 1812	Douanentribunale gegen Schleichhändler in Berg errichtet
15. 3. 1812	Einrichtung des großherzoglich-bergischen Staatsrats
30. 3. 1812	Formierung des bergischen Korps unter General Damas (8000 Mann)
24. 6. 1812	Beginn des Krieges gegen Rußland
7. 9. 1812	Schlacht bei Borodino; bergisches Korps bezieht Biwak bei Kowno
14. 9. 1812	Französische Armee zieht in Moskau ein
3. 10. 1812	Erste Guillotinierung auf dem Düsseldorfer Marktplatz
19. 10. 1812	Französische Armee verläßt Moskau; bergisches Korps, zum IX. Armeekorps unter Marschall Victor gehörend, wird nach Smolensk verlegt
20. 10. 1812	IX. Armeekorps trifft bei Losnitza auf die zurückflutende Armee; ein bergisches Infanteriebataillon gerät bei Witebsk in russische Gefangenschaft
23. 10. 1812	General Malet unternimmt in Paris einen Putschversuch gegen Napoleon und scheitert

7. 11. 1812	Französische Armee erreicht Smolensk
27. 11. 1812	IX. Armeekorps deckt Rückzug der französischen Armee bei Borissow und zieht sich auf Studianka zurück
28. 11. 1812	Übergang der französischen Armee über die Beresina
29. 11. 1812	Reste des IX. Armeekorps gehen über die Beresina und verbrennen hinter sich die Brücken
3. 12. 1812	Napoleon diktiert in Molodetschno das 29. Bulletin der Grande Armée und gesteht seine Niederlage in Rußland ein
5. 12. 1812	Napoleon verläßt die Armee
18. 12. 1812	Napoleon trifft in Paris ein; X. Armeekorps mit preußischem Kontingent zieht sich auf Tilsit zurück
25. 12. 1812	Der preußische General Yorck trifft sich mit dem russischen General Diebitsch
29. 12. 1812	Das preußische Korps geht in Tauroggen zu den Russen über
Januar 1813	Reste des bergischen Rußland-Korps (200 Infanteristen und 150 abgesessene Kavalleristen) treffen in Mariawerder ein
9. 1. 1813	Napoleon ordnet eine neue Konskription im Großherzogtum Berg an; es sollen 2500 Mann gestellt werden
20. 1. 1813	Ziehung der Rekruten in Elberfeld in Unruhe; Beginn der bergischen Konskribierten-Aufstände (»Knüppelrussenaufstand«)
24. bis 29. 1. 1813	Ausbreitung des Aufstands aufs ganze Land
30. 1. 1813	Zerschlagung des Aufstands in Elberfeld
2. 2. 1813	Gefecht bei Seelbach zwischen Rebellen und Gendarmerie
6. 2. 1813	Peter Merten in Elberfeld als Rädelsführer erschossen
9. 2. 1813	Neuer Beginn der Konskriptionen in Berg
15. 2. 1813	Johann Wilhelm Pauli (»Paul von Bettenhagen«) als Rebell in Waldbröl erschossen
1. 3. 1813	Reste des bergischen Rußland-Korps (150 Mann) treffen in Düsseldorf ein
Apr./Mai 1813	Marsch der neu aufgestellten bergischen Infanterie-Brigade von Düsseldorf nach Cherbourg
16. 5. 1813	Ausbruch gefangener Rebellen aus dem Gefängnis in Dillenburg

26.7.1813	Christian Devaranne, Gastwirt aus Wald, als Rebell in Düsseldorf erschossen
15.8.1813	Bergisches Lancier-Regiment bei Possendorf von den alliierten Truppen (russische, preußische, österreichische) völlig aufgerieben
7.10.1813	Letzte bergische Truppen verlassen Düsseldorf in Richtung Cherbourg; 87 Mann desertieren
16. bis 18.10.1813	Völkerschlacht bei Leipzig
30.10.1813	König Jérôme von Westfalen auf seiner Flucht in Elberfeld
5.11.1813	Retirade französischer Truppen durch Mülheim am Rhein
8.11.1813	Rheinfähre in Köln gesperrt
9.11.1813	Kosaken in Elberfeld; Franzosen verlassen Düsseldorf
10.11.1813	Kosaken in Düsseldorf
13.11.1813	Justus Gruner, Generalgouverneur im Großherzogtum Berg, proklamiert die Befreiung
21.11.1813	Preußische Truppen in Elberfeld
29.11.1813	Bergisches Freiwilligenkorps aufgestellt
17.12.1813	Rückgabe von Siegen, Dillenburg und Hadamar an den Prinzen von Oranien
20.12.1813	Bergische Infanterie-Brigade in Cherbourg entwaffnet und gefangengenommen
23.12.1813	Entwaffnung der bergischen Soldaten in Spanien
25.12.1813	Gründung des bergischen Landsturms
1.1.1814	Aufhebung des Salz- und Tabakmonopols
15.5.1814	Rückkehr der bergischen Soldaten aus Cherbourg

Der Autor möchte sich an dieser Stelle bei allen Personen und Institutionen für Hinweise und Ratschläge bedanken, ohne die er das Buch so nicht hätte schreiben können:

Herrn Emil Hundhausen, Windeck-Schladern
Herrn Eckart Kleßmann, Hamburg
Familie Rörig, Windeck
Nordrhein-Westfälisches Hauptstaatsarchiv, Düsseldorf
Hessisches Hauptstaatsarchiv, Wiesbaden
Heimatmuseum Windeck/Sieg
Landesvermessungsamt Nordrhein-Westfalen, Bonn
Personenstandsarchiv Rheinland, Brühl
Stadtmuseum Düsseldorf
Universitätsbibliothek Düsseldorf

Literaturnachweis

Bendel, Johann (Hg), »Das Tagebuch des Hofkammerrats K. J. Z. Bertoldi – 1802 – 1824 – Mülheim am Rhein in der Franzosenzeit«, Köln 1974

Corbach, Gottfried, »Geschichte von Waldbröl«, Köln 1973

Erckmann-Chatrian, »Ein Soldat von 1813« und »Waterloo«, Karlsruhe 1968

Hundhausen, Emil, »Altwindeck – ein bergisches Juwel«, Windeck-Stromberg 1978

Kircher, Hartmut (Hg), »Dorfgeschichten aus dem Vormärz«, Bände I und II, Köln 1981

Kleßmann, Eckart (Hg), »Napoleons Rußlandfeldzug in Augenzeugenberichten«, Düsseldorf 1964

Kleßmann, Eckart (Hg), »Deutschland unter Napoleon in Augenzeugenberichten«, Düsseldorf 1965

von Pivka, Otto, »Napoleons Verbündete in Deutschland«, Band I: Westfalen und Kleve-Berg, Bonn 1979

Rogers, Hugh C. B., »Die Armee Napoleons«, Stuttgart 1976

Sethe, Christoph W. H., »Weltgeschichte am Rhein erlebt« (hrsg. von Adolf Klein und Justus Bockemühl), Köln 1973

Weidenhaupt, Hugo, »Kleine Geschichte der Stadt Düsseldorf«, Düsseldorf 1983

Werner, Gerhart, »Wuppertal in Napoleonischer Zeit«, Wuppertal 1967

»Handbuch für Conscribirte und deren Verwandte oder Auszug der sie betreffenden Gesetze, Dekrete und Ministeriellen Weisungen über die Conscription« – aus dem Französischen übersetzt von D. A. H. von Post, Bremen 1811

»Oberbergische Heimat – Heimatblätter für den Oberbergischen Kreis«, Jahrgänge 1947 – 1956, Köln

»Rund um den Michaelsberg – Heimatblätter für den Siegkreis«, Jahrgänge 1953 und 1956, Köln

»Schicksale und Beobachtungen des Feldwebels von Toenges«, Iserlohn 1831

Nachwort

Kinder brauchen Bücher, und zwar die allerbesten und vor allem die richtigen Bücher. Wie soll man sie finden?
Seit über 35 Jahren wird der Deutsche Jugendliteraturpreis verliehen, 1956 von der Bundesregierung gestiftet und seitdem der einzige literarische Staatspreis.
Er hat mit dazu beigetragen, daß die Kinderliteratur in der Bundesrepublik so vielfältig, weltoffen und gut geworden ist, wie wir sie heute kennen.
An jede Altersstufe wird gedacht, jedes Kind kann die Bücher finden, die ihm Spaß machen und sein Weltverständnis wecken. Alle Eltern finden Bücher, die ihren Literaturvorstellungen und Erziehungsgrundsätzen entsprechen. Jedes Jahr im Herbst wird der Deutsche Jugendliteraturpreis verliehen, und zwar in den Kategorien Bilderbuch, Kinderbuch, Jugendbuch und Sachbuch.
»Oetinger AUSLESE« möchte die wichtigsten und interessantesten Titel zusammenfassen und bietet in Zusammenarbeit mit anderen Kinderbuchverlagen auf diese Weise eine Bibliothek aus preisgekrönten und ausgesuchten Büchern, einen Querschnitt durch die Kinder- und Jugendliteratur.
1986 war ein besonders reiches Jahr für den Deutschen Jugendliteraturpreis, weil in allen Kategorien Bücher ausgezeichnet wurden. Zudem war zum 30jährigen Jubiläum ein Sonderpreis ausgeschrieben worden: »Ausblicke auf Morgen – Zukunftsangst und Zukunftshoffnung im Kinder- und Jugendbuch der Gegenwart«.
Die Preisbücher: »Ich komm dich holen!« von Tony Ross

(Bilderbuch); »Die wundersame Reise der kleinen Sofie« von Els Pelgrom (Kinderbuch); »Lady Punk« von Dagmar Chidolue (Jugendbuch); »Bisonjäger und Mäusefreunde« von Karin von Welck (Kindersachbuch). Der Sonderpreis ging an »Sanne« von Willem Capteyn, und mit dem Preis für das beste Jugendsachbuch wurde Klas Ewert Everwyns »Für fremde Kaiser und kein Vaterland« ausgezeichnet.

Es ist ein erzählendes Sachbuch, beschränkt sich also nicht auf historische Daten, sondern berichtet von Menschen, die die Zeit miterlebten, nachdem das Herzogtum Berg 1805 gerade französisch geworden war: der Siegeszug von Napoleon Bonaparte, der sich zum Kaiser gekrönt hatte, begann Europa umzuformen. Berg wurde nun nach französischer Manier verwaltet, ringsherum schlossen sich die Fürsten zum Rheinbund zusammen und sagten sich vom alten Römischen Reich Deutscher Nation los, das ohnehin aufhörte zu existieren. Franz II., der besiegte Kaiser in Wien, mußte abdanken.

Für die Menschen im Bergischen Land bedeutete dieser ungeheure politische Wandel nicht viel. Nur: andere Uniformen, andere Steuereintreiber, größere Armut und Unsicherheit. Wie sie sich durchschlugen und zu überleben versuchten, das interessierte Klas Ewert Everwyn mehr als die sogenannte »große Geschichte«. Er ist Jahrgang 1930, hat als Kind also auch ein Kriegsende miterlebt und die Not danach, die heillose Unsicherheit in einem zusammengebrochenen Reich. Er hat schon in seinen ersten Romanen in den 60er Jahren von Menschen am Rande der Gesellschaft erzählt: von Flüchtlingen und Asozialen, wie man damals sagte, die es nicht schafften, am Wirtschaftswunder mitzuverdienen. Er beschrieb seine Personen und die Verhältnisse, in denen sie lebten, stets sehr genau und

machte allein dadurch klar, was Menschen Menschen antun.
Die Geschichte des Jungen Gerard, der später nach Amerika auswanderte, hat Everwyn in alten Akten und Urkunden entdeckt und wurde davon so bewegt, daß er den Lebensspuren dieses Jungen nachging, bis zu seiner Abreise in die Neue Welt. Auch auf den Wegen und Irrwegen durch seine Heimat ist er seinem Gerard gefolgt. Aus all diesem gründlich Erforschten und Wohlbekannten ist schließlich ein ungewöhnlich lebendiger Bericht entstanden.

Dr. Sybil Gräfin Schönfeldt

Oetinger AUSLESE

Unter dem Reihentitel **Oetinger AUSLESE** erscheinen wichtige und interessante Bücher, die im Rahmen des Deutschen Jugendliteraturpreises ausgezeichnet worden sind. Folgende Titel liegen bereits vor:

Katherine Allfrey · Delphinensommer
Clara Asscher-Pinkhof · Sternkinder
Malcolm J. Bosse · Ganesh oder Eine neue Welt
John Christopher · Die Wächter
Pauline Clarke · Die Zwölf vom Dachboden
H. M. Denneborg · Jan und das Wildpferd
Elfie Donnelly · Servus Opa, sagte ich leise
Ingeborg Engelhardt · Ein Schiff nach Grönland
Klas Ewert Everwyn · Für fremde Kaiser und kein Vaterland
Ursula Fuchs · Emma oder Die unruhige Zeit
Tormod Haugen · Die Nachtvögel
Frederik Hetmann · Amerika Saga
Isolde Heyne · Treffpunkt Weltzeituhr
Klara Jarunkova · Der Bruder des schweigenden Wolfes
Meindert de Jong · Das Rad auf der Schule
Nicholas Kalashnikoff · Faß zu, Toyon!
James Krüss · Mein Urgroßvater und ich
Guus Kuijer · Erzähl mir von Oma
Angelika Kutsch · Man kriegt nichts geschenkt
Myron Levoy · Der gelbe Vogel
Astrid Lindgren · Mio, mein Mio
Kurt Lütgen · Kein Winter für Wölfe
Sterling North · Rascal, der Waschbär
Scott O'Dell · Insel der blauen Delphine
Scott O'Dell · Vor dem Richter des Königs
Els Pelgrom · Die wundersame Reise der kleinen Sofie
Hans Peterson · Matthias und das Eichhörnchen
Jan Procházka · Es lebe die Republik
Maia Rodman · Der Sohn des Toreros
An Rutgers · Ich bin Fedde
An Rutgers · Pioniere und ihre Enkel
Renate Welsh · Johanna
Barbara Wersba · Ein nützliches Mitglied der Gesellschaft